EL ÚLTIMO LOBO

AGUSTINA DURÁN
EL ÚLTIMO LOBO

Durán, Agustina
El último lobo / Agustina Durán ; Editado por Fiorella Leiva; Florencia Giralda ; Ilustrado por Marcia Fernández. - 1a ed. - Córdoba : Fey, 2024.
376 p. : il. ; 21 x 15 cm.

ISBN 978-631-90192-7-8

1. Literatura Juvenil. 2. Criaturas Fantásticas. 3. Seres Mitológicos. I. Leiva, Fiorella, ed. II. Giralda, Florencia, ed. III. Fernández, Marcia , ilus. IV. Título.

CDD A860

© 2024 Agustina Durán
© 2024 Ediciones Fey SAS
www.edicionesfey.com

Primera edición: Abril de 2024
ISBN: 978-631-90192-7-8

Ilustraciones: Marcia Fernández
Diseño y maquetación: Ramiro Reyna

Realizado el depósito previsto en la Ley 11723

Para Camila, que durante nuestras noches de insomnio escuchó el origen de esta historia.

EL LOBO Y LA LEY DE LA ATRACCIÓN

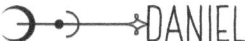
DANIEL

Él ya había estado envuelto en situaciones peculiares e inesperadas antes, por lo que lo ocurrido esa tarde no parecía nada especial.

Excepto que... sí lo era.

Su naturaleza descuidada no le permitió notarlo al principio, pero no pasó mucho tiempo hasta que el asunto le dio un puñetazo en la cara. Si se detenía a recapitular, llegaría a la conclusión de que la culpa era de sus hermanos; después de todo, Evan lo había obligado a salir de la casa para recoger leña. Las lluvias de ese otoño habían dejado en Escocia el espíritu de un invierno que aún estaba lejos, su casa parecía un congelador. Si hubiera dependido de él, habrían usado el pequeño calefactor eléctrico que zumbaba cada vez que lo enchufaban, pero Evan le tiró por la cabeza las facturas de la luz y aseguró que aquella máquina «gastaba más de lo que calentaba».

Aunque fue él quien tomó la decisión de llevar aquel lobo a su casa y no Evan, fue su hermanita Kit quien lo manipuló emocionalmente para hacerlo.

Ellos le habían dado el empujón para meterse en esa situación que Daniel supo desde el inicio que se convertiría en un problema; lo sintió como un tirón en lo más profundo de su ser. Era como un sexto sentido, o tal vez un superpoder, pero Daniel podía sentir los problemas a kilómetros de distancia y, de alguna manera, atraerlos hacia él.

Esa tarde, su hermana menor y su mejor amiga Anya lo acompañaron a recoger leña. Ambas tenían nueve años y eran el ejemplo de ser uña y carne. Daniel era la persona favorita de las dos, o eso le habían dicho para que les comprara unas barras de chocolate. Mentiras baratas, chocolates baratos. Un trato justo. Algo rastrero, pero honraba su influencia en ellas y le llenaba el pecho de orgullo.

Las niñas siempre estaban con él, y esa tarde tampoco pudo escaparse de hacer de niñero. No era algo malo, de hecho, casi siempre disfrutaba de su compañía, y hasta se consideraba un fiel cómplice de travesuras.

El problema era la tormenta.

El mal tiempo se acercaba con rapidez y seguridad. A lo lejos se veían los nubarrones negros y violáceos, y se oían truenos. Si quería evitar un buen chapuzón, debía ser rápido en la tarea; las niñas sin duda podían resultar un gran contratiempo.

Daniel condujo por rutas aisladas en la vieja camioneta de su padre, la misma que tuvo que ir a buscar hasta el lugar donde él y su madre trabajaban para poder usarla, con la promesa de que luego le tocaría a él ir a buscarlos cuando terminaran su turno.

Tomó la calle de tierra que llevaba hasta una pradera que limitaba con el bosque, donde la maleza empezaba a tornarse amarilla en el terreno debido a las primeras y recientes heladas. Había demasiados árboles arrancados de raíz decorando la zona, lo que daba un aire algo desolado y lúgubre. Esto se debía a las tormentas; ese año había sido el más desastroso que alguna vez había vivido. En varias ocasiones, se escucharon reportes en el noticiero local sobre postes de luz derribados, árboles que caían sobre algún jardín vecino y rayos que oscurecían al pueblo por casi tres días completos.

Esa misma mañana, durante el desayuno, Daniel había escuchado a su madre asociarlo a la temporada. «Generalmente las lluvias son muy frecuentes por estas épocas», le dijo ella antes de darle un sorbo a su taza de café. A él le gustaba ir contra la corriente, por lo que mantuvo su posición escéptica.

Compró tres bolsas de leña al señor Thomson antes de ir al descampado, porque sabía que la madera que vendía era buena. Lo único que les faltaba, lo más importante, era recolectar leña fina: ramitas, corteza y piñas, cosas que el fuego pudiera abrasar con facilidad esa noche. Por eso, al llegar, descargó dos enormes bolsas de la batea y se las ofreció a Kit y Anya, encomendándoles la misión. Él haría lo mismo por su cuenta.

—No se alejen —advirtió con gesto severo.

Ellas asintieron con energía y se alejaron hasta el límite, hablando sobre acontecimientos que habían tenido lugar en el colegio esa mañana. Por lo que el oído entrometido de Daniel había llegado a escuchar, un tal Angus Graves había terminado en detención.

Le restó importancia y se puso a trabajar.

El viento aulló en su dirección, llevándose consigo las risas de las niñas. Les echó una mirada furtiva, solo para asegurarse de que no estaban demasiado lejos y que no habían dejado sus tareas.

Un segundo. Tomó tan solo un segundo para que las cosas cambiaran en su vida.

—¡Daniel!

El grito repentino y atronador de su hermana a la distancia funcionó como un látigo que lo obligó a enderezar la espalda.

La bolsa se le resbaló de las manos y no hubo ninguna duda en su cuerpo cuando se lanzó en la dirección donde ellas se encontraban.

Anya, que era la más alta, se escondía detrás de Kit, temblando. Su hermana, por otro lado, se mantenía firme y rígida como una roca. Daniel notó que pretendía no lucir asustada, pero sus ojos de lechuza no engañaban a nadie. Buscó algo que explicara un llamado tan urgente, pero a simple vista no encontró nada. Se llevó una mano al pecho, tratando de superar el susto terrible que ambas le dieron.

—¡Más vale que alguien esté muerto ahora mismo, porque si no...!

Kit levantó una mano y señaló algo a sus espaldas.

—¡El lobo! —chilló con urgencia.

Fue entonces que a Daniel le pareció prudente darse vuelta y ver lo que señalaba la niña. Jadeó y se obligó a guardarse las ganas de saltar como un pequeño asustado.

—¡A la mierda!

Su madre se habría enojado si lo hubiese escuchado, y mucho más estando frente a las niñas, pero le dio igual, porque ahí había un lobo. Podría haber sido un perro, pero Daniel creía que no había perro en la faz de la Tierra que se viera tan feroz y salvaje. Su pelaje negro jade y denso estaba enmarañado por la sangre proveniente de las heridas monstruosas, algo que tampoco lo hacía verse amistoso.

—¿Qué hacemos ahora? —escuchó decir a Anya con voz ahogada.

Daniel estaba conteniendo la respiración. El torso de la bestia subía y bajaba con una rapidez casi dolorosa de tan solo verlo.

—No podemos abandonarlo, ¿verdad? —La voz vacilante de Kit lo sacó de su sorpresa paralizante.

—¡Nos gruñó! —Anya trató de recordarle mientras la sacudía por el brazo—. Podría atacarnos.

Hubo un silencio expectante que Daniel aprovechó para pensar qué hacer.

—Vayan a la camioneta —indicó con un nervioso ademán.

—¿Daniel? —susurró Kit.

—No podemos dejarlo —balbuceó, de acuerdo con ella.

Escuchó los pasos ligeros de las niñas al alejarse, y esperó a oír la puerta de la camioneta cerrarse para caminar hacia el animal herido. Se hincó a su lado y verificó que estuviese fuera de sus cinco sentidos antes de acercar una mano temblorosa hasta él.

Casi vio su tumba cuando el lobo abrió los párpados de repente. Un par de ojos ámbar se clavaron en su rostro como navajas que emitían una advertencia muda. Daniel alejó su mano, como si se quemara.

—Hey… —La voz le falló, y se le escapó una sonrisa nerviosa, como si eso realmente fuera a calmar al lobo—. No voy a lastimarte, solo quiero ayudarte. Soy una buena persona, lo juro, todo un buen samaritano y esa mierda. ¡Los animales me adoran! He cuidado a un par de cachorros antes, pero… —Olvidó lo que estaba diciendo—. Sí, buen chico…

Se sintió estúpido porque el lobo no podía entenderle, pero hablar lo ayudaba a no perder los nervios.

El lobo lo observó. Sus ojos eran cautos, pero Daniel reconoció en ellos el tipo de fiereza que no admitía réplicas. Le mostró los dientes, las ganas de morder. No era bueno estar tan cerca de un animal que se sentía acorralado; aun así, algo lo obligó a quedarse en su lugar y no desistir. Y antes de que se pudiera dar cuenta, el lobo había vuelto a desfallecer, jadeando, con la lengua atrapada entre los colmillos.

Daniel se desinfló con alivio y aprovechó el momento para ver que, esta vez, el lobo estaba fuera de combate.

Lo alzó. No era tan pesado como se había imaginado, así que resultó fácil llegar a la camioneta y depositarlo sobre la batea. Agarró un viejo trapo manchado de aceite y lo ató alrededor de su hocico con un buen nudo. Le dio dos palmadas en la cabeza, como pidiéndole disculpas por las molestias del bozal, y corrió hasta el asiento del conductor. Luego, las niñas —que habían estado pegadas al vidrio en todo momento— se hicieron a un lado para darle lugar. Daniel rebuscó la llave entre los bolsillos de su pantalón y se apresuró a ponerla en contacto para encender el motor, que los hizo temblar.

—¿Qué vamos a hacer con él? —preguntó su hermana.

—Pues llevarlo a la veterinaria, pero ni de broma estamos adoptando un lobo como mascota —tosió—. Espero...

—Pero el veterinario está de vacaciones —replicó Anya con obviedad y voz aguda.

—¿Cómo lo sabes? —cuestionó Kit con el ceño fruncido.

—El otro día fuimos con Rae a llevar a Pyp porque vomitó sangre en toda la alfombra —explicó con paciencia, alzando la barbilla.

Daniel sintió una vaga curiosidad por el malestar del gato. Entonces recordó al padre de la niña, y a su mente llegó ese cuento de Poe que le ponía los pelos de punta, *El Gato Negro*.

—¿Y no dejó a nadie a cargo? —espetó mientras se introducía en la carretera.

—No.

No quería que el lobo muriera, no ahora que lo tenía bajo su cargo. Siempre había tenido cierta debilidad por los animales, pero no es que hubiera tenido una mascota antes, al menos no una permanente. Sus padres creían que una mascota era una responsabilidad costosa que ellos no podían permitirse. «Se olvidarán del pobre animalito enseguida y seremos nosotros quienes tendrán que hacerse cargo de él», solían decirles.

Aun así, años atrás, había llevado a la casa un gato, un perro viejo que lo siguió por la calle por casi cuatro manzanas y un par de ratas de laboratorio que él crio en secreto bajo su cama. Las ratas duraron más de lo esperado, pero luego una murió y su madre encontró la otra; tuvo que regalarla. Elliot, un antiguo compañero de la escuela, la aceptó gustoso, pero él se mudó a Edimburgo y no supo nada más de Colagusano. Salvo que más tarde fue rebautizada como Poppy por su amigo al descubrir que la rata era hembra en el momento que la vio parir a los hijos de su difunto compañero. En un giro aún más sorprendente de los acontecimientos, Poppy se engulló a una de sus crías.

Por otro lado, su madre también echó al gato con una escoba en la mano, y al perro viejo lo espantó con un diario enrollado. Unos años antes había estado Pluto, un cachorro al que su hermano Evan había llevado a escondidas cuando tenía diez años. Esa situación fue la más triste. Sus padres lo obligaron a dejarlo otra vez en la calle cuando lo descubrieron. Su hermano había llorado mucho, pero Daniel no. Nunca había conseguido encariñarse mucho con el animal, probablemente porque Evan se había encaprichado con él y no le había permitido acercarse demasiado.

Suspiró.

Su madre lo mataría y haría un gran escándalo si se le ocurría llevarle un lobo a la casa. Debió ser esa una de las razones por las cuales decidió llevarlo de todos modos.

—Debe haber dejado un número para consultas, me imagino —sugirió tamborileando los dedos contra el volante y echando una mirada ansiosa por el espejo retrovisor.

—Creo que sí.

—Y tal vez ya volvió de vacaciones —propuso Kit en tono conciliador.

—Tal vez.

Cuando llegaron a la única veterinaria del pueblo, se sintieron decepcionados al comprobar que, en efecto, no había veterinario, sino tan solo un cartelito pegado en la puerta del local, como él lo había predicho. Gruñó un par de maldiciones y se bajó del vehículo para poder acercarse y anotar el número de teléfono en su celular, y de paso para asegurarse de que el lobo siguiera respirando.

Percibió las miradas de Kit y Anya mientras volvía a subirse a la camioneta y maniobraba para salir del estacionamiento.

—Lo llevaremos a casa y luego llamaremos al veterinario —anunció como si eso fuese un buen plan.

Con optimismo todo saldría bien, o eso esperaba.

—A mamá y a papá no les va a gustar. —Más que una advertencia, parecía un lamento por parte de Kit.

—Lo sé —admitió de mala gana.

—Tenemos que llevar a Anya a su casa —recordó su hermana luego de unos minutos.

—¿Puedo quedarme a pasar la noche? —preguntó ella.

—No creo que hoy sea la noche indicada para eso, tal vez mañana —ofreció sin quitar la vista del camino y con el ceño fruncido—. Le diré a Evan que te lleve a tu casa en cuanto lleguemos.

Se escuchó un bufido de resignación, pero ninguna de las dos volvió a reclamar. Era fácil notar la curiosidad de Anya en torno al lobo, y Daniel había aprendido a captar las intenciones ocultas de esa niña hacía mucho, pero su hermana era demasiado ingenua para ver alguno de los verdaderos intereses de su amiga.

—¿Crees que muera? —le susurró Anya a Kit.

—¿Va a morir, Daniel? —preguntó ella en voz alta.

—No. No lo sé. No piensen en negativo, siempre en positivo —aconsejó como si realmente supiera de lo que estaba hablando—. Una vez leí un libro donde decía que todo lo que pienses es lo que atraerás. O sea, si piensas que el lobo morirá, entonces él lo hará. Pero...

—Si pienso que él se pondrá bien —interrumpió su hermana, captando el concepto con una ligera sonrisa—, vivirá.

—Exacto. Se le llama la ley de atracción, ¿sabías?

—¿Dónde leíste eso? —preguntó Anya con una ligera nota de escepticismo.

—En un libro.

—¿Cuál?

—No me acuerdo el nombre.

Daniel no iba a admitir que se había quedado leyendo *El Secreto* porque eso, y el hecho de habérselo robado a su mamá, ya era bastante bochornoso.

Su casa era pequeña. Estaba sobre la angosta calle con forma de serpiente llamada Tulloch's Brae y no era muy distinguida: de cemento, alguna vez de un celeste pastel que, seguramente, fue muy bonito; pero, ahora, la pintura se descascaraba en ciertos lugares, y si no fuese por el techo de tejas negras, podría ser una caja de zapatos con un jardín bonito que la hacía decente. Estaba rodeada por un cercado de piedras, y en la entrada solía estar una reja, pero Daniel la había roto a los once años y jamás habían vuelto a reemplazarla.

Las casas más antiguas y bonitas estaban en el corazón de Deira, donde las calles estaban adoquinadas y los hogares permanecían atrapados en el siglo XVII. En ese lado del pueblo solo vivían las familias de renombre, como políticos y otros personajes importantes. Su familia no era nada de eso, aunque tuvieran un apellido que vagaba por ese pueblo desde el principio de los tiempos. Su mamá era de Londres, pero su padre había nacido ahí mismo, como su padre y el padre de su padre. Ambos atendían una floristería.

Su hermano Evan fue quien salió a recibirlos, probablemente con intención de ayudarlos a bajar la leña.

—Ya era hora, estaba...

Daniel, interrumpiendo sus palabras, le lanzó las llaves del vehículo. Su hermano las atrapó con el rostro desencajado.

—Necesito que lleves a Anya a su casa —explicó mientras abría la batea.

—¿Por qué no lo haces tú? —lo increpó él, pero se quedó mudo en cuanto vio cómo su hermano bajaba una enorme masa peluda y sangrienta—. ¡Por Dios, atropellaste un perro!

—¡No, Jesús no! —exhaló, aterrado con la sola idea—. ¿Qué demonios haría yo si papá le llegase a encontrar un golpe a este cacharro? —Daniel se estremeció—. No, no lo atropellé. Y esto no es un perro, es un lobo.

—Daniel, aquí no hay lobos.

Era una afirmación, pero a Daniel casi le pareció una pregunta.

—No tengo idea.

Él, como venía siendo costumbre, tomó la batuta en el asunto. Todos lo siguieron hasta el interior de la casa como una fila de patitos, mirando cómo él dejaba al lobo sobre el piso de la sala. Se apresuró a sacar su celular y marcar al número agendado previamente. Hubo tres toques de espera, y luego la línea se conectó.

—¿Hola?

—¿Con el veterinario?

Por segunda vez en el día, Daniel volvió a sentirse estúpido.

—Sí, habla el doctor Carlton Monroe.

—Vi su número fuera del local para emergencias. Resulta que tengo un lobo herido en mi sala.

Tuvo miedo de que Carlton Monroe no le hubiera comprendido por haber hablado rápido.

—¿Cómo?

Eso era lo que Daniel se preguntaba todavía. Fue honesto al responder:

—Que tengo un lobo herido en mi sala, y no tengo ni la más jodida idea de cómo debo tratarlo.

Hubo un silencio que duró un par de segundos, los cuales a él le parecieron eternos.

—¿Un lobo, dice?

Daniel quiso gritar.

—Sí. Un lobo —casi gruñó.

—¿Qué clase de persona tiene un lobo en su casa? —resopló el hombre al otro lado de la línea, luego carraspeó—. ¿Puede decirme qué clase de heridas cree que son, y si están infectadas?

Se hincó junto al animal y con cuidado examinó bien la carne abierta en la zona del cuello, el lomo y una de sus patas traseras.

—Parecen de una pelea, pero no puedo estar seguro. Luce algo reciente, no se ve infectado. Aún.

—¿Y el estado del animal?

—No está muy consciente, si eso pregunta.

—Muy bien, primero hay que limpiar las heridas con agua, pero, si es posible, sería mucho mejor con suero o soluciones yodadas.

Daniel cubrió el teléfono con la mano y miró a Kit, que, al igual que Anya y Evan, estaba expectante a él.

—Traigan la caja de primeros auxilios —les susurró.

«Caja de primeros auxilios» era una forma demasiado optimista de llamarla, peor era nada.

—¿Tenemos una? —repuso Evan con sarcasmo, pero Kit ya había salido corriendo a buscarla.

—Luego debe cubrir las zonas afectadas con gasas o paños limpios. ¿Tiene alguna hemorragia?

—Parece haber tenido una, pero creo que ya se detuvo.

—Perfecto. Si realmente es un lobo, le recomiendo ponerle algún bozal y mantenerlo en un lugar aislado, donde pueda estar tranquilo. Yo estaré de vuelta en… —hubo una pausa y cierto tono condescendiente— unos tres días como mucho. Si sobrevive la noche, vuelva a llamarme y le daré más indicaciones. Buenas noches.

Y antes de que Daniel pudiera replicar algo, la línea ya se había cortado. Miró indignado su celular y volvió a soltar otro par de maldiciones en honor a ese tal inútil doctor Monroe, mientras esperaba a que su hermana volviese con lo necesario.

—¿Qué te dijo? —inquirió Evan, curioso.

—Lo suficiente para hacerme querer ir y verificar ese título de veterinario del que seguro presume.

Los pasos apresurados de Kit se escucharon de vuelta y, enseguida, apareció con una pequeña caja de madera entre las manos. Daniel sacó el desinfectante y comenzó a verterlo con cuidado sobre los lugares donde la carne estaba abierta, atento por si el lobo daba alguna señal de moverse. Luego colocó un par de gasas con ayuda de Evan mientras Kit y Anya solo observaban en silencio.

—Hay que vendarlo, para que no las pierda —aconsejó su hermano.

—Deja, yo me encargo. —Y en lo que terminaban, recordó—: Tienes que llevar a Anya a su casa, ya es tarde.

—Está bien.

—¿Y podrías pasar a buscar a mamá y papá?

Evan puso los ojos en blanco con fastidio, pero accedió. Se levantó y con un vago gesto le indicó a la niña que ya debían irse. Daniel oyó cómo Kit se despedía de ella; seguro que, con un gran abrazo de oso, como siempre hacían.

La puerta se cerró. Él terminó con el trabajo.

—¿Ahora qué? —Su hermana se asomó por su espalda—. ¿Le diremos a mamá y papá?

Ambos contemplaron el cuerpo del lobo que respiraba con pesadez. Daniel ni siquiera se molestó en considerar esa posibilidad.

—Por el momento, lo mejor será mantenerlo en secreto, ¿sí?

Ella estuvo de acuerdo, pero entonces un rastro de duda nubló su rostro.

—Dormirá dentro, ¿verdad?

—Estaba pensando en dejarlo en el cobertizo —admitió él—. El veterinario dijo que debía estar en un lugar tranquilo.

—Pero pasará mucho frío —discutió ella, aferrándose con sus delgados brazos en torno a su cuello—. Que duerma contigo.

Él se giró para mirarla con una mueca burlona en el rostro.

—¿Y si despierta y me ataca? —preguntó—. ¿Podrías vivir con esa culpa?

—Él no haría eso —respondió muy segura—. No puede ni moverse, ¿ves?

Daniel sonrió y revolvió con cariño los oscuros rizos de su hermana.

Llevaron al lobo hasta su cuarto por petición de Kit, y Daniel trató de consolarse a sí mismo con la esperanza de que si el lobo despertaba, estaría muy débil como para atacar. Además, lo dejaría más tranquilo tenerlo a la vista y controlar sus movimientos que dejarlo en la soledad de un cobertizo destartalado del que podría escapar con un solo soplido.

Más tarde, ninguno de los hermanos Crane les mencionó algo a sus padres en cuanto estos llegaron. Ellos fingieron que no tenían a un lobo encerrado en ninguna habitación de la casa. Kit hizo comentarios bobos que Daniel respaldó, porque eso hacía siempre. Evan se burló de ellos, un poco: jamás hablaba más de lo que él creía necesario. Sus padres sonrieron de vez en cuando y a Daniel le hablaron sobre el trabajo en eso que levantaban la mesa. Daniel los evitó como pudo y se escudó con la excusa de estar cansado. Se despidió de todos con un saludo general y caminó hasta su habitación.

Lo cierto es que fue incapaz de pegar un ojo en toda esa noche. Temió por su vida. Si aquel animal llegaba a despertar con él con la guardia baja, sería desastroso. Sin embargo, mantenía la opinión de que sería mucho mejor verlo despertar y levantarse a que nunca lo hiciera en realidad.

2
LAS AVES ESPELUZNANTES DE SU VENTANA

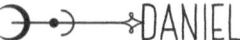DANIEL

No se percató de que se había dormido hasta que la música de los créditos de una película que había pretendido ver lo despertó.

Se enderezó con rapidez y sus ojos se dirigieron al suelo, en donde, para su suerte, el lobo seguía inconsciente y acomodado sobre una vieja camisa rota que Daniel había desenterrado del fondo de su armario. El animal respiraba suave y apaciblemente, un marcado contraste con la tarde anterior.

Medio dormido, el muchacho se desplazó fuera de su habitación para ir al baño, tropezando con sus propios pies de tanto en tanto.

No, ni de lejos era un amante de la vida nocturna —a menos que se hubiera permitido una siesta previa, que no era el caso— y mantenía la firme convicción de que el secreto de una buena vida residía en tener un sueño reparador de más de ocho horas. Pero su noche había sido de videojuegos y películas en ese pequeño televisor que adornaba su habitación, acompañado de latas de Red Bull y café que había preparado en un termo. Por lo tanto, estaba irritable, inquieto y probablemente al borde de sufrir taquicardia.

Hizo sus necesidades, se lavó la cara y se enfrentó con desgano a su reflejo.

Se vio apuesto, incluso con esas ojeras que surcaban su rostro. Se revolvió con ímpetu el pelo oscuro, tratando de encontrar una forma de que no reflejara su aspecto tan desaliñado, pero peinarlo nunca había servido de mucho. Aunque lo llevaba corto, siempre parecía que los mechones se rebelaban, curvándose sobre su frente. Todos sus hermanos tenían abundantes rizos, pero él se había cortado el pelo tiempo atrás y su cabello nunca había logrado recuperar su estado original por más que lo dejase crecer. Daniel siempre había destacado de entre sus dos hermanos, para bien o para mal —casi siempre para mal—, ya fuese en apariencia o en otras cualidades.

Le guiñó un ojo a su reflejo tras hacer un par de muecas graciosas.

—Vaya, qué galán. —Medio que bostezó antes de salir del baño.

Daniel era despreocupado en cuanto a sí mismo y su propia seguridad, debió ser por eso que nunca se había planteado qué hacer si el lobo despertaba, pero cuando entró en la habitación y sintió esos ojos amarillos clavándose en él, su primer pensamiento fue cerrar la puerta bajo llave y dejarla así para siempre. Pensó que era la reacción más razonable que había tenido hasta el momento, pero él era despistado, extremadamente despistado; Daniel no encontró otra explicación a lo que estaba por hacer.

Suspiró, odiándose a sí mismo y a esa debilidad suya por los animales. Una parte de él, la que era más reservada y centrada, se preguntó cómo iba a enfrentar esto ahora que el lobo estaba despierto.

Nervioso, tragó saliva, y con cautela fue cerrando la puerta tras de sí. El lobo era silencioso a pesar de que se había liberado de ese rudimentario bozal que le había colocado. Los colmillos relucían y salivaban, tenía la cola metida entre las patas, y el pelaje negro se le erizó lo bastante como para hacerlo lucir mucho más grande de lo que era.

A pesar de su aura amenazante, Daniel encontró en sus ojos un miedo abrumador, peligroso. Lo hizo sentir indeseado.

—Hola, de nuevo… —Notó que la voz le tembló al hablar, por lo que se aclaró la garganta—. Veo que has despertado, qué bien.

Dio un paso hacia adelante y el lobo gruñó. No fue el usual gruñido que uno esperaría, fue sutil al oído humano, y la verdad era que Daniel lo percibió más de lo que lo escuchó. Fue aterrador, le recorrió todo el cuerpo como lo haría una amenaza de muerte, porque eso fue lo que interpretó que era.

Daniel se quedó en su lugar, apoyado en la puerta: la única distancia que parecía aceptable para el lobo. Se sostuvieron la mirada durante un segundo, un minuto, una hora, quién sabe cuánto tiempo. Fue algo que lo descolocó, los ojos del lobo lo atraparon, como un imán al metal. El animal lo desafiaba, como si tuviera algo que demostrar. Daniel solo permitió que aquel magnetismo lo envolviera porque quiso ver adónde los llevaba, y se complació al ver que el lobo fue quien cedió primero, resoplando con la lengua entre los dientes, airado. Daniel levantó la barbilla con una sonrisa arrogante.

—¿Qué pasa? —lo desafió, mordaz.

El lobo mordió el aire con fiereza y Daniel se golpeó la espalda contra la puerta. Tragó saliva y fingió que el corazón no se le había subido a la garganta.

Al final, al animal no le quedó otra que evaluarlo de la misma manera que Daniel lo estaba haciendo con él. Tenía las orejas erguidas y, de vez en cuando, le echaba una rápida mirada a su alrededor. Le recordó un poco a los gatos —consideró que tenía su chiste—, porque el lobo tenía la misma actitud displicente que ellos, y lo miraba con furia y orgullo, como si Daniel fuese un insecto y él un dios.

¿Qué estaría pasando por su mente?

Daniel sonrió mientras se ponía a jugar con el dobladillo de su jersey gris. Era una prenda antigua teniendo en cuenta que la tenía desde los dieciséis años. Exhibía algunas manchas de salsa que ningún jabón pudo sacar y un agujero debajo del brazo. Era todo un veterano, pero le tenía cierto cariño, por eso nunca lo desechó.

—Mi hermana quiere adoptarte, ¿sabes? —Se detuvo, ¿realmente estaba hablándole a un lobo otra vez?—. Quiero decir, tener un lobo de mascota debe ser totalmente genial. —El animal entornó la mirada en su dirección e inclinó ligeramente la cabeza—. Pero no te ves del tipo amistoso y todo eso, ni de cerca ni de lejos, amigo.

El lobo ladeó la cabeza, indiferente. Luego, trató de morder el vendaje que se enredaba sobre su pata trasera.

Daniel se estiró y trató de detenerlo, porque le había costado vendarlo, pero nunca llegó a acercarse demasiado, por supuesto.

—¡No, no! —El lobo gruñó y el muchacho sintió un escalofrío—. Y yo mejor retiro la mano. Sip, mensaje captado, amigo. Haz... haz lo que quieras.

El lobo volvió a lo suyo mientras él se levantaba con cuidado de no hacer ningún movimiento brusco. Se deslizó por un costado de la habitación, muy despacio.

Daniel trataba de llegar hasta la mesita de noche, situada justo detrás del lobo, porque ahí estaba su celular; tenía que llamar al veterinario tal como habían acordado la noche anterior, pero la bestia con la que se había encerrado no podía entender eso. El animal se puso alerta en cuanto se dio cuenta de que se estaba moviendo. Dejó que todo su pelaje se erizase una vez más, y el gruñido no le atemorizó tanto como el primero. Daniel enfrentó la mirada del animal con el ceño fruncido.

—Pulgoso de mierda —masculló con resentimiento—. Te voy a patear ese culo peludo que tienes y te devolveré adonde te encontré.

El lobo se arrinconó contra el mueble, con los labios replegados hacia arriba y las orejas pegadas contra el cráneo antes de ladrar. Daniel retrocedió en el acto, esperando que eso no hubiese despertado a nadie. Por si acaso, se quedó un par de segundos quieto y expectante; aguzó el oído y esperó a ver si eso había alertado a alguien en la casa, pero todo continuó igual de silencioso y calmo.

Daniel suspiró mientras volvía a retomar su lugar en la puerta. El lobo todavía parecía resentido por su intromisión, pero cuando se calmó lo suficiente, volvió a hacer un último intento, porque él iba a llamar a ese veterinario; no pensaba hospedar a esa criatura por mucho más tiempo.

Se movió con una delicadeza poco común y, por primera vez, el lobo se quedó callado. Sin embargo, sus ojos ambarinos no se despegaron nunca de él. Cuando logró estar lo más cerca que el lobo le permitió, hizo un salto de fe y se estiró sobre él para alcanzar su teléfono. Fue tan rápido que el animal se quedó perplejo.

—Perro que ladra no muerde —canturreó victorioso, sacudiendo su teléfono en el aire antes de salir de la habitación sin vacilar.

Se chocó con su hermana. Kit iba con cara de recién levantada. Sus rizos estaban desordenados y había algo de baba seca en su barbilla, pero sus ojos somnolientos brillaron con emoción al verlo.

—¿Y el lobo? —murmuró, mirando a la puerta—. Lo escuché ladrar hace rato.

No le sorprendió, sus habitaciones estaban una al lado de la otra.

—¿Mamá y papá lo escucharon? —inquirió.

—Eh... —Ella echó una mirada por sobre su hombro—, creo que no.

Daniel la agarró por los brazos y la obligó a caminar lejos de ahí, guiándola hasta la cocina.

Preparar el desayuno era su trabajo, aunque, en realidad, cualquier tipo de arte culinario lo era si su madre no andaba cerca.

—¡Quiero ver al lobo! —se quejó ella.

—Después —respondió, y con rapidez agregó—: ¿No deberías estar preparándote para la escuela o algo así?

—Estaba pensando en quedarme aquí, contigo —añadió con dulzura.

Él la miró con suspicacia.

—Tú no te quedas por mí, te quedas por el pulgoso ese.

—¡No! Además, vas a necesitar ayuda con él. Yo haré lo que me pidas y me portaré bien, te lo prometo. No molestaré, ¡lo juro! —exclamó implorante, aferrándose al cuerpo de su hermano con todas sus fuerzas.

—Mamá no te dejará faltar —replicó él con tranquilidad.

—Si tú se lo pides, sí.

—Aun así, no puedes perderte clases, y me sentiría mejor con Evan —dijo mientras ambos entraban en la cocina, aún vacía.

—¡Pero entonces Evan faltará a clases! —exclamó, indignada por tal injusticia—. ¿Por qué yo no puedo y él sí?

—Porque él ya es grande y tiene asistencia casi perfecta, a diferencia de ti, señorita *Me Enfermo Una Vez A La Semana* —recalcó, intentando dar el tema por terminado.

—No es justo —refunfuñó ella por lo bajo.

Daniel sonrió y le revolvió el cabello.

—Pues así es la vida. Sobrevive o muere.

Todavía estaba preparando el desayuno cuando Evan entró ya enfundado en su pulcro uniforme escolar.

—Buen día —murmuró de mala gana, tenía problemas para aflojar un poco el nudo de su corbata. Se rindió antes de poder sentarse en la mesa—. ¿Cómo te fue anoche?

—Tranquilo... Hasta esta mañana, claro. —Daniel se encogió de hombros mientras encendía la hornalla y ponía a calentar agua en la tetera.

Kit estaba sentada en la mesa, observando todo con ojos agudos e inquisitivos.

—¡¿Despertó?! —Evan giró la cabeza para mirarlo igual que su hermana.

—Sí, pero es dócil, teniendo en cuenta lo que me imaginé. Es un chico listo, claramente no le agrado —añadió entre dientes con molestia—, pero no deja de ser listo —murmuró a la vez que acomodaba las tazas sobre la mesa redonda.

Kit jadeó, con una sonrisa.

—¿Y si es un perro lobo? —dijo, y alzó su cuchara al aire—. ¡Como *Balto*!

Daniel hizo una mueca, pero no dijo nada. Evan se inclinó sobre la mesa con una risita.

—Claro, solo hay que darle una mirada a esa cosa y sabrás que no tiene nada de perro —aseguró.

—Lo sé. Tengo que llamar al veterinario todavía. —Daniel dejó la leche y los cereales sobre la mesa, y Kit se apresuró a servirse dentro del recipiente que había sacado—. Pero a este punto no creo que me diga algo de verdadera utilidad.

De repente, en la cocina irrumpió su padre, Collin Crane, con la ropa arrugada y una camisa a cuadros mal abotonada.

Su apellido resonaba con familiaridad en boca de la gente, ya fuese por la mala reputación de Daniel o la floristería de su familia. Él y su hermano trabajaban ahí de vez en cuando, solo si sus padres estaban ocupados y necesitaban dejar a alguien en el puesto. Su madre solía insistir en que alguien —sus ojos siempre acababan con tenacidad en Daniel— debería tomar la responsabilidad de continuar con el negocio cuando ellos ya no pudieran. Era un deseo a voces, por alguna razón. Kit se lo tomaba muy en serio y siempre se responsabilizaba de eso a pesar de que las plantas que habían muerto bajo su cuidado eran incontables. Pero, por ese terrible momento, todo recaía sobre él, cuyos estudios secundarios habían acabado y su vida todavía era un bote a la deriva.

—Buenos días —saludó su papá con buen humor. Miró el reloj de su muñeca y luego a su hija pequeña—. Deberías darte prisa, todavía debo llevarte a la escuela. Tú también, Evan.

—Yo ya estoy listo —se apresuró a decir él.

—Estaba pensando que Evan podría quedarse hoy en casa —intervino Daniel. Su padre levantó una ceja, sin poder ocultar su sorpresa—. Yo... Eh... Ayer no juntamos suficientes ramitas y todo eso, y luego tengo un trabajo especial con la señora Gray y voy a necesitar que alguien me eche una mano.

—Sí, no tengo ningún problema —asintió su hermano con rapidez, sabiendo adónde iban realmente los tiros.

Kit los taladró a ambos con la mirada mientras masticaba su cereal. Daniel sabía que ella realmente quería quedarse, pero esperaba que las ganas no fueran tan fuertes como para atreverse a delatarlos.

Anna, su mamá, entró peinando su cabello. La cocina antes vacía empezó a lucir muy pequeña; Daniel odiaba cuando todos se amontonaban en una misma sala de dimensiones minúsculas.

—Me parece bien, tienen que ayudarse —dijo ella, que había escuchado parte de la conversación.

Daniel alzó las cejas mientras apagaba el fuego y servía el agua en las tazas. Encontraba irónico que su madre, justamente, intentara incentivar ese amor fraternal entre ellos cuando ella misma tenía una pésima relación con su hermano, Harris.

—Supongo.

Anna tomó la muñeca de su marido y la alzó hasta tener una buena vista de su reloj, el cual inspeccionó con los ojos entrecerrados.

—Katherine, se hace tarde —apremió—. Ve a prepararte.

En la familia, Anna era la única que no llamaba a su hija por su apodo. Adoraba el nombre de Katherine y no soportaba que otros la llamaran Kit. «Tienes un nombre muy bonito», replicaba con dulzura cuando ella insistía en que prefería mil veces que le dijeran Kit.

—¡Ya voy! —bufó ella antes de empujar la silla lejos de la mesa y salir de la cocina dando grandes zancadas.

—¡Vaya humor! —exclamó Anna.

—Sus tazas están sobre la mesa —avisó Daniel de repente—. No tienen azúcar.

—Oh, gracias —murmuró su madre con una sonrisa—. Hoy trabajas, entonces.

Daniel asintió, acercando su propia taza a sus labios.

—Sí, la señora Gray me envió un mensaje, quiere que le instale una fuente o algo así —mintió—. El señor Reid nunca volvió a llamarme, pero después de la pelea por su gnomo roto… No es como si realmente estuviera esperando que me llamase una próxima vez.

Daniel tenía pequeños trabajos, así como una destreza notable para la jardinería. Siempre había alguien que lo llamaba, ya fuera para cortar el césped o encargarse del mantenimiento general de un gran y bello jardín; en este caso, el de su clienta más regular, Patricia Gray. Seth Reid también había sido otro buen cliente; solía llamarlo para trabajos mucho menos ambiciosos que los de Patricia, pero sí más meticulosos. Daniel sostendría hasta el día de su muerte que un gnomo de jardín roto no era algo tan grave como para enojarse de tal manera.

Mientras los demás desayunaban, él se encargó de buscar en el refrigerador, con cuidado de no llamar la atención, un paquete de salchichas. Quería asegurarse de que el lobo no hubiese perdido el apetito. Aquello podría ayudarle a saber qué tan mal estaba realmente. Las escondió bajo su viejo jersey, y se disculpó, alegando que todavía debía cambiarse.

Se precipitó hasta su habitación como alma que lleva el diablo, y en el momento en que abrió la puerta lo primero que notó, y para qué negarlo, lo que le causó un susto de muerte, fueron los cuervos: dos aves negras como la tinta, paradas en el alféizar y picoteando el vidrio de su ventana como si quisieran algo. También se dio cuenta de que el lobo había desaparecido de donde lo había dejado antes de salir.

Por un momento, cruzó por su cabeza la idea de que Kit pudiese haber abierto la puerta y que el lobo hubiera escapado accidentalmente, pero se rehusó a perder la calma y decidió asegurarse de que, en realidad, ese animal no habría encontrado algún escondrijo en su habitación.

Daniel comenzó una búsqueda desesperada y descuidada. Los ojos de aquellas aves lo siguieron con la misma destreza con la que podría seguirlo una sombra.

—Perrito… Si apareces, te juro que te pondré un nombre jodidamente genial, algo de batalla o algo así, de esos epiquísimos… —farfulló al tiempo que asomaba su cabeza bajo la cama. Y ahí estaba, hecho bolita y fundiéndose entre la oscuridad y el polvo que había bajo su cama, con aquella mirada ambarina haciendo contraste. Daniel sonrió aliviado—. Solo por eso, ahora eres Canuto.

El lobo lloriqueó al mismo tiempo que metía la cola entre sus patas. El muchacho entornó la mirada, sorprendido. No se había molestado ni en gruñirle ni nada.

Los cuervos graznaron y volvieron a picotear el vidrio con cierta insistencia, como si estuvieran esperando para poder entrar. Daniel pensó en que más tarde los echaría.

Palpó con cuidado el jersey donde ocultaba el paquete de salchichas y, de un rápido movimiento, sacó una para colocarla frente al lobo, esperando que él captase el aroma y saliera de allí. Tardó bastante, pero al final pudo persuadirlo de desplazarse poco a poco del lugar hasta tomar la salchicha tímidamente entre sus fauces y luego devorarla con ganas.

—Ya veo que no estás tan mal, ¿eh? —rio.

Dejó el resto en el piso y se alejó, no quería hostigar más al animal. Y en el momento en que el lobo salió por completo de debajo de su cama, los cuervos gritaron con furia y agitaron sus alas con fiereza, estrellándose contra el cristal y creando un estruendo que le erizó los vellos.

Cuando Daniel se percató, el lobo había huido de nuevo a su escondite y los cuervos ya no estaban.

HABÍA LOBOS Y UN HOMBRE TAMBIÉN

Siempre había sentido la necesidad de echar un ojo a las cosas. Era como una pequeña mosca que solía zumbar en su oído derecho, constante y precavida. ¿Cómo estarán las cosas? ¿Habrá olvidado Rachel los materiales para la clase? ¿Quedan tareas pendientes? ¿Qué hace falta en la nevera? ¿Hay leña para la chimenea?

Evan Peter Crane era la conciencia del hogar, porque alguien tenía que serlo. Si bien sus padres eran la cabeza de la familia y Daniel, quien la mantenía, Evan tenía que ser el recordatorio constante para que nada cambiara. De otra forma, los adultos se olvidarían de que eran adultos y él tendría que convertirse en uno por ellos.

Esa mañana, mientras se despedía de sus padres y su hermana en la puerta, la pregunta que cruzó por su mente fue: ¿el lobo ya le habrá arrancado una mano a Daniel? Siendo honestos, no se sorprendería si así fuera, pero no podía darse el lujo de no ir a verificar por sí mismo.

Su hermano mayor era impulsivo y, hasta cierto punto, un poco ingenuo. No parecía que fuera el más grande de los hermanos Carne. Evan creía que quizás esto se debía a la infancia que su hermano no pudo tener, y el niño que nunca fue se revelaba en el adulto que era ahora. Sin embargo, nunca podría estar seguro de ello, y no deseaba adentrarse en los rincones más oscuros de la mente de Daniel para averiguarlo. Pero no le cabía duda de una cosa: si Evan hubiera sido el hermano mayor, definitivamente, no habría traído al lobo a casa.

Por lo tanto, cuando estuvieron solos en la casa, decidió buscarlo. La habitación de su hermano estaba al final de un largo pasillo, y cuando entró, el cambio en el ambiente le resultó abrumador. Apestaba a perro sucio, a encierro y, seguramente, al par de medias tiradas en un rincón.

Su hermano estaba arrodillado en el suelo, junto a la cama. Evan lo miró de manera inquisidora.

Daniel notó la presencia de Evan y levantó la cabeza para mirarlo con el ceño fruncido.

—¡Cierra la puerta! —gritó.

Evan lo ignoró.

—¿Dónde está? —preguntó mientras sus ojos paseaban por la habitación, tratando de encontrar al animal.

—Está abajo —respondió Daniel, señalando con desgano su cama.

—Huele horrible, ¿cuándo fue la última vez que abriste esa ventana? —comentó Evan con una mueca de asco mientras caminaba hacia ella y la abría. Evan aborrecía la falta de orden e higiene de su hermano—. ¿Ya llamaste al veterinario?

—Aún no…

DANIEL ☾

Trató de decir algo mientras veía a su hermano levantar la ventana. Quiso contarle sobre ese par de cuervos, los que había tenido que espantar minutos antes, y lo raro que fue ver al lobo asustado por ellos. Pero la cara con la que su hermano lo miró hizo que se lo pensara dos veces; probablemente Evan le restaría importancia. Después de todo, no habría sido la primera vez que él desestimaba su palabra; su hermano nunca lo tomaba en serio. Ese último pensamiento lo puso de malhumor.

—¿Por qué lo tienes escondido ahí abajo?

—Si hubiese sabido que solo te ibas a quedar para hacer preguntas estúpidas, hubiese dejado a Kit conmigo. —Daniel sacó la cabeza de debajo de la cama—. Yo no lo metí ahí, se metió él solito. Todavía no tuve oportunidad de llamar al inútil del veterinario ese. Y, por cierto, el orden de mi habitación no te concierne para nada.

Evan no pareció impresionado, y él volvió a inclinarse sobre la cama. El lobo insistía en permanecer ahí metido. Él ya había tratado de todo para sacarlo. Incluso había metido la mano para tratar de llamar su atención; y menos mal que era rápido, porque, de lo contrario, habría terminado con un par de dedos menos.

—El desgraciado no quiere salir de aquí —masculló.

Su hermano se cruzó de brazos juzgándolo desde arriba, y oh, Daniel odiaba mucho esa mirada, especialmente desde aquella perspectiva.

—¿Y? —dijo sin ver el punto de todo eso—. Déjalo ahí. De todos modos, no tenemos adónde llevarlo; el veterinario todavía no vuelve, ¿no?

—Ya sé, pero no me gusta que esté ahí, solo —reconoció Daniel a regañadientes—. Me pone nervioso no tenerlo a la vista.

Evan acarició el puente de su nariz como si buscara paciencia divina.

—No te encapriches con él —advirtió—, sabes que tiene que volver adonde pertenece.

Daniel frunció el ceño y se levantó del suelo.

—¿Por qué cada vez que hablas tiene que ser con ese tonito de superioridad?

—Nadie es superior a nadie —replicó Evan con cierta diplomacia.

Daniel se burló.

—Ve a repetirlo frente al espejo, entonces.

—Cállate.

Hizo caso y decidió no seguir con eso. Caminó fuera de la habitación con Evan pisándole los talones.

—¿Entonces qué se supone que hagamos ahora? —preguntó.

—Lo que dijimos, recolectar leña fina. Esta será una noche fría. —Para dar más fuerza a sus palabras, Evan sacó del bolsillo su celular y le echó una mirada al pronóstico que ahí señalaba—. Sí, frío y probabilidades de tormenta.

—Papá se llevó la camioneta —le recordó Daniel antes de pasarse una mano por el rostro—. Dios, a veces eres tan irritante.

—Es interesante la ironía en que tú lo menciones.

Daniel entrecerró los ojos y repitió sus palabras en un tono agudo y cargado de hastío. «Vete a la mierda, Evan», dijo después.

—Como sea —resopló—. Volviendo al tema, podríamos pedirle el auto al padre de Rae —sugirió.

Frunció el ceño.

—¿De verdad piensas que nos lo va a prestar?

La implacable confianza en los ojos de su hermano fue su única respuesta. Daniel intuyó que, como siempre, algo se le estaba escapando, pero no volvió a cuestionarlo, y decidió confiar.

Rachel —o Rae, para abreviar— era la hermana mayor de Anya y compañera de curso de Evan. Y hasta donde Daniel sabía, la única amiga de su hermano; lo que era bastante raro, porque Evan nunca había destacado por sus increíbles aptitudes sociales, pero… Si era justo, Rachel también era un poco rara en ese sentido. Ambas hermanas vivían con su madre y su padre, un tremendo hijo de…

—Lo detesto —dijo, siguiendo el hilo de sus pensamientos, solo que un poco más moderado.

Daniel tenía diez años cuando reparó por primera vez en los golpes de Rachel. Tuvo sospechas en ese entonces, pero cuando ella faltó al colegio por una semana entera y su hermano no habló al respecto, Daniel quiso hacer algo.

En primer año, en su clase había tenido una compañera abusada sexualmente por un familiar. Cuando el tema se volvió público, fue todo un escándalo, y en su colegio se dio una charla de cómo los niños no debían tener miedo a pedir ayuda o a reportar casos similares. Y eso hizo, golpeó la puerta del salón de clases de su hermano y habló con su maestra. La señorita Ella se vio honesta cuando le prometió que haría todo lo que estuviera a su alcance para evaluar la situación y poder actuar acorde a esta, pero, tres días más tarde, Rachel apareció de la mano de su padre a la salida de la escuela.

Tembló como una hoja cuando se vio cara a cara con él, pero no más que Rae, eso seguro. Ella le rogó que dejase de decir mentiras sobre su padre a las maestras, y eso fue todo. Le prometió que no se metería más en su vida y que jamás volvería a mencionar el tema.

Daniel rara vez había sido capaz de mantener la boca cerrada; siempre decía lo que pensaba en voz alta, y no recordaba haber temido alguna vez por hacerlo. Si nadie respondía ante las injusticias, él lo haría por mano propia. Pero esa fue la primera vez que comprendió cómo las acciones de una persona, por más bien intencionadas que fueran, podían generar muchos más problemas. A sus diez años, le pareció injusto. Ahora, con diecinueve, le seguía pareciendo igual.

Su hermano lo sacudió por el hombro para llamar su atención.

—Ya sé, yo también, pero ahora hay que juntar esa leña de alguna manera, y no pienso caminar hasta ese descampado por nada en el mundo.

Daniel resopló, pero no objetó. Se abrigaron bien, prepararon sus cosas y salieron de la casa.

—Cierra con llave —ordenó Evan, severo.

Daniel se preguntó quién en su sano juicio entraría a robar en una casita como la suya, pero acató la orden, incluso sabiendo que los robos eran escasos, por no decir inexistentes.

A medio camino, pasaron frente al inmenso colegio al que Evan y Kit asistían. Daniel miró con nostalgia la anticuada edificación. Le asaltaron recuerdos de los días cálidos de verano, días llenos de escritorios de madera oscura, grabados con nombres de alumnos pasados; de pasillos desolados y misteriosos que pocos osaban cruzar, por miedo a toparse con el profesor de Filosofía fumando marihuana o al conserje dando un espectáculo XXX dentro de su armario. Conocía el lugar como la palma de su mano, cada sala, cada recoveco y punto ciego.

¿Era reflejo de las muchas veces que se había escapado de las clases? Tal vez, pero nunca le había importado. Una parte de él se preguntó si alguna vez reviviría momentos como aquellos; extrañaba la abrumadora euforia de pensar que podía llevarse al mundo por delante y salir ileso.

Deira era una ciudad pequeña. El corazón de su centro era un barrio vibrante apresado en el siglo XVII. Había casas altas de piedra con la típica arquitectura inglesa de la época y otras más pequeñas que se asemejaban a granjas con un aire más alemán. Muchas de ellas eran hostales, tiendas de té, bares, cafeterías y restaurantes. Lo caro y bonito estaba ahí, concentrado en un solo lugar. La gente que recorría las calles empedradas era la sangre que bombeaba: cálida y viva. Daniel encontraba placentero caminar por esa zona, no solo por el ambiente, sino por el tenue aroma a *pizza* y café que abrazaban el alma. Y, al pasear a las primeras horas del día, el envolvente y delicioso aroma a azúcar de las panaderías.

Se cruzaron con varios conocidos durante el camino; Daniel los saludó con la mano y les ofreció una sonrisa. Evan pretendió no ver a nadie y se sumergió en su celular. Daniel agradeció que los encuentros hubieran sido a distancia, porque, de no ser así, su hermano seguro que le habría hecho pasar un momento muy incómodo.

El hogar de los McGregor estaba ubicado cruzando la avenida de la Bahía, entre los juncos, rocas y arena. La casita era pequeña y solitaria; blanca y de techo rojo. Ahí, asentada junto al vasto océano, lucía como si una sola ventisca pudiese derribarla y, aun así, tenía toda la pinta de ser ese tipo de casas que habían estado ahí desde años y años. Al lado de ella tenía un garaje improvisado hecho de tablones y lonas negras que resguardaban al viejo Volkswagen Golf rojo.

Evan tocó a la puerta con tres golpecitos rápidos y concisos. Fue Rachel quien, segundos después, los recibió. Ella los miró con sus redondos ojos azules abiertos con pavor. Daniel tardó un poco en comprender la razón, hasta que se dio cuenta de los golpes. Rae tenía el labio partido y varios hematomas morados contrastando horrorosamente en sus huesudos brazos.

—Evan... —Su voz era casi un susurro, pero parecía sorprendida—. ¿Por qué no estás en la escuela?

Evan tardó unos cuantos segundos en responder. Daniel se percató de que se había quedado mirando los golpes también.

—Tenía que ayudar a Daniel. Íbamos a buscar leña para la noche. Tu padre no está en casa. —No era una pregunta, por lo que Daniel intuyó que Evan sabía lo que estaba haciendo.

Rachel pareció confundida cuando respondió:

—No...

—Pero tu mamá sí.

Daniel se sintió tentado a preguntar de qué iba eso, pero no tuvo tiempo porque, detrás de Rachel, se asomó la cabeza de su madre como un fantasma invocado por la palabra. La señora McGregor traía un ojo negro y marcas de asfixia en el cuello. Daniel cerró las manos en puños y rechinó los dientes.

—Hola, muchachos.

—Hola, señora McGregor —dijo Evan con suficiente calma por ambos, y Daniel se preguntó cómo su hermano podía tener la cabeza tan fría.

Evan le dio una patada por atrás.

—Hola —se obligó a decir, respirando profundo y alborotando un poco su pelo para disimular su enojo. En realidad, ella era algo intimidante con o sin su marido, lo que era sorprendente, porque Daniel tenía entendido que lo más normal era que la persona abusada físicamente se mostrara dócil y sumisa ante su maltratador. Él la había visto en un par de ocasiones con Edward

McGregor y, definitivamente, no era alguien que se acomodase dentro de aquellas características, ni de broma. Ella era alta e imponente, y siempre llevaba un aire orgulloso que le recordaba bastante a Anya. Sus dos hijas eran bastante parecidas, con el cabello grueso y ardiente como hierro al fuego, además de los ojos, en especial los ojos. Daniel no había conocido tanta frialdad natural dentro de una mirada hasta que se topó con esas mujeres. Sin embargo, si debían hablar de facciones, quien había heredado totalmente el lado materno había sido Anya: altísima, de pómulos prominentes, elegante y femenina. Por el contrario, Rachel fue de baja estatura toda su vida, de cara redonda y una sonrisa de dientes ligeramente torcidos. Además, llevaba el pelo tan corto como Evan.

—Ellos quieren el auto por un rato, mamá —explicó Rae con cierto nerviosismo—. ¿Eso está bien para ti?

—Tu padre no está en casa, ni lo estará pronto —meditó con paciencia antes de bajar sus ojos hasta ellos—. ¿Es algo de suma importancia?

Daniel sacudió la cabeza en una negativa.

—Si estamos pidiendo mucho, entonces no se preocupe, nosotros…

Los ojos azules de la señora McGregor relampaguearon con algo que bien podría haber sido malicia. Se giró hacia su hija y asintió con decisión antes de regresar a su rostro impasible.

—Dales las llaves, Rae.

—Ahora se las alcanzo. —Rae se metió en la casa y Daniel se sintió libre de hablar.

—Voy a matar a ese bastardo si me lo llego a cruzar. Ni siquiera le advertiré, simplemente llegaré y…

Evan no estuvo de acuerdo:

—No, no lo harás. Lo volverás peor, y entonces él se desquitará con ellas.

—La madre de Rae podría levantar una orden de alejamiento —masculló, pero entendía el punto de su hermano—. Y, de todos modos, me las arreglaría para inventarme algo. Podría decir que estaba pasado de bebidas o algo, no sé... No soy tan tonto.

Evan lo miró de reojo antes de cruzar los brazos sobre su pecho.

—¿Quieres oír algo curioso?

—No sé, ¿quiero?

—He hablado sobre esto con ella más de una vez —confesó—, o al menos eso intentamos. Con Rae tratamos de convencerla: le prometimos seguridad, le aseguramos que nada malo le pasaría, que podíamos ayudarla a librarse de él, pero... —Agachó la cabeza y suspiró con cierta incertidumbre—. El hombre es un completo idiota, pero no es un psicópata. Solo es un borracho que se siente superior golpeando a otros y, aun así... ella siempre fue firme a la hora de negarse.

Daniel lo observó desconcertado.

—¿Por qué lo defendería?

—Eso es lo curioso, nunca lo defendió. Es normal que una mujer siempre defienda a su pareja, ¿sabes? O es lo más común en parejas así y que han durado tanto tiempo, lo investigué.

—No creo que sea así siempre —replicó Daniel.

—No lo es. La otra opción es que tema por su seguridad y la de sus hijas al tratar de alejarse de él, pero cada vez que hablamos con ella no parecía ni asustada ni desesperada, simplemente... cansada —admitió con una mueca—. De una forma u otra, ¿viste cómo accedió a darnos el auto?

—Sí... ¿Qué fue todo eso? Fue demasiado fácil.

—Es venganza. Probablemente espera que tengamos algún accidente con el auto de su marido —murmuró—. Supongo que es su forma de dar pelea contra alguien como él.

—¿Eso no lo vuelve peor para ella?

—¿Piensas que tan solo se deja golpear y ya? Rae me lo dijo. Deberías ver cómo queda Edward también después de una discusión… —Torció la boca con censura, como si de pronto hubiera recordado algo desagradable—. Es muy loco. No pretendo entenderlo, pero me preocupa.

Las voces de ambos habían ido disminuyendo hasta ser solo susurros, es por eso que, cuando Rae habló, ambos dieron un salto del susto. Ella levantó la llave del auto y la sacudió frente a sus rostros. Daniel las tomó con una sonrisa temblorosa, esperando que no hubiera alcanzado a oírlos.

—Gracias —dijeron.

Rae asintió y se cruzó de brazos.

—Anya me contó lo del lobo, ¿es de verdad o…? —preguntó.

Daniel agitó la cabeza repetidas veces.

—Oh, es de pedigrí, cien por ciento asegurado.

—Él piensa que podrá quedarse con él, adiestrarlo y hacerlo un buen asesino personal —se mofó Evan. Daniel le dio un codazo.

—Oh, cállate. A cualquiera le gustaría tenerlo.

«A los sensatos, no», le pareció que decía él por lo bajo.

Rae sonrió mientras los veía discutir.

A lo lejos el viento aulló, y a Daniel se le puso la piel de gallina. Miraron hacia la costa, donde las olas golpeaban la arena, y desde el horizonte se alzaban nubes enormes y oscuras.

—Será mejor que nos vayamos antes de que nos atrape la tormenta otra vez.

—Te lo dije —canturreó su hermano, después se volteó hasta su amiga—. Muchas gracias, Rae. De verdad.

Ella asintió con una sonrisa tímida que Evan correspondió.

—Te lo traeremos antes de que llegue tu padre —prometió Daniel, y le dio un golpe en el brazo a Evan para llamar su atención—. Romeo, mejor apúrate.

Evan lo miró abochornado y Daniel se regodeó en eso en lo que se subían al auto.

—Ahora sí —dijo mientras encendía el motor.

Estuvieron en la carretera mucho antes de que las nubes los alcanzaran.

Cuando llegaron al descampado, Daniel se tomó el tiempo de explicarle a Evan cómo y dónde exactamente habían encontrado al lobo, mientras se inclinaba para meter las ramas que habían ido acumulando dentro de una de las bolsas. También le manifestó sus teorías de cómo el animal podría haber llegado en ese estado hasta ellos.

—Estaba pensando que tal vez se perdió... ¿y se encontró con algún oso?

Evan se rio.

—A mí se me había ocurrido que probablemente tuvo una pelea con algún otro lobo. Si hay uno, entonces hay más, ¿no?

—Puede ser —reconoció Daniel—. De verdad no me esperaba que por aquí hubiese de esos. Una vez oí algo sobre osos, lo que en realidad ya es extraño porque esta no es una zona de osos y se supone que no deben existir aquí, pues, extinción —resopló con obviedad. Cerró la bolsa y la cargó sobre su hombro, pero antes de ir hasta el baúl del auto, se dio media vuelta y miró a su hermano, que iba apilando ramas entre sus brazos, demasiado concentrado como para haber estado escuchándolo. Daniel entornó los ojos—. ¿Tú en qué piensas?

Evan lo miró de refilón por un segundo.

—Bueno, se supone que los lobos también están extintos, ¿sabías? —respondió mientras metía sus ramas dentro de su propia bolsa hasta llenarla.

—¿No hay nada de lobos en Escocia?

—Huh, huh. Se supone que los cazaron a todos en el siglo dieciocho. Lo leí.

Daniel frunció el ceño mientras Evan también levantaba su bolsa.

—¿Por qué?

—¿Te suena lo del lobo y la oveja?

—Oh...

—Sí. Ellos eran una gran amenaza para el ganado, entonces... —Evan se encogió de hombros.

Daniel se quedó pensando en eso un momento con un gesto contrariado.

—Qué injusto —murmuró después.

Evan no dijo nada y ambos caminaron hasta el baúl del auto.

Estacionaron en la acera y comenzaron a bajar las cosas. Ninguno de ellos notó a los cuervos que los miraban, parados sobre los cables de un poste de luz. Tampoco vieron a los dos lobos que los observaban trabajar, ocultos a los lados de la casa, agazapados y a la espera.

Solo cuando terminaron de sacar la última bolsa y cerrar el baúl fue que los hermanos prestaron realmente atención a su entorno y, aun así, ninguno se dio cuenta de lo que estaba ocurriendo hasta que oyeron los gruñidos.

Daniel se giró a buscar el origen y se congeló, tan impresionado como asustado. Los lobos avanzaron, lento y seguros. Solo pudo pensar en cómo era que bichos como aquellos habían acabado a las afueras de su casa, a mitad del pueblo.

—No c-corras —balbuceó Evan—, n-no hagas movimientos bruscos.

Daniel tragó saliva. ¿Qué tenían que hacer entonces, esperar a que atacaran? No podían defenderse contra eso. No eran perros a los que podían patear y ahuyentar, tampoco era el lobo de su cuarto que apenas se movía. Estos eran unos putos lobos con toda la fuerza y energía como para derribarlos, y estaban enojados como la mierda.

Por lo que, incapaz de quedarse de brazos cruzados, Daniel hizo lo primero que se le vino a la cabeza.

—Evan —masculló—, en el baúl hay un fierro, ve si puedes alcanzarlo.

Evan estaba más atrás, por lo que si atacaban, Daniel se interpondría.

—Si me matan por esto, te juro que...

—Trae lo que te pedí —espetó.

Los lobos rugieron al unísono, pasando sus ojos amarillos de uno al otro con rapidez, alertas a los movimientos de ambos.

Daniel escuchó los pasos cautelosos de su hermano a sus espaldas, intentando llegar hasta el baúl. Unos segundos más tarde escuchó cómo este se abría. *Clack*. A los lobos no les gustó el ruido. Uno de ellos, al que se le notaban cicatrices a lo largo del cuerpo y le faltaba el ojo izquierdo, se movió con cautela, advirtiendo. El otro lobo, por el contrario, rugió con fiereza. Este último se veía más vivo y joven, sin cicatrices o heridas. El pelaje igual de gris brillaba, no era tan opaco como el del lobo tuerto.

Evan, que parecía temeroso hasta de respirar, tomó el fierro que le pidió e intentó avanzar hacia él. El lobo tuerto se giró hasta él y ladró. Era un ladrido diferente al de cualquier perro: era ronco, áspero y salvaje.

—¡Daniel! —chilló con apenas un hilo de voz.

Se volteó al llamado de Evan, y este le lanzó el artefacto por los aires. Daniel lo atrapó con destreza, y fue ahí cuando el lobo más joven se arrojó contra él sin dudar. Daniel le asestó un golpe en las costillas, ganando un aullido lastimero del animal. Por el rabillo del ojo vio cómo Evan se lanzaba a correr hacia la casa y, al mismo tiempo, el otro lobo salía a por él.

Daniel no se lo permitió; aferró sus dedos en torno al hierro y siguió al animal hasta poder hacerlo a un lado como a una pelotita de golf. El animal lloró y fue incapaz de levantarse del suelo sin soltar algún lamento lupino. Por un momento, la culpa le achacó el corazón, pero se obligó a recordar que, si no hubiese sido de esa forma, él y Evan habrían acabado heridos. Se le ocurrió, tontamente, que tal vez podría encerrarlos en el cobertizo y tenerlos ahí hasta que el veterinario volviera. A fin de cuentas, ya tenía otro lobo en su habitación.

Evan ya había llegado a la entrada, pero no podía abrir la puerta.

—¡Las llaves! ¡Las llaves! —gritó su hermano al mismo tiempo que el primer lobo, aún dolorido, se levantaba. Con el hocico apuntando hacia abajo, se meció hasta Daniel. Él tanteó con torpeza sus bolsillos en busca de la llave de la casa y, al encontrarlas, no dudó en tirárselas a su hermano. Él las atrapó, pero de los nervios se le resbalaron de las manos.

Ese momento de distracción fue suficiente para que el lobo arremetiera con furia y atrapase uno de sus tobillos. Daniel sintió que los dientes filosos se cerraban con fuerza, vio la sangre y al lobo tratando de derribarlo. No se lo permitió. Volvió a golpearlo, pero esta vez en la cabeza. Con el corazón en la boca, vio cómo el animal se tambaleaba hacia atrás, soltando estridentes alaridos de dolor.

Evan abrió la puerta.

—¡Entra, entra! —exclamó desde el umbral, y Daniel se lanzó al interior de la casa de un salto.

La puerta se cerró con un fuerte golpe, y jadeante y aún preso de la adrenalina, miró a su hermano.

—¡¿Qué mierda fue eso?! —farfulló Evan, aterrado.

—Lobos. Lobos con mucha bronca. —Daniel se inclinó sobre sí mismo y levantó el borde de su pantalón, examinando cuánto había sido el daño ocasionado. Para su buena suerte, no era tan grave como en un principio se lo había imaginado, pero sí que dolía. Echó la cabeza hacia atrás con un gruñido—. ¡Hijos de puta!

—Sabía que traer a ese lobo a casa era mala idea —manifestó Evan entre dientes mientras se levantaba del suelo, temblando.

Daniel entornó la mirada.

—¿Cómo sabes que es su culpa?

Escuchó a su hermano reírse sin una pizca de gracia.

—Esto no puede ser pura coincidencia.

Y él no pudo refutar eso, Evan tenía razón... De nuevo. Todo había sido muy extraño, y él no creía en las coincidencias. Aun así, eso no quitaba que cualquier explicación tras esos sucesos debía ser imposible.

—¿Qué hacemos ahora? —preguntó, porque, después de todo, Evan era un maldito sabelotodo, ¿no?

—No lo sé, tú eres el mayor, hazte cargo.

Daniel no se sintió mejor. Se levantó del suelo con cuidado y después se asomó por la ventana para ver cómo los lobos, en realidad, ya no estaban. Era imposible. Ninguno de ellos podría estar en condiciones de irse, no después de los golpes que les había propinado. Tenía brazos fuertes y había usado toda su fuerza. A uno tuvo que dejarlo tonto y, al otro, con alguna costilla rota.

—Hey, ya no están —murmuró.

—¿Qué? —Evan se volteó a verlo.

—¡Que ya no están!

—¡Pues mejor! —Evan salió decidido y se dirigió hacia su habitación, dejándolo solo y lleno de dudas.

Daniel, con un suspiro que delataba su agotamiento, se deshizo de la cazadora y el gorro de lana, y caminó hasta su habitación sintiendo el dolor tirante de la herida en su tobillo.

Cuando abrió la puerta, se imaginó que podría encontrar a un lobo negro durmiendo sobre su cama o destrozando alguna almohada, tal vez que hasta vería algunos regalitos y marcas de territorio en sus muebles. Pero con lo que menos había esperado encontrarse era con un hombre alto, de ojos perdidos y desnudo, vagando por su habitación como un animal enjaulado.

4
UNA LOCURA SIN PIES NI CABEZA

QUILLAN

El lobo negro se revolvió en su dolor cuando a sus oídos llegaron los estragos de lo que parecía una pelea. Estaban cerca; sintió sus hedores antes que otra cosa porque olían a su familia, a su sangre. Muerte. El lobo lloró y se ovilló sobre sí mismo, con las orejas pegadas a la cabeza y el hocico entre las patas delanteras. Su familia.

Estiró la cabeza y aulló, llamando por ellos, esperando una respuesta que no llegaría nunca. Extrañó la calidez de sus cuerpos contra el suyo, las colas que barrían el suelo con animosidad, los jadeos, el juego de los más cachorros, sus hermanos y hermanas.

Volvió a aullar, triste y desolado. En realidad, sonaba más como algo roto, lánguido.

Su dolor fue tal que, cuando empezó a cambiar, le fue difícil notarlo. No dolió, no. Se estiró... Se estiró, y todo desapareció. Por un instante fue como si estuviera flotando, un segundo donde su cuerpo no era suyo. Y su mente, tan limitada a los instintos más básicos, estalló; eso fue lo único que de alguna manera sí dolió de verdad. Ser consciente de una nueva perspectiva mucho más compleja de la que ya conocía resultó tortuoso en maneras insospechadas. Había cosas que sabía, y no entendía por qué ni cómo, pero allí estaban: cosas, palabras nítidas girando al azar en su cabeza; emociones, sentimientos, ideas. Tal vez ellas siempre habían estado allí con él, y ahora podían gritar, porque hallaron la manera de tener sentido por primera vez.

Perdió mucha de su capacidad auditiva y ya no podía oler nada. Eso lo dejó desorientado por un largo tiempo, al menos hasta que logró adaptarse.

Se miró las extremidades, largas y desnudas; su pelaje había retrocedido hasta dejarlo expuesto al ambiente frío y solitario. Ya no había garras, y con horror notó que tampoco había colmillos; en su lugar tenía dientes cuadrados y para nada afilados. ¿Cómo podría defenderse? ¿Cómo podría cazar? Con esa dentadura, desgarrar la carne iba a ser ciertamente un reto.

Ese no era él, no se sintió como tal.

Se levantó con sus patas traseras, pero sus rodillas temblaron, y se desparramó en el suelo otra vez. Sus heridas tiraron dolorosamente, pero él volvió a levantarse. El lobo que ya no era lobo se tambaleó de un lado al otro, pero al final consiguió su objetivo y pudo mantenerse de pie. Se echó otra larga mirada, asustado, curioso, y hasta molesto, se podría decir. Deseó volver a ser como antes. Quería su pelaje, sus garras y sus colmillos.

Empezó a caminar de un lado a otro, nervioso. Se miró las manos y sus dedos eran largos. Tocó su rostro y acarició su cabeza. Ahí tenía pelo en cantidad, pero eso no lo protegería del frío, no.

Se volvió a tocar la cara. Tocó las lágrimas.

El chirrido de la puerta de madera abriéndose lo devolvió a la realidad, lejos de su mente alborotada, de su pena. Se puso alerta. Si hubiese sido un lobo, sus orejas se habrían elevado en punta y el pelaje se le habría erizado.

Miró al chico, al de antes, el que lo tenía encerrado. Había vuelto. Este se lo quedó mirando, inmóvil: parecía tan sorprendido como él. El chico levantó un brazo muy lentamente. El lobo lo miró con los ojos entornados.

DANIEL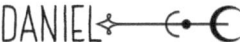

Dejó su mano sobre el pomo de la puerta, cauto. Estaba alterado. No, alterado no, ¡histérico!

El hombre frente a él retrocedió y lo miró con sus intensos ojos, un espejo de su propia desconfianza. Sintió un tirón familiar en su ser que, por más extraño que sonase, no fue capaz de ignorar, al igual que esos déjà vu ocasionales que uno siempre tiene.

Su cabeza trató de encontrar algún sentido o respuesta a lo que estaba viviendo, saber quién era ese tipo y qué demonios estaba haciendo en su habitación. Daniel se corrigió: qué demonios estaba haciendo totalmente desnudo en su habitación. Incluso estuvo a punto de echar a correr, encerrar al extraño allí y gritarle a su hermano que llamara a la policía, pero no lo hizo. Supuso que fue el desconcierto paralizante o su estupidez innata.

Quizá fueron las dos cosas.

—¿Q-quién... eres? —tartamudeó con voz aguda. Él juraba que trató de sonar más imponente.

El extraño lo escrutó seriamente con la mirada y Daniel tragó saliva al percatarse de sus facciones duras e intimidantes. Tenía, sin dudas, un aspecto feroz: su rostro era alargado y filoso, donde destacaba su nariz recta y una fuerte mandíbula. Su pelo espeso y revuelto iba del castaño oscuro al rojo cobrizo, y sus ojos eran de un verde marítimo y sólido como el acero.

Era un poco más alto que él, también, y a pesar de sus hombros anchos, se veía de huesos largos y musculatura delgada. Debía de llevarle unos cuantos años por encima, meditó Daniel, aunque no demasiado. Parecía en sus veinte y pico.

El hombre torció el gesto y guardó silencio, pensativo. Daniel se preguntó qué clase de persona tenía que detenerse a pensar su propio nombre por un tiempo tan largo.

Por fin, tras unos segundos eternos, el hombre abrió la boca para hablar, y aunque al principio las palabras parecieron quedarse atascadas en su garganta, consiguió decir algo.

—Quillan. —Se vio sorprendido al escucharse. Tenía una voz profunda y pesada—. ¿Tú?

Daniel boqueó como un pez y, mientras la incredulidad bañaba su rostro, respondió:

—D-dan... ¡Daniel!

—Daniel —repitió su nombre con un deje curioso, probándolo.

—No quiero sonar descortés, ¿sabes? Pero me gustaría saber qué demonios haces en mi habitación antes de que le diga a mi hermano que llame a la policía —amenazó, viéndose demasiado calmado en comparación a lo que en realidad estaba.

—¿Policía? —dijo Quillan, y lo miró como esperando a que él le explicara qué significaba aquello.

A Daniel se le ocurrió que tal vez estaba tratando con algún idiota o por el estilo.

—Sí, a la policía. Así que lo mejor es que empieces a explicarte.

Casi se arrepintió de haber dicho eso, porque a Quillan le cambió el semblante: pasó de perdido a iracundo tan de repente y de una forma tan aterradora que, por instinto, tuvo que retroceder un par de pasos.

—Tú me trajiste.

—¿Yo? ¿Pero qué mierda dices?

—Tú me trajiste, anoche —aseveró entre dientes, avanzando un paso.

Daniel trató de no dejarse amedrentar.

—¡Estás demente!

La confusión se reflejó en la cara de Quillan por solo una milésima de segundo, y luego se enojó. Él le gruñó, gruñó al igual que como lo haría un animal. Para entonces Daniel ya lo estaba mirando desde el pasillo, a nada de cerrar la puerta y dejarlo allí.

—Me en-encontraste. Me trajiste y me diste comida —aseguró lleno de convicción a pesar de su pobre capacidad para expresarse. Algunas sílabas eran más complicadas que otras o eso parecía.

Daniel parpadeó perplejo. No se había esperado escuchar un... un gruñido, o lo que eso fuera. Mucho menos uno que sonara tan... animal. Pero lo que verdaderamente lo había tomado por sorpresa habían sido sus ojos: el cambio de ese verde azulado humano a un oro líquido y filoso que lo alejaba totalmente de aquel adjetivo.

Daniel no era estúpido, ni mucho menos ingenuo, a pesar de cualquier cosa que su hermano pudiera alegar al respecto. Se consideraba a sí mismo alguien muy capaz de digerir información con facilidad para una rápida adaptación. Siempre tenía la mente abierta a nuevas posibilidades, él no juzgaba antes de tiempo. Existían miles de posibilidades, y él estaba dispuesto a considerarlas todas. Por eso, cuando sintió una familiaridad en esos ojos dorados, se le pusieron los pelos de punta. Hasta que por fin notó que ese lobo que había rescatado llevaba tiempo sin estar a la vista. Al principio supuso que seguiría con el rabo entre las patas, oculto bajo su cama, pero no.

La sola idea era hilarante, demente, imposible. Daniel tenía muchos sinónimos para describirla. Psicodélica, incluso.

Pero reparó en las heridas sobre el cuerpo del joven, esas que no había visto al principio por respeto a su desnudez y a la lógica que había regido su vida desde siempre. Había una herida entre el hombro y su cuello, y otra visible en una de sus piernas, muy cerca de la pantorrilla, y Daniel estaba seguro de que, si Quillan se daba la vuelta, vería la carne abierta en su espalda.

La sola acción de detenerse a siquiera considerar la posibilidad, esa posibilidad, la que su retorcida mente le había propuesto de manera ingenua, como si fuese la única opción viable en el mundo, le robó el aliento.

Daniel volvió a entrar en la habitación y cerró la puerta tras su espalda con suma lentitud. *Clack*.

Tenía la mandíbula rozando el suelo, porque eso no era posible, de entre todas las cosas, de todas las situaciones bizarras que podían desarrollarse en el mundo, en la historia. Tenía que ser una broma, una muy mala, porque eso no era una puta película fantasiosa. No, no y no.

¿Sería parte de alguno de esos *reality shows*? Miró hacia los costados, a las cámaras. ¿Dónde podrían haberlas escondido?

—Estás de broma —dijo de pronto, riendo—. Déjate de estupideces, ¿quieres? ¿Evan te mandó a hacer esto? Porque déjame decirte que no es gracioso. ¡No es gracioso, Evan! —gritó tan alto como para que su hermano lo oyera. Entonces, Daniel se preguntó si de verdad su hermano se tomaría las molestias de elaborar una broma tan pesada. Eso que llevaba Quillan era un muy buen maquillaje, y su actuación era de diez, merecedora de un Oscar; casi se tragaba el cuento y todo. ¿Y esos efectos especiales de los ojos? ¿Cómo lo habrían logrado?

Daniel esperó unos cuantos segundos en un ansioso silencio, estampando su pie contra el suelo en un molesto y repetido tap tap. Esperó a que su hermano apareciera por la puerta, tal vez con su teléfono grabando toda esa pantomima, algo para la posterioridad y de lo que les hablaría a sus hijos y nietos porque, ¡ey, el tío Daniel casi cae en esa estúpida broma! ¡Qué idiota! Pero Evan jamás apareció.

Se arrepintió de no haber echado a las patadas a Quillan apenas lo vio, como cualquier persona normal que estima su salud y el cuidado personal en general.

—Por Dios, esto no puede ser posible —susurró, pero se sentía real por alguna razón. Inquieto, se atusó el pelo oscuro, y clavó sus ojos sobre Quillan. De verdad quiso acercarse a tocar las heridas, solo para ver que no fueran de mentira—. ¿Eres él? ¿De verdad eres él? —Quillan no dijo nada—. ¿Eres alguna clase de… de…? ¡Es ridículo hasta decirlo! —gritó, fuera de sí—. No puede existir esa mierda de los hombres lobo, hombre. No, ¡no! Es demente, ¡y lo peor es que lo estoy considerando!

El hombre, el lobo, Quillan, se dedicó a mirarlo con una imperturbable confusión.

—¿Qué es… hombre lobo? —le preguntó con cuidado de no tropezar en la pronunciación de ese término.

Daniel se tapó la cara con las manos, lleno de frustración.

—Algo que espero no seas, y, ya que estamos, que tampoco exista. No podría soportarlo. Si esto en realidad es una broma, es de muy mal gusto. Déjame decirte que este es un buen momento para ir desembuchando.

Quillan volvió a quedarse callado.

Por si acaso, Daniel se hincó en el suelo y asomó la cabeza bajo su cama, donde, para su mala suerte, ningún lobo negro le devolvía la mirada. Gimió en voz alta y se levantó, fue hasta su viejo ropero, justo donde una de las puertas estaba rota, y sacó una muda de ropa que le tiró por la cabeza a Quillan.

—Vístete —ordenó entonces, evitando la acción de tener que mirar—, yo ya vuelvo. Y no te muevas de aquí, me esperas quieto —añadió.

—Herido —dijo.

—¿Eh? —Se volteó a verlo con el ceño fruncido.

Quillan lo miraba. Daniel notó lo difícil que era leer sus expresiones.

—Sangre. Estás herido.

Daniel bajó la vista hasta donde el hombre le señalaba con impaciencia. El pantalón se le había manchado un poco con la sangre de la mordida, pero él casi se había olvidado de ella. Y fue lo bastante egocéntrico como para pensar que, a esa altura, nadie podía culparlo. Sonrió a pesar de que nada allí era gracioso o divertido.

Su día no parecía hacer nada más que mejorar y mejorar.

—No es nada —farfulló.

Lo observó irse y cerrar la puerta tras de sí. Por un segundo consideró, muy seriamente, derribarlo desde atrás y escapar, porque el chico humano estaba herido y habría resultado fácil, pero Quillan también tenía heridas —las suyas eran todavía peores—, así que descartó esa posibilidad de inmediato; no estaba con los ánimos ni con la fuerza suficiente como para desatar un enfrentamiento.

Se aferró a la ropa entre sus manos un poco más. Miró la ventana a su otro costado, y se acercó dando tambaleos y pasos descoordinados. Al estar frente a ella, vio el exterior: el cielo gris, el verde del césped y los canteros llenos de diferentes tipos de flores y plantas. Luego vio el cercado que rodeaba el patio y una casilla de madera un poco más adelante, con la puerta entreabierta y un costal de abono reposando a su costado.

Quillan frunció el ceño y con una mano trató de atravesar la ventana, pero algo se lo impidió. Algo invisible y frío al tacto. Se inclinó con cuidado, tratando de entender por qué no podía pasar… Hasta que ahí, en esa claridad, algo se reflejó. El lobo dio un respingo y se echó hacia atrás, sorprendido.

Había un humano apenas visible en el cristal. Era feo como cualquier otra persona, con el hocico chato y gracioso: horrible. Y lo miraba con una mueca de confusión y susto tremendo. Quillan arrugó la cara y el humano en el cristal hizo lo mismo, y cuando sus ojos destellaron de amarillo, por fin se reconoció a sí mismo. Ese humano que lo miraba con descontento era él; lo sabía por todas las veces que se había topado con esa mirada en ríos y lagos, cuando solía caminar por la profundidad de los bosques con el hocico enterrado en la tierra, cuando todavía era él mismo.

Levantó la mano del cristal y la acercó hasta su propio rostro, acariciando la piel de sus párpados, de sus mejillas y su mentón. Mientras más se miraba, más se disgustaba, y mientras más se disgustaba, más deseaba huir.

Su mente empezó a zumbar como si fuese un nido de avispas furiosas. Se tenía que ir. Irse lejos. Irse y esconderse. Escapar.

Y entonces, vio a los dos cuervos, parados sobre el techo de la casa vecina. Quillan se alejó de la ventana y no volvió a acercarse a ella.

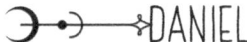

Salió para darle más privacidad y, de paso, aclarar un poco su mente antes de explotar. Se encerró en el baño y se lavó el rostro con furia, tratando de asimilar no solo la presencia de Quillan, sino también lo ocurrido con los lobos en su patio.

Repasó lo que llevaba de ese día en su cabeza, tratando de encontrar fallas en la fantasía, fallas en la realidad. Encontró varias inconsistencias de ambas partes, por lo que no pudo inclinarse hacia ninguna de las dos, lo que solo le dejó una opción. Decidió darle el beneficio de la duda, solo por ese momento, solo uno.

Aun así, Daniel no tenía idea de lo que debería hacer. Parte de él quiso hacer oídos sordos y echar al hombre de una patada, olvidarse del asunto y continuar con su vida.

Él no era del tipo que dudaba de las cosas, actuaba siguiendo su propio sentir, y si dudaba, se congelaba. No podía dudar, no era algo que estuviera acostumbrado a permitirse.

Suspiró.

Cuando se sintió más tranquilo, Daniel se dispuso a limpiar y vendar su tobillo, susurrando comentarios e insultos lacónicos hacia los dos lobos que lo habían atacado en la entrada de su casa.

Minutos más tarde, sereno y centrado después de largos y sofocantes minutos de contemplación, logró hacer su camino hasta el cuarto donde Quillan debía de estar esperándolo. Su cabeza preparó una lista de preguntas para ser lanzadas y desactivó las murallas, para recibir cualquier tipo de respuesta que estuviera más allá de cualquier lógica que conocía... De todos modos, sospechaba que no le quedaba otra.

Él estaba listo; quien dijera que no, era un mentiroso. Sin embargo, quien no parecía estar listo era Quillan, porque cuando abrió la puerta, lo encontró igual de desnudo, con la ropa en su mano y con apariencia de estar poniendo en duda toda su existencia. Lo que le pareció bastante justo, porque él se sentía igual, pero, aun así...

—Hombre, no puedo creer que tenga que lidiar contigo, lo juro.

5
SIN HILOS DE LOS QUE TIRAR

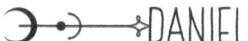DANIEL

—Te entiendo.

Era un mantra o eso parecía después de todas las veces que lo repitió.

Cuando lo decía, no estaba refiriéndose al ámbito emocional, sino a su habla. Quillan, como ya le había demostrado al principio, tenía un pobre manejo de las palabras y las oraciones largas; Daniel tuvo que corregirlo varias veces. Trató de hacerlo empleando el tono más amable que tenía, pero nada funcionó para evitar que Quillan no se enojara con él. Daniel levantaba una mano y le ofrecía la palabra correcta, entonces Quillan se ponía rojo del cuello a las orejas y le otorgaba una larga mirada con promesas de muerte. Luego se quedaba callado por un rato hasta que él se las ingeniaba para convencerlo para volver a hablar. Él no lo hacía para burlarse, lo corregía porque, para aprender, debía entender; de otro modo, no llegaría a ningún lado.

Le contó sobre su familia con palabras bruscas, torpes y secas. Pero cada una de ellas, cada sílaba, brotó de sus labios impregnadas en añoranza. Le habló con tanto amor de los lobos que corrían ocultos en el bosque que Daniel le creyó. Él creyó en los lobos que nadie jamás había visto porque Quillan lo creía, porque fue fácil.

Daniel se los imaginó. Se imaginó a un montón de lobos fieros y de pelajes pardos corriendo en el bosque, tal vez más allá de las montañas, ocultos por miles de años como alguna especie de mito o leyenda urbana. Las personas eran fácilmente cautivadas por ese tipo de historias, donde lo impensable, lo imposible, dejaba de serlo. Traían esperanzas a cualquiera, porque entonces se da lugar a la duda más importante: de entre tantas fantasías y sueños, ¿cuántas otras podrían llegarse a volver una realidad?

—Hay dos lobos —dijo Quillan de pronto, luciendo enfermo.

Daniel se inclinó un poco en su asiento. Quillan estaba sentado en el borde de su cama, mientras que él estaba a horcajadas de la silla, abrazando el respaldo de madera.

—¿Dos? —preguntó, sin entender adónde quería llegar—. Quiero decir, sí, supongo que una manada suele tener varios lobos en ella. Vi un documental en Animal Planet, así que…

—No. —Quillan agitó la cabeza, como si eso fuera estúpido—. Lobos. Ellos… mataron.

Daniel cerró la boca con un audible chasquido.

—¿A quién? ¿A quién mataron? —preguntó un poco demasiado brusco.

Quillan pareció batallar consigo mismo y las palabras atascadas en su garganta. Daniel pensó que estaría buscando la forma correcta de decirlas, pero no. Esta vez, cuando el lobo habló, lo hizo con ojos brillantes y rojos debajo de sus párpados cansados.

—Ellos mataron. Mataron a mi… a mi familia.

Daniel evitó parecer escéptico o condescendiente, porque eso no era algo que uno escuchara todos los días. Se mordió el interior de la mejilla y asintió, mirando al hombre con suma cautela.

—Okey… —dijo en voz baja—. ¿Cómo dos lobos pudieron acabar con toda una manada?

Quillan prefirió mirar las paredes, la puerta, no a Daniel. Se encogió de hombros, consternado.

—Ellos eran fuertes —dijo—, mucho fuertes.

—Muy fuertes —corrigió Daniel con amabilidad, sin poder evitarlo—. Siento mucho lo que le pasó a… tu familia, si sirve de algo.

—Los escuché —murmuró Quillan, sorbiendo su nariz—. Los escuché, afuera. Los lobos.

Daniel abrió la boca, incrédulo. Tenía que ser una broma.

—¿Los bastardos que me dejaron esta mordida? ¿Fueron ellos? —inquirió, inclinándose para levantarse el dobladillo del pantalón y mostrar la dentellada.

Quillan miró la herida tapada con gasas y cinta de papel. Parpadeó y se miró con aire ausente sus propias lastimaduras. Jamás respondió a su pregunta. Daniel juraba no haber conocido nunca a alguien tan estoico y raro.

Suspiró. Todo eso era una locura y no tenía sentido, lo que lo hizo pensar que debió haberse ido de ese feo pueblo hacía mucho tiempo; buscar una carrera universitaria que le ofreciera un futuro estable y de oficina, a pesar de que habría terminado renunciando al mes, pero por lo menos así no estaría allí, lidiando con todo eso. No, no…

Daniel consideró que todavía estaba a tiempo de huir; podría estudiar Medicina, ese tipo de carreras que hacen que a los padres se les hinche el pecho de orgullo. Algo para que su madre pudiera, por fin, presumir de él.

La idea le pareció tan bonita que incluso se puso a considerarlo.

Levantó la mirada con pereza hasta el hombre sentado en su cama como si fuese el mayor acertijo del mundo, porque lo era. Lo había vestido al completo; tuvo que darle uno de sus pantalones deportivos más grandes, también una camiseta gigante y vieja que encontró en lo más recóndito de su armario. Quillan era de hombros y espalda ancha, además de ser unos cuantos centímetros más alto que él, entonces su ropa, naturalmente, le quedaba un poco más ajustada. Y le había costado horrores convencerlo de usarla, pero peor había sido tener que vestirlo él mismo.

—¿De verdad que no tienes ni la más mínima idea de lo que te pasó o lo que eres? ¿Quiénes son esos lobos que me atacaron? ¿Por qué atacaron? ¿Por qué nadie nunca vio a tu manada? ¿Cómo siquiera pudiste hacer un cambio tan drástico?

Quizá Daniel lo dijo todo muy rápido o muy fuerte, y por eso lo asustó. Pero quería entender, quería ser capaz de ver el panorama completo. Y él podía aguantar lo que fuera que estuviera pasando, de verdad que sí, lo del principio solo había sido un pequeño susto. ¿Existía lo paranormal y toda esa porquería? ¡Perfecto! Daniel estaba bien con eso. ¿Hombres lobo? ¡Por favor! Era muy fácil, había visto las películas y parodias suficientes para saber cómo lidiar con ello. Daniel le haría frente a cualquier situaciónque la vida, una hija de puta, le pusiera enfrente, pero primero tenía que saber cuál era.

—Soy un lobo.

Un lobo.

Eso era todo, ¡qué fácil! Quillan no era un hombre lobo, era un lobo y punto. Facilísimo. Salvo que no lo era. Si hubiese sido solo un lobo, entonces ninguno de ellos estaría allí, pero eso Quillan parecía no entenderlo.

Tan simple pero tan ambiguo… Saber que era un lobo no los ayudaba en nada.

Reposó la cara entre sus manos y suspiró. Si seguían así, Daniel no podría ayudarlo.

Trató de ponerse en su lugar, ¿qué habría pasado si esos dos lobos hubiesen alcanzado a Evan tan solo minutos atrás? Daniel tenía una imaginación muy gráfica y precisa, o solo era su mente retorcida por las películas de horror y gore que había consumido de pequeño. Refregó sus ojos, tratando de eliminar esos falsos recuerdos; lo que menos necesitaba era otro mal sabor de boca.

—Lo siento mucho por lo de tu manada —volvió a decir, porque lo sintió correcto—. Entonces…, asumo que si esos lobos fueron quienes… —Daniel cerró la boca por un segundo y después la volvió a abrir—. Ellos estaban aquí porque tú estás aquí, ¿no?

—Sí… —Pero Quillan no sonaba muy seguro.

—¿Cómo crees que te rastrearon? ¿Siguieron tu aroma o algo como eso?

Él tardó un poco en responder.

—Los cuervos —musitó como si significara algo—, ellos.

Daniel entornó la mirada sin entender.

—¿Qué, los de hoy? ¿Los bichos esos, dices?

—Estaban ahí. Cuando llegaron, ellos ya estaban. Y ahora estaban aquí, y ellos también —explicó. Su forma de hablar le recordó a un niño pequeño. A Daniel le costó lo suyo deducir lo que eso significaba, y Quillan, un poco más fastidiado que antes, porque claramente la paciencia no era su mayor virtud, tuvo que explicarle otra vez lo que trataba de decirle.

—Dame un segundo —pidió, levantando una mano para callarlo—. Lo que me estás diciendo es que esos dos cuervos de hoy estaban cuando te atacaron a ti y tu familia, y como hoy ellos estaban aquí también, los otros dos lobos...

Quillan resopló y lo miró no muy impresionado, haciendo que Daniel se sintiera estúpido.

—Nos ven. Ellos nos ven y los lobos... los lobos llegan.

Daniel hizo un último esfuerzo.

—Okey... ¿Entonces ellos nos ven y, de alguna forma, les avisan a estos dos lobos dónde estás? —Se revolvió el pelo con una mano, algo frustrado—. ¿Es así?

Quillan asintió y Daniel se desinfló en su pequeña victoria. Lo único que le quedaba ahora era la duda más grande, la que le ponía los pelos de punta de tan solo pensarla.

—¿Cómo... cómo es que cambiaste? —preguntó con voz pausada, con calma, gesticulando con las manos en exceso para poder darse a entender. Quillan se echó hacia atrás y lo miró como si estuviera loco—. ¿Cómo pasaste de ser un lobo a humano? A alguien como yo. ¡Yo, humano! Yo soy humano y, ahora, tú también.

Quillan alzó las cejas y parpadeó. Daniel notó lo disperso que él estaba. En más de una ocasión parecía disociar de su propio ser y el ambiente.

—Quiero... ser como... antes.

Daniel resopló.

—Sí, me imagino —masculló, escondiendo la cara en su antebrazo. Quillan tenía menos idea que él, no iba a poder ayudarlo así. De alguna forma, eso hizo que se sintiera mal, y algo inútil también. Lo odiaba, así que se deshizo del sentimiento con brusquedad y se levantó de la silla, arrastrándola por el piso de madera hasta devolverla al escritorio—. Veré cómo arreglar... esto —prometió, a pesar de que no supo ponerle un nombre a la situación. Ese fue su primer error—. Haré que de alguna forma vuelvas a... tu forma original.

Los ojos de Quillan, del lobo, se iluminaron un poco. Pareció entenderlo. Daniel se animaría a decir que hasta pareció feliz, pero la verdad era que la cara y la actitud adusta no se lo dejaron tan claro. Fue cuando se sintió un poco culpable y quiso retractarse de su promesa tan estúpida, porque él no podía prometer eso. Era irresponsable hacerlo, era desconsiderado, tonto y... Y ya lo había hecho, así que no podía echarse para atrás.

Trataría de ayudarlo. Eso sí podía prometerlo, así que se lo prometió a sí mismo.

En algún momento tuvo que irse de la habitación. El ambiente se había vuelto tenso, raro y hostil. Quillan había empezado a mirarlo de la misma manera que lo había hecho antes, pero en su otra forma. De cierta manera, lo hizo sentir como si todavía estuviera encerrado con un lobo salvaje, que era lo mismo a decir que estaba nadando en aguas infestadas de tiburones: espeluznante.

Caminó por el pasillo y, sin pensar, fue al cuarto de su hermano menor, porque era el único en la casa al que en ese momento podía acudir.

Abrió la puerta con un golpe. Evan estaba sentado contra la cabecera de su cama, con unos cuantos cuadernos a su alrededor y libros de Biología. Estaba escuchando música, Daniel podía oír que la canción We Are Young sonaba a todo volumen en sus auriculares. Evan se asustó por su intrusiva aparición y lo miró con los ojos bien abiertos. Daniel se colgó por el marco de la puerta y se balanceó, algo indeciso. Evan se sacó un auricular y alzó una ceja, expectante.

—Si estuviera muriendo, jamás lo escucharías —dijo.

—¿Te estabas muriendo? —preguntó Evan.

—No… —Daniel hizo una mueca—, pero podría.

—Pero no lo estás, así que… —Él miró hacia la puerta, como invitándolo a retirarse—. ¿Adiós?

Daniel sabía que su hermano estaba pasando por esa etapa de la adolescencia en donde se supone que eres un idiota la mayor parte del tiempo, pero para Evan eso era simplemente peor, porque era un idiota con respaldo, que era muy diferente; era recatado, responsable e impecable en cualquier ámbito en el que estuviera dispuesto a destacar. Le gustaba mucho alardear de eso; siempre que podía lo molestaba, e incluso si no era directo al respecto, Daniel podía leer entre líneas, así como su hermano podía escribir entre ellas.

—No pienso irme todavía —anunció, dirigiéndose al pequeño escritorio donde descansaba la notebook de su hermano—. Necesito ver algo.

A diferencia de él, su hermano siempre mantenía todo en un orden casi riguroso, con su ropa bien doblada dentro del ropero, el piso de madera reluciente, su cama pulcramente tendida. Daniel tenía su ropa guardada hecha un bollo o repartida en el suelo, no importaba si estaba sucia o limpia.

Desbloqueó la pantalla y entró en el buscador de Google. Entonces se detuvo. ¿Qué diablos quería buscar, de todos modos?

Dejó reposar su cabeza contra su mano cerrada en un puño y arrugó el entrecejo, molesto. De repente, sus ojos se distrajeron con una tonta pero elegante taza de *Harry Potter* con un poco de té frío en el fondo y un viejo libro como portavaso. Evan era todo un friki con esa saga de fantasía. Se habían leído los libros y, cuando eran más pequeños, Daniel había tenido que acompañarlo al cine a ver varias películas.

—¿Hay hombres lobo en *Harry Potter?* —preguntó de repente, curioso.

Evan levantó la cabeza de su cuaderno y lo miró como si aquella pregunta lo hubiera ofendido.

—Fuimos a ver *El prisionero de Azkaban* juntos —replicó, como si eso significase algo.

Daniel hizo una mueca e inclinó ligeramente la cabeza.

—¿Eso es un sí o un no?

—¿Es una broma?

—¡Tengo una pésima memoria!

—¡No me digas, Sherlock!

Los dos resoplaron al unísono, y eso pareció ser todo.

Daniel volvió a mirar la taza o, más bien, al libro que había debajo de ella. Se acordaba de él, solía dar vueltas por toda la casa, y era ese tipo de objetos a los que nadie le había parecido lo suficiente relevante como para cuestionarse de dónde es que había llegado.

No era un libro realmente extraordinario, solo un cuento para niños sobre un tigre que llegaba para tomar el té. Era simpático con sus ilustraciones, Daniel le daría eso. Jamás lo había leído, sin embargo, se recordaba a sí mismo de pequeño pasando las hojas e imaginando su propia historia a través de los dibujos representados. La tapa y las hojas estaban amarillentas y rotas en las esquinas.

Lo tomó entre sus manos para ojearlo un poco. Pasó sus dedos por la superficie áspera y se detuvo en la parte de atrás, justo sobre la última hoja donde, bajo tinta negra, rezaba una frase en gaélico. Por supuesto que Daniel no lo hablaba, y no conocía a nadie en su familia que pudiera hacerlo. La descripción estaba borroneada y desprolija, como escrita por un niño, y tenía una firma junto a una carita feliz.

Le habría parecido raro si no tuviera algo más raro todavía escondido en su habitación.

—¿Es grave? Me refiero a tu tobillo. —Evan le dio un par de miradas furtivas.

—¿Te importa? —dijo Daniel muy rápido y a la defensiva.

Su hermano hizo un gesto displicente.

—Entonces no es grave.

Dejó el libro con un golpe seco, porque él no quiso pensar en notas extrañas dentro de libros, así que no lo hizo; en cambio, se concentró en la notebook y en pensar en qué diablos podía buscar, porque necesitaba respuestas, respuestas que no fueran los vagos balbuceos de Quillan.

—Eres ruidoso —gruñó Evan.

—¿Eh? —Daniel alzó la cabeza de la pantalla.

—Que eres ruidoso, incluso estando callado, lo que es sorprendente. Pero ahora mismo necesito estudiar.

—Y yo necesito la computadora.

—Pues por más que pienses usarla en algún momento de tu vida, no funcionará, porque nos cortaron el servicio por habernos atrasado con el pago —le informó Evan.

—¿Cuándo pasó?

—Mamá lo dijo esta mañana.

—No la escu... —Daniel se detuvo cuando a la distancia escuchó el ruido de un cristal que se rompía.

Los ojos de Evan atravesaron la habitación como flechas.

—¿Y eso?

Daniel se quejó, dejando caer la cabeza hacia atrás.

—El lobo —rezongó al final antes de levantarse e ir a ver qué había pasado, mascullando para sí mismo durante el camino—: Pero es que es tonto, si no, no me lo explico. Le dije que…

A Daniel el corazón por poco se le sale al ver la puerta abierta y su habitación vacía.

Salió disparado como una bala y corrió por los estrechos pasillos con sus ojos marrones paseándose en busca de Quillan. Lo buscó en el baño, en la habitación de sus padres y la de Kit, y como la casa no era tan grande, el único lugar donde se podía hallar era en la sala o la cocina.

Lo encontró en la primera opción.

Estaba parado junto al estante de los libros con el cuadro roto a sus pies, donde una de las fotos era suya. Quillan se giró apenas lo sintió entrar; tenía los ojos grandes, como los de un niño que ha sido atrapado después de una travesura, y Daniel pensó en regañarlo por el simple hecho de que tenía ganas de gritarle a alguien. Estaba molesto, y sabía que no era por el marco roto que yacía en el suelo.

Inhaló toda la paz en el mundo que pudo encontrar y la dejó dentro de su cuerpo hasta que solo pudo sentirse cansado de contener tanto tiempo la respiración.

—No te muevas —dijo, sintiendo cómo o su cuerpo poco a poco se desinflaba—, podrías cortarte. Voy… voy por algo para recoger eso.

El lobo seguía en el mismo lugar en que lo había dejado cuando volvió con una escoba y una pala.

Se hincó y tomó el cuadro. Era una foto suya con diez años; estaba en el hospital y le mostraba una sonrisa sin algunos dientes a la cámara, mientras que entre sus brazos sostenía cuidadosamente un bultito envuelto en mantas rosadas, donde solo se distinguía un rostro pequeñito y rechoncho de color rojo. Era Kit, cuando apenas había nacido. Su padre había tomado la foto.

Lo devolvió al estante y se dispuso a recoger los restos con la penetrante mirada del lobo sobre su nuca, y cuando terminó se volvió para verlo, porque Quillan estaba tan quieto como una roca y empezaba a ponerle los pelos de punta otra vez.

—Vámonos, no quiero arriesgarme a que mi hermano decida salir de su burbuja y te vea. —Intentó agarrar a Quillan de la muñeca y guiarlo hasta su habitación, pero este rehuyó su tacto casi por reflejo. Daniel revoleó los ojos con impaciencia—. Como quieras.

—Yo no quería —dijo Quillan de sopetón.

Daniel se giró para verlo, todavía con su cara de pocos amigos.

—¿A qué te refieres?

—Romper. Romperlo. No quería romperlo —murmuró con un rostro que en realidad no expresaba demasiado, pero igual logró que Daniel se sintiera mal al respecto. Aflojó un poco sus expresiones y su tono de voz dejó de ser tan cortante a la hora de hablar.

—No estoy enojado.

—Puedo sentirlo —replicó Quillan—. No quería romperlo.

¡¿Cómo demonios había logrado hacerlo sentir culpable?!

—Esto... Mira, no estoy enojado, no por eso al menos —explicó Daniel, tratando de quitarle un poco de hierro al asunto con una floja sonrisa—. Los accidentes son algo recurrente en los humanos, creo. No deberías darle muchas vueltas.

Quillan agitó la cabeza, Daniel supuso que le estaba dando a entender que lo había escuchado.

Cuando estuvo a punto de sugerirle volver a su habitación, la puerta de la entrada se abrió. Daniel se congeló unos segundos sintiendo el corazón en su garganta.

Kit entró en la sala arrastrando los pies mientras bufaba y rezongaba porque no podía deshacer el nudo de la corbata azul que conformaba su uniforme escolar. Cuando se dio por vencida, tiró su mochila al suelo y levantó la cabeza para mirarlos. Ella debió ver el horror en sus ojos, o tal vez no; después de todo, Quillan se había llevado toda su atención.

Y Daniel se quiso estrellar la cabeza contra la pared más cercana cuando lo escuchó gruñir de esa forma terrorífica, haciendo que su hermana jadeara con horror.

6
COMO EN UNA PELÍCULA DE TERROR

DANIEL

Él saltó, interponiéndose entre Quillan y Kit. Se sorprendió con la rapidez con la que le plantó cara al hombre lobo en el afán de proteger a su hermana pequeña.

—Quieto, Quillan.

Sintió cómo Kit se acomodaba lentamente tras su espalda, aferrándose al borde de su suéter. Quillan ya era intimidante sin hacer ningún tipo de esfuerzo, y aunque su actitud lobuna le quedaba un poco ridícula en su forma humana, no pudo decir que el gruñido gutural que había resonado desde lo profundo de su pecho no había resultado aterrador, porque lo había sido.

Daniel notó cómo el lobo dudó un segundo, parecía analizar la situación; miró a Daniel como quien se topa con una fiera dispuesta a dar pelea si hace falta. Finalmente, Quillan aflojó su postura e hizo a un lado su naturaleza animal lo mejor que pudo. A Daniel hasta le pareció que el hombre lobo había inclinado la cabeza con... ¿Qué? ¿Resignación? ¿Respeto?

—¿Quién es él? —La voz queda de su hermanita lo obligó a bajar la guardia, y le pasó una mano tranquilizadora por los hombros.

Las mentiras le quemaban la garganta, porque no creía en ellas como un estilo de vida, le parecían estúpidas, pero...

—Esto... Él es... Él es un...

Quillan sonó harto de sus tartamudeos y decidió interrumpirlo.

—Quillan. Soy Quillan.

Él aprovechó esos segundos que Quillan le había entregado para aclarar sus ideas y preparar su mejor mentira; de ella dependía si el lobo podría quedarse en la casa por un tiempo más o no.

—Soy Kit —bisbiseó ella con timidez, aferrándose un poco más al cuerpo de su hermano.

No fue difícil para Daniel darse cuenta de que el lobo se había moderado por Kit. Trató de empujar eso un poco a su favor.

—Kit, modales —cuchicheó con una tensa sonrisa, empujando con suavidad a su hermana. Ella asintió y dejó su escondite para ir y extender la mano en un saludo mucho más formal y educado. Quillan parpadeó, mirando la mano con sumo cuidado. Daniel entrecerró los ojos, un poco divertido—. Debes tomarla. Es un saludo, bobo, ¿o acaso fuiste criado por lobos o algo así?

Daniel siempre disfrutó de un buen mal chiste al igual que su hermana, quien soltó una risita cuando Quillan le dio su mano. El hombre lobo parecía no entender mucho, pero se había resignado. Daniel hasta podría jurar que vio cómo las comisuras de sus labios temblaron porque querían curvarse hacia arriba, y aunque esa sonrisa jamás se manifestó del todo, los ojos verdosos del hombre sí cambiaron, dejando atrás ese matiz de desconfianza inicial para adquirir uno más afable.

—Bueno, mejor ve a mi habitación, Quillan. Yo ya voy. Espérame con la puerta cerrada. —Lo último que necesitaban era que alguien más lo viera—. Sabes cómo llegar, ¿no? La casa no es tan grande.

Quillan asintió y caminó lejos de la sala hasta desaparecer en la esquina de un pasillo. Daniel se quedó un minuto en silencio.

Cuando escuchó el suave clack de la cerradura, se dio vuelta y se encorvó frente a su hermana.

—¿Qué haces en casa? Todavía son las once —murmuró, echándole una rápida mirada al reloj sobre la chimenea.

—Me dolía mucho la cabeza y conseguí que llamaran a mamá para que me fuera a retirar —explicó ella, sin quitarle la mirada al lugar por donde Quillan se había ido.

—¿Mamá está aquí? —inquirió Daniel súbitamente preocupado.

—No, me dejó y se fue al trabajo —contestó. Ella se acercó hasta su oído y susurró—: Tu amigo es extraño.

Daniel dejó escapar una risa entre dientes.

—Está bien, él no te va a escuchar.

«Y si lo hace, tampoco entenderá», quiso agregar.

—Estaba usando tu ropa —dijo ella y, con una risa, agregó—: Le queda algo pequeña. También estaba descalzo.

Daniel sonrió ante la atención que su hermana siempre les ponía a las cosas. Aunque, bueno, no era como si alguien pudiese pasar por alto a Quillan.

—Tuve que prestársela, la suya se había manchado —mintió.

—Y me gruñó —acusó ella, cruzándose de brazos.

—Tiene un mal genio, sí, pero le has caído bien —prometió Daniel—. No sabes cuántas veces me ha gruñido a mí... Me costó bastante volverme su amigo —bromeó.

—¿Qué está haciendo aquí?

—Ha venido a visitarme porque hace mucho que no nos vemos —mintió.

Kit no replicó nada sobre eso.

—Tiene un nombre muy raro —dijo, en cambio.

—Lo dice la niña a la que le gusta que la llamen Kit —se burló él.

—¡Kit es un nombre normal! —afirmó ella, ahora con el ceño ligeramente fruncido.

—Ya, lo que digas —aceptó, revolviéndole el pelo con cariño. Entonces, su rostro se tornó un poco más serio—. Tienes que prometer que no le dirás a nadie sobre nuestro amigo, ¿okey?

—¿Como con el lobo?

—Exacto. Solo que, esta vez, Evan tampoco tendrá que saberlo.

—¿Por qué?

—Porque a Evan no le agrada mi amigo.

Kit pareció pensarlo unos segundos, pero su decisión ya había sido tomada desde el primer momento, cuando Daniel le pidió no contar nada.

—Está bien, no le diré a nadie. —Y parecía que eso iba a ser todo, pero entonces ella pareció recordar algo muy importante—: ¡¿Y el lobo?!

Daniel buscó una excusa rápida para explicar la ausencia del animal y se acordó del bueno para nada de Carlton Monroe.

—El veterinario volvió antes, se lo llevamos esta mañana. Estará bien.

La decepción pareció bañar el rostro de su hermana, ¡y cómo podría ser para menos! Kit era tan amante de la fauna como él, pero aun siendo pequeña, y en el caso de que lo que él le hubiese dicho fuera verdad, ella no comprendería que el que un veterinario hubiese tratado antes de lo previsto al lobo era lo mejor.

—Oh...

—Pero dijo que, en cuanto esté mejor, podremos visitarlo, antes de que sea devuelto a su hogar —soltó de pronto, intentando hacerla sentir mejor.

Aunque la cara de su hermana volvió a iluminarse un poco, no dijo nada más al respecto, y se fue a su habitación, porque tenía que ir a cambiarse el uniforme. Daniel la vio marcharse y se permitió desarmarse en el alivio solo por esa vez.

Cuando regresó a su cuarto, se encontró con Quillan sentado sobre la cama en una postura rígida y con ojos arrepentidos. Daniel no se animó a comparar esa mirada con la de un cachorro apaleado porque sería demasiado.

—No quería gruñirle. No sabía que... ella, Kit, era tu familia. Cachorro.

El vocablo que Quillan utilizó se le hizo realmente gracioso, pero trató de no reírse, le pareció de mal gusto. Las disculpas que él le ofrecía eran sinceras y de verdad lo apreciaba.

—Es mi hermana —ratificó amablemente, sentándose a su lado—. Pero supongo que sí, de alguna manera es como la bebé de la familia, o cachorra, como prefieras.

QUILLAN

Fue entonces cuando se encontró a sí mismo abrumado por los distorsionados recuerdos de lo que entonces parecía una vida anterior. Él también había tenido una hermana, descubrió. Dos, para ser precisos: un hermano y una hermana de camada. En su memoria bailaba un pequeño lobo de pelaje fino que todavía no estaba listo para el invierno, y jugueteaba y gruñía entre las seguras paredes de su guarida. Y había dos lobatos de colores pardos que siempre tiraban de sus orejas y mordían su cola.

—Yo tenía también. Mi hermana. Mi hermano —musitó él con tristeza.

Su hermana. Su nombre fue el primero que llegó a su cabeza: Wynval. Ella siempre había sido la más grande de ellos, la más fuerte de entre él y su hermano. Se acordaba de su pelaje gris, porque era igual que las nubes de tormentas. Pero, pese a ser la más grande y la más fuerte, ella había sido una de las primeras en caer.

Daniel pareció tomarse un segundo para pensar bien sus próximas palabras.

—¿Ellos… también tenían nombres como tú? —preguntó.

—Sí.

—¿Y todos los lobos tienen un nombre?

Quillan asintió, solemne.

—Todos los lobos tienen un nombre —repitió con calma. Disfrutaba repetir sus palabras; le daba cierta satisfacción.

Todos sus hermanos tenían un nombre, todos ellos. Pero su padre no. En los aullidos que solían compartir nadie jamás había tenido el valor de nombrarlo, y solo entonces Quillan pudo preguntarse por qué había sido así. Antes nunca lo había hecho, porque cuando era un lobo él no necesitaba un nombre, y tampoco esas memorias difusas a las que ahora se aferraba, como si fueran lo único capaz de mantenerlo cuerdo. Nada de eso le servía. Su mente solo recolectaba la información que pudiese ayudarle a sobrevivir, a cazar y perpetuar su especie.

Daniel se inclinó en su asiento y lo miró fascinado, como un cachorro curioso. Se notaba a leguas el gran esfuerzo que estaba haciendo para no seguir preguntando. Quillan, bastante incómodo por su cercanía, le dedicó una mueca de molestia, pero el chico ni siquiera pareció notarlo.

—¿Quién les da estos nombres?

Quillan frunció el ceño.

—No... sé.

Daniel no se sintió conforme.

—¿Ya nacen con uno?

—No lo sé —repitió más claro, más alto.

DANIEL ☾ ☾ ☾

Desistió y se calló, sencillamente porque era lo único que les quedaba. La lluvia, que había empezado a caer durante algún momento de su charla, ahora resonaba sobre ellos llena de furia. A Daniel no le gustó; le daba fuerza al silencio entre ellos, así que en algún momento la ansiedad lo obligó a levantarse y pretender buscar algo en una cajonera. Después se deslizó hasta su armario, y pensó que no había comprado ropa nueva en un tiempo. Empezó a tararear, aunque existe el tarareo y existe lo que Daniel hacía. Era un zumbido poco afinado pero lleno de pasión. Resopló desde canciones de rock moderno hasta cantos de cuna locales o canciones paganas, como su madre les decía.

A él le gustaban mucho ese tipo de canciones y poemas, eran emocionantes con tan solo oírlos. Su tía Beth solía recitarlos para él en las cenas familiares cuando era pequeño. En el momento en el que todos se quedaban charlando y riendo en una acalorada partida de póker luego de la sobremesa, Beth se levantaba a lavar los trastes con Daniel, que se escapaba para ayudarla, y en secreto, sin que Anna los escuchase, ella le cantaba. Su madre lo tironeaba de la ropa cada vez que lo atrapaba tarareando esas cosas, por eso Daniel se había esforzado mucho más en aprenderse cada verso.

El cielo sacudió la tierra con un potente rayo a la distancia. Daniel y Quillan se quedaron mirando la ventana por un segundo.

—¿Qué hacer… hacemos? —A pesar de sus balbuceos, la voz de Quillan era del tipo que podría inducir calma a una multitud furiosa si se lo proponía.

—Yo pienso ir y devolver el auto del papá de Rae en un rato, cuando la lluvia se detenga. Y con respecto a ti… —Daniel se detuvo un segundo, porque ¿qué demonios haría con Quillan ahora?—. No sé, suelo resolver mis problemas sobre la marcha.

Quillan abrió la boca, probablemente para preguntar algo, pero Kit entró en la habitación y eso lo detuvo. Su hermana se apresuró a cerrar la puerta tras de sí y fue a sentarse sobre la silla junto al escritorio. Ella estaba vestida con unos amplios vaqueros y una camiseta gris que le quedaba demasiado holgada.

—¿Te aburrías por ahí sola? —Daniel le dio una leve sonrisa llena de alivio.

—Evan me dijo que pidiera *pizza* —avisó, ignorando su pregunta— y que si no estaba aquí en treinta minutos, habría un descuento, así que como está lloviendo… —Dejó la frase incompleta y él solo asintió—. Evan también me dijo que irías a devolver el auto a la casa de Anya. ¿Puedo ir?

Volvió a agitar la cabeza.

—Claro, pitufina.

Kit se balanceó sobre sí misma con las manos en los bolsillos de su pantalón.

—Podrías… darle ropa de papá —ofreció al ver a Quillan tan incómodo entre esas prendas.

Daniel miró con ojo crítico al lobo y se cruzó de brazos.

—¿Crees que le quede? —preguntó, inclinando un poco la cabeza.

Si Quillan llegó a sentirse incómodo con la mirada de ambos hermanos, no lo demostró en ningún momento.

—Mejor que la tuya, sí —repuso Kit.

Y antes de que se diera cuenta, Quillan estaba parado frente a él con un atuendo diferente y que, sin duda alguna, favorecía a su figura mucho mejor que la ropa ajustada de Daniel. Tenía un pantalón de jean amplio y grueso y una camisa cuadrillé de algodón verde. Kit había insistido en que se pusiera las botas enormes de su padre, y aunque Quillan había puesto resistencia en esto último, terminó por acceder de muy mala gana.

—Te ves casi normal —acotó Daniel, volviendo a pasear sus ojos sobre él.

—Es verdad —coincidió Kit, entrando en la habitación; había tenido que salir para que Quillan pudiese cambiarse—. Pero debes devolverla, si no papá sabrá que tomamos sus cosas.

—No creo que note que le falta ropa —repuso Daniel.

De pronto, el rostro del lobo se contrajo en una mueca, y buscó la mirada de Daniel con prisa.

—Tengo que hacer pis —reveló sin tapujo.

Kit se ahogó con una risa que no logró disimular y Daniel suspiró. ¡Qué remedio! Le hizo un gesto para que lo acompañase.

—Te mostraré el baño.

—¿Baño?

Daniel lo llevó a través de los pasillos con cuidado, para no terminar cruzándose también con su otro hermano. El baño estaba al lado del cuarto de sus padres. Al igual que la casa, el baño era diminuto; parecía un pasillo donde se amontonaban el inodoro, el lavabo, la ducha y el cesto de ropa sucia.

Daniel trató de explicarle todo lo necesario a Quillan.

—Debes pararte así y hacer dentro del retrete —señaló—. Si tienes mala puntería, limpias tu desastre, amigo. Luego tiras la cadena, así. —Daniel hizo una demostración. Quillan lo observaba con el ceño fruncido, superconcentrado en lo que le decía—. Luego vienes aquí y te lavas las manos abriendo la canilla. Justo así, ¿ves?

—En… Entiendo.

—Genial. ¡No tardes! —pidió antes de dejarlo solo.

Fue cuestión de minutos antes de que Daniel llegase a escuchar cómo tiraban de la cadena. También el chirrido de la canilla abriéndose y volviéndose a cerrar; después, dos tímidos golpes en la puerta.

Cuando volvieron a la habitación, Kit estaba pegada junto a la ventana, abrazándose a sí misma y mirando al exterior, donde aún llovía a cántaros y el viento era tan fuerte que conseguía filtrarse por las rendijas más pequeñas como un soplo helado. Daniel le echó una rápida mirada al reloj que ocupaba su mesita de noche: todavía faltaban diez minutos para que su pizza llegase con un descuento importante.

—Qué raro —musitó su hermana de repente.

—¿Qué? —Daniel tomó su teléfono y se fijó en las notificaciones, sin prestarle mucha atención.

—Hay dos cuervos parados en la cerca —afirmó ella con el ceño fruncido—. Están ahí, en medio de la lluvia, mira.

Quillan se tensó, como si alguien sostuviera un arma contra su cabeza, mientras que Daniel jugó a sentirse valiente y se acercó a la ventana. Miró a las dos aves posadas sobre la medianera, llevadoras de un mal presagio.

Él alejó a su hermana de un tirón y cerró las cortinas.

—No… no le des importancia —farfulló—, solo son aves.

La lluvia jamás se detuvo.

Daniel había puesto ese calefactor eléctrico portátil que tenía guardado en una caja dentro de su armario, el mismo que su hermano detestaba que utilizara. Él no la usaba mucho porque el frío por lo general no le molestaba y, además, ese aparatito consumía demasiada electricidad, pero entonces tenía a Quillan estornudando con fuerza y a Kit haciendo comentarios concurrentes sobre el frío terrible que hacía en su habitación. Daniel sacó el calefactor. No lo tendría prendido por mucho tiempo. No le apetecía escuchar las reprimendas de Evan más tarde.

Cuando la *pizza* llegó, su hermano fue el primero en tomar dos porciones para colocarlas en un plato y poder llevárselo a su habitación. Daniel, aprovechando la situación, se hizo de la caja entera y Kit llevó los refrescos para marchar de nuevo hasta su cuarto. Quillan los esperó con paciencia y en silencio.

Almorzaron con Katherine parloteando sobre las cosas interesantes que le habían pasado durante la escuela. Daniel pretendió escuchar, pero Quillan le regaló a su hermana una atención genuina.

—Debo leer un cuento para la próxima semana y mañana tenemos que ir a trabajar en el proyecto de la huerta —explicó ella, y le dio un mordisco a su *pizza*.

Daniel observó a Quillan, quien miraba su propia porción como si lo que tuviese en sus manos fuese alguna comida ridícula.

—¿Qué tiene? —terminó por preguntar, cansado.

—No me gusta.

Daniel lo miró como si le hubiese clavado un puñal por la espalda.

—¿Cómo que no te gusta? ¡Ni la probaste!

Desde atrás pudo oír a Kit reírse de él.

—Tengo sed —replicó el lobo sin más, ignorándolo.

—Pues... tómate lo que te servimos en el vaso.

Quillan hizo tiquismiquis antes de agarrar el vaso de vidrio e inspeccionarlo con un ojo tremendamente crítico.

—Quiero agua.

Daniel gimió, acariciando el puente de su nariz.

—Ugh, supongo que no todos aprecian el arte de la *pizza* y una bebida poco saludable. Qué asco, Quillan, de verdad.

—¿Eres vegetariano? —preguntó Kit con timidez desde su asiento—. Yo tengo un compañero en mi clase que no come nada que sea carne.

—Me gusta la carne —contradijo Quillan con simpleza, encogiendo los hombros.

—Oh...

—¡Bueno, bien! Te traeré agua. Debes ser la única persona en el mundo a la que no le gusta la pizza... —refunfuñó Daniel. Se giró para ver a su hermana y la señaló con severidad—. Si vas a venir hoy conmigo, mejor vete abrigando.

Quillan se enderezó en su lugar apenas Kit salió de la habitación.

—¿Te... vas?

Se giró un momento para darle un vistazo rápido, pero sus ojos no lograron despegarse del lobo. El lobo, porque Daniel vio al animal. Lo vio en la forma en la que se sentaba, en la forma que lo miraba, en la forma que esperaba... Y odió tener que admitirlo, odió poder verlo tan claro. Sus mañas, la manera en la que sus ojos contemplaban el mundo. La hermosa naturaleza del animal nacía, una naturaleza tímida, porque el lobo era tímido debajo de todos esos dientes, el lobo era tímido en la piel de un hombre. Daniel era bueno para notar esas cosas, o eso creía.

—¿Quieres venir con nosotros? —le preguntó con calma, sin presiones.

No pensó que fuera a decir que sí, pero lo hizo.

Salieron de la casa. Daniel se sintió como un niñero, y casi siempre lo era, pero estaba bien, estaba acostumbrado, no le importaba. A pesar de que había intentado persuadir a su hermana de quedarse en casa, ella no dio su brazo a torcer. Daniel entendía que ir a la casa de su mejor amiga le hacía ilusión, porque casi nunca iba, y era Anya la que los visitaba con regularidad. Solo podía visitar la casa McGregor si era para buscar o dejar a Anya.

Enfrentándose a la lluvia, corrieron al auto. Kit los adelantó dando valientes trompicones, lo que hacía que su abrigo impermeable de color verde chillón que apenas le permitía moverse reluciera.

Quillan fue más lento. Miró la casa, el cercado, las casas vecinas, los postes de luz, la calle con forma de serpiente. Después miró el cielo como si fuese un amigo, algo que por fin reconocía en ese mundo tan extraño.

Daniel se subió al asiento de conductor y esperó a que Quillan también lo hiciera, pero se dio cuenta de que estaba pidiendo mucho de su parte. Quillan se quedó estático, mirando con recelo el vehículo. Daniel echó la cabeza hacia atrás con exasperación y sus manos se apretaron contra el volante mientras miraba a los dos cuervos que, pacientes e inmutables, los vigilaban; ahora lo hacían desde el techo de la casa, parados justo sobre la canaleta.

—¿Por qué no entra? —preguntó Katherine, asomando la cabeza por entre medio de los asientos delanteros.

Uno de los cuervos graznó. El lobo se giró a verlos, sorprendido. Después miró a Daniel y al auto. Se les acercó.

—¡Vamos, Quillan! —apremió Daniel con nerviosismo mientras se inclinaba y le abría la puerta del asiento del copiloto—. No podemos estar así todo el día, papando moscas.

Kit se carcajeó, ajena a la inquietud de su hermano. El lobo lo miró mal, pero, con movimientos lentos y precavidos, terminó por subirse al coche.

Daniel dio vuelta la llave y el motor rugió. Quillan se estremeció del susto.

❧

Se tomó su tiempo para estacionar. Dejó el auto en el improvisado garaje, como si jamás hubiese sido movido de allí. Kit fue la primera en bajarse; salió corriendo, dejó la puerta abierta y saltó sobre los dos escalones del porche para plantarse delante de la puerta. Ella tocó a la puerta con efusividad, y, vaya suerte, fue Anya quien la recibió. Las dos se dieron un abrazo que le robaría el aliento a cualquier ser vivo y Anya la invitó a pasar antes de volver a cerrar la puerta.

Daniel resopló con diversión, tomó del asiento trasero el paraguas negro y le hizo una seña a Quillan para que bajase con él. A pesar de que le tomó su tiempo descubrir la función de la manija de la puerta, logró salir.

El torrente de enormes gotas que hubo al principio se había convertido en una fina pero ruidosa llovizna en el transcurso del viaje; el viento aún aullaba y el cielo retumbaba y se iluminaba. Era una tormenta grande, pero mucho ruido y pocas nueces.

El lobo se quedó mirando el amplio océano que se abría más allá de la bahía.

—Ese es el mar —se encontró diciendo Daniel mientras metía las manos en sus bolsillos y avanzaba hasta la casa—, ¿lo habías visto antes? En verano, este lugar está atestado de gente. Vienen de todos lados para pasar unos días aquí. La verdad que en esa época es un lugar muy bonito y siempre están cuidando la bahía; hay una organización en el colegio de mi hermana donde vienen cada tanto a limpiar cualquier residuo de basura que otras personas hayan desechado aquí. Por lo del medioambiente y eso.

Los escalones crujieron mientras ambos subían al porche.

—Hablas rápido.

Daniel trató de recibirlo como un cumplido y nada más.

—Este... sí, lo sé, me lo han dicho. ¿Te molesta mucho? Puedo tratar de ir despacio si quieres, pero no prometo nada.

Quillan no respondió.

Daniel tocó a la puerta y Anya volvió a abrirle, con Kit parada tras ella. Los ojos vivarachos de la niña volaron hasta el hombre alto y pelirrojo parado a su lado. Anya no fue para nada sutil cuando lo barrió con su mirada de arriba abajo. Quillan, vaya héroe, permaneció indiferente.

Daniel carraspeó.

—Kit me dijo que tenías un amigo —dijo con mordacidad antes de sonreír como si fuera la niña más dulce del mundo. Le ofreció una mano—. Soy Anya.

Quillan miró su mano, pero no la tomó. Tampoco se presentó. El saludo de Anya se quedó en el aire por unos segundos dolorosos de presenciar, y antes de que pudiera tener tiempo de ofenderse, Daniel le plantó las llaves del auto en ella.

—Y él es Quillan. Es un tipo tímido, nada personal.

Anya abrió la boca, trató de decir algo, pero con una sola mirada Daniel le advirtió que, por ese día, lo mejor era permanecer callada y dejarlo pasar. Ella lo respetó.

No era extraño que en más de una ocasión hubiese tenido que pararle los pies a Anya de hacer o decir alguna tontería. Ella buscaba los límites de las personas y se preguntaba qué tan lejos podía llegar. Ella descubrió los de Daniel demasiado pronto, probablemente más rápido de lo que le hubiese gustado, pero él no pensaba dejarse mangonear y manipular por una niña de nueve años.

—Voy a buscar a Rae —resopló entre dientes antes de desaparecer en el interior de la casa, con su mano aferrada a la de Kit, ofendida.

Daniel se rio y se inclinó ligeramente hasta el lobo, quien de inmediato lo miró mal por invadir su espacio personal. Prefirió ignorarlo.

—Cuando te ofrecen la mano, debes tomarla. Es un saludo —murmuró—. Ya te lo comenté hoy.

—Es... raro —dijo.

Daniel encogió sus hombros.

—Sí, supongo que sí.

Rachel apareció en el umbral, segundos después. Les dio la más amable de sus sonrisas y saludó a Quillan con un cortés movimiento de cabeza.

—Le acabo de dar las llaves a Anya. Gracias por el auto.

Ella hizo un gesto, quitándole importancia.

—No es nada.

Daniel miró al lobo solo por un segundo antes de devolver su atención hasta Rae.

—¿Crees que podrías llamar a Kit?

La joven asintió con una sonrisa, estiró el cuello y trató de ver dónde era que se habían metido. Al final ella suspiró.

—Supongo que Anya volvió a esconder a Kit debajo de la cama para que no te la lleves —dijo—. Voy a buscarlas, ya regreso.

Rachel volvió a meterse en la casa al mismo tiempo que Quillan se daba la vuelta y volvía a bajar los dos escalones hasta la arena. Daniel miró la puerta abierta un momento antes de seguirlo.

Estaba muy callado y él se habría dado cuenta si hubiese estado un poco más atento, porque no era el usual silencio ausente que había conocido al principio, sino uno evaluativo, preocupante… Calculador.

Cuando lo notó, fue tarde.

Quillan se fue. Echó a correr lejos de él por la costa, y subió el camino con dirección a donde la arena se mezclaba con la tierra húmeda de los bajos bosques, mucho antes de que el terreno se elevase en el risco. Daniel podría decir que estaba perplejo y que por eso se quedó un segundo en su lugar, pero en realidad no fue así. Las dudas lo dejaron preso sobre su lugar, fueron ínfimos segundos donde se preguntó qué era lo mejor para hacer. ¿Lo seguía? ¿Lo detenía? ¿O se quedaba allí y hacía de la vista gorda? Esta última era la opción fácil, la más segura, ¡qué diablos le importaba a él lo que podía ocurrirle a un completo extraño! ¡Que se arreglara como pudiera!

¿Entonces por qué corrió tras él?

Daniel gritó su nombre cuando el viento le voló el paraguas de las manos. Sin embargo, el atletismo ya no era lo suyo, y la mordedura en su tobillo, que tiraba con cada paso, lo incapacitaba todavía más. De pronto, detener a Quillan se había tornado una misión imposible, aún más cuando la incesante lluvia actuaba como agujas heladas que se le clavaban en la piel.

—¡Quillan! —Su grito se estrelló contra el viento.

Logró seguirle el paso hasta el lindero del bajo bosque, pero para entonces los pulmones le ardían terriblemente. Su corazón golpeaba su pecho con violencia y sus piernas por poco chirriaban como si fuesen un par de bisagras oxidadas. Quillan debió sentirse cansado también, porque fue perdiendo velocidad y Daniel lo tenía cada vez más cerca.

Quiso gritar de júbilo en el momento en que consiguió atraparlo por los brazos, pero su victoria duró poco: Daniel sintió las manos firmes del lobo agarrándolo también. El aire lo abandonó un momento y el dolor se repartió por toda su espalda cuando el lobo lo estampó contra el suelo.

Cara a cara, Daniel pudo ver la tensa mandíbula, las fosas nasales que se ensanchaban con cada respiración y el odio emanando de aquellos ojos dorados. Los ojos del lobo, salvaje, silvestre. Daniel no tenía derecho a sorprenderse por su forma de actuar, en algún lado de su mente él sabía lo que era Quillan, sin importar cuánta piel humana, cuánto razonamiento o palabras tuviera. El lobo era tímido, sí, pero nada de eso quitaba el hecho de que su primer instinto sería el de correr lejos de él en cuanto tuviese la oportunidad, y estaba en su instinto atacar si se interponía o hacía algo que no le gustaba, pero se suponía…

No.

Quillan ya no era un lobo, no lo era. Por razones que se le escapaban, ahora era casi tan humano como él. «Ahora te aguantas», pensó antes de tomar al hombre por los brazos y con la misma fuerza y de un tirón, invertir sus posiciones en un movimiento brusco que pareció descolocarlo.

Ahora Daniel estaba arriba sosteniéndolo por los brazos y Quillan se revolvía furioso entre su agarre, resoplando cual toro embravecido, intentando liberarse de él. Daniel apretó sus piernas en torno a las suyas para poder tenerlo a raya y que no lo lastimara.

—¡Ey, ey! ¡Quieto! —gritó con fuerza, pero fue ignorado sin problemas. Lo apretó un poco más—. ¡Quillan, tranquilo! ¡Quillan!

Resultó difícil, pero tras largos minutos de forcejeo, gruñidos e insultos, poco a poco los movimientos erráticos y furiosos de Quillan fueron disminuyendo hasta solo ser una respiración agitada y una mirada fulminante. Daniel estaba igual de contento, por lo que el sentimiento era mutuo.

—Maldito idiota, ¿en qué diablos estabas pensando? —gruñó, zarandeándolo con violencia—. No eres un lobo, y duela donde te duela, ahora tienes que lidiar con eso.

Hubo un momento de silencio obstinado, hasta que...

—Quería ir... irme —confesó en tono hosco, rehuyendo su mirada.

Daniel trató de ver el lado positivo: al menos era sincero.

—Sí, pues bueno, no es como si no me hubiese dado cuenta de tus intenciones, genio. —Exhaló con ironía mientras su agarre se iba soltando poco a poco—. Solo... necesitas un plan. No puedes hacer las cosas así, Quillan.

—¿Un plan? —balbuceó, deteniéndose un segundo para verlo.

—Sí, un plan. Pero antes tienes que tener una mínima idea de lo que te pasó, por qué y cómo actuar en consecuencia. Suena más fácil de lo que es, así que no te dejes engañar.

Daniel estaba lejos de querer ponerse a analizar todos los agujeros de su plan.

—Yo...

—Mira, yo entiendo —Daniel lo interrumpió—. De verdad entiendo que esto no es fácil, que todavía hay cosas que no comprendes y que te encantaría estar en el bosque persiguiendo una ardilla, lo entiendo. Estoy igual que tú ahora mismo, hombre, aunque no lo creas, porque esto definitivamente no es algo que me pase todos los días. Pero por más que tuve la opción de dejarte por tu cuenta en todo esto, elijo no hacerlo. —Se detuvo a tomar aire y continuó—: Así que por más que no nos guste a ninguno de los dos, lo mejor es permanecer juntos, solo hasta que lo resolvamos.

Además, Daniel realmente dudaba de que pudiese vivir una vida entera con una incógnita tan grande en su vida como lo era Quillan y dejarla sin resolver. Ahora más que nunca él necesitaba saber lo que estaba pasando y si de verdad el mundo era tan retorcido como parecía.

Creyó que Quillan no había entendido nada de todo lo que le había dicho, pero luego su mirada se vio despojada de aquel tinte obstinado; sus cejas se relajaron y su cuerpo dejó de resistirse, pero sus ojos revoloteaban hacia todos lados con tal de no tener que mirarlo a los ojos.

—Yo... no quería.

Daniel lo soltó.

—Solo... sé bueno, ¿sí?

Él no respondió.

Daniel se levantó y pasó sus manos por su cuerpo, tratando de sacudirse toda la arena metida en su ropa. Sintió los ojos de Quillan por un rato hasta que el lobo decidió imitarlo.

Al menos ya no llovía.

—Si llego a pescar un resfriado por esto, te juro que...

—Daniel.

—¿Qué?

Él ni se mosqueó, estaba tratando de deshacerse de la arena metida en su pantalón.

—Nos miran.

—¿Eh?

El lobo lo tomó de la muñeca y lo obligó a girarse para ver lo mismo que él: ahí donde el bosque se topaba irremediablemente con la arena gris. No se había percatado de cómo poco a poco se había alzado una tenue bruma a su alrededor, entonces supuso que la temperatura había bajado bastante.

Entornó un poco la mirada, pero Daniel no vio a nadie que los estuviera observando.

—¿Dónde? —murmuró confundido, avanzando hasta estar a su lado.

No lo vio enseguida, tal vez no lo quiso ver.

Se sintió como en una película de horror, sintió el suspenso y el miedo.

Vio la hilera de abetos; en una espesura como esa, cualquier cosa podría camuflarse y pasar desapercibido. Los árboles eran altos como un edificio de dos plantas.

El dosel de hojas verdes se sacudió como si alguien hubiera soplado gentilmente entre ellas; los pájaros alzaron vuelo escandalizados, y tanto él como Quillan contuvieron el aliento en el momento que ambos lo vieron. Había una mano, o algo lo bastante similar a una, porque estaba recubierta por un pelaje leonado. No habría sido de las cosas más raras dentro de ese día si no hubiese sido porque esa mano era la de una criatura gigantesca. De proporciones inhumanas. Los dedos rasgaron la arena y se arrastraron hasta el interior del bosque y su espesura.

Las ramas crujieron como un eco sordo y algo inmenso se movió detrás de esos árboles. Algo que tenía garras peludas que Daniel podría jurar que equivalían a la longitud de un cuerpo humano.

Retrocedió paso a paso a pesar de que el terror en su cuerpo era paralizante. Su mente sí que estaba paralizada, eso seguro. Entonces se dio cuenta de que no se estaba moviendo a voluntad, sino que Quillan estaba tratando de alejarse de allí con él a cuestas.

Cuando estuvieron a una distancia considerable, Daniel reaccionó, y los dos se batieron en retirada hasta la casa de los McGregor, donde Rae los esperaba con Kit y Anya sujetadas de las manos. Rachel se vio intrigada, pero la cara con la que iba Daniel seguro le advirtió que lo más sensato era no preguntar.

Daniel sujetó a su hermana de la mano y decidió que no tenía ganas de seguir descubriendo cosas extrañas. Al menos no ese día.

7
HERIDAS QUE NO SANAN

QUILLAN

Lo repitió en su cabeza. Cuatro amaneceres. Había visto cuatro amaneceres con sus ojos humanos. Cuatro días. Días donde caben veinticuatro horas. En cada hora caben sesenta minutos, y en cada minuto, sesenta segundos.

No logró comprenderlo.

El tiempo era raro y lento mientras más consciente se volvía sobre el tema. Más lento y más tortuoso.

La lista de cosas que no soportaba se volvía más y más extensa con cada día que pasaba. El chico, Daniel, encabezaba el puesto número dos, porque era ruidoso, vibrante y hablaba mucho cuando se ponía ansioso. Pero por más fastidioso que fuera, al final su presencia terminaba por distraerlo, y Quillan estaba dispuesto a apreciar cualquier cosa que lo ayudara a no pensar.

Su cabeza era como la corriente de un río turbulento contra la que no podía luchar. Cada uno de sus pensamientos lo arrastraba de un lado a otro sin piedad. Y, como si cada saliente llevase al mismo destino, él regresaba hasta allí otra vez, a esa memoria que, en más de una ocasión, se disfrazaba de sueño.

Quillan deseó en más de una ocasión poder controlarlo, pero los recuerdos eran invasivos y tan tormentosos como el clima de ese otoño.

Primero, escuchó el aullido, la alerta. Se levantó en sus cuatro patas, porque había estado dentro de la madriguera cuidando de los nuevos cachorros.

Se agazapó sobre ellos y gruñó cuando la tierra de las paredes comenzó a caer por la brutalidad con la que el intruso trataba de entrar. Quillan vio a otro lobo, un forastero que asomaba el hocico, con los dientes al descubierto.

Sabía que tenía una buena posición; que el intruso, por más fiero que se viera, tenía las de perder. Pero, de repente, este se vio arrastrado con fuerza lejos de él y los cachorros. Asomó la nariz por fuera, y Quillan pudo ver el destello color bronce de su madre, una loba implacable, dando pelea. Oyó cómo el resto de su familia se movió para defender el territorio y echar al forastero.

De ahí en adelante, lo que pareció ser el inicio del rumor de una pelea solo fue un llanto de derrota.

Y cuando los aullidos y ladridos tenaces le erizaron el pelaje, cuando el aroma metálico de la sangre debilitó todos y cada uno de sus sentidos, Quillan deseó poder salir del agujero. Se relamió con ansiedad los colmillos y se volteó para ver a los cachorros. Los seis hermanos más pequeños estaban apiñados uno arriba del otro, quietos y atentos al ajetreo del exterior. Había un miedo latente en sus ojos grises y opacos, Quillan lo supo porque él sintió el mismo miedo. Se inclinó sobre ellos, los olfateó un segundo y con su hocico los empujó un poco más adentro de la madriguera. Solo entonces se atrevió a salir.

Afuera, lo primero que él vio fue a su madre. La cabeza cercenada de la loba estaba a un par de metros de ellos, donde sus más nuevos cachorros la aguardaban. Quillan se acercó tratando de buscar vida entre el charco de sangre donde su madre yacía, con las orejas bajas y la cola entre las patas.

Más adelante, vio al resto de sus hermanos gritando. Su familia era grande, veinticinco lobos se movían en sincronía alrededor de dos lobos intrusos, letales y despiadados. Sus hermanos los superaban con creces, pero incluso así, por alguna razón, estaban perdiendo.

Los forasteros daban dentelladas mortales y certeras, tan fuertes que arrebataban extremidades como si fueran nada. Con la cola entre las patas, Quillan corrió a ayudar, y se sintió horrorizado cuando no vio a su padre entre ellos, defendiendo.

En cambio, el lobo viejo y maltrecho que dirigía al resto estaba no mucho más lejos de donde se desarrollaba la pelea. Quillan desistió porque confió en que vencerían y trotó hasta su padre, que se encontraba cerca del cuerpo sin vida de su madre, con la nariz hundida en la tierra. No se suponía que él cayera tan fácil, tan rápido; como padre y líder, les debía liderazgo y motivación. Era el más fuerte, el más sabio y antiguo.

Volvió a mirar a sus hermanos. Winval, su hermana de camada, había sido atrapada por los dos lobos intrusos. La tenían tomada por el cuello, sus mandíbulas destrozaban la garganta de la joven loba. El resto de sus hermanos intentaron desesperadamente llamar la atención de los intrusos: les mordieron la cola, los atraparon por las patas traseras y lloraron, pero nada de lo que hicieron pudo evitar su muerte.

Así, la matanza indiscriminada continuó hasta que nadie, además de él, permaneció.

Fue raro cuando el disturbio de la pelea terminó. Quillan supo que habían perdido, supo que le tocaba a él, pero cuando recordó a los cachorros, la esperanza palpitó dentro de su pecho con una intensidad abrumadora. Se giró, listo para correr hasta la madriguera y defenderla con su vida, pero ellos habían sido más rápidos que él. Uno de los dos lobos, el que se veía por lejos más viejo, sostenía el cadáver de uno de los bebés entre sus dientes, con todo un reguero de sangre cayéndole por la mandíbula.

Quillan se sobresaltó cuando despertó.

Su sueño siempre terminaba cuando veía a los dos cuervos bajar y buscar algo de las sobras en las que toda su familia se había convertido.

Sintió su corazón, ahora era fácil reconocerlo. Le golpeaba el pecho con desesperación; un latido solitario y desolador que, con cada golpe, abría el inmenso vacío que tenía en su interior. Inhaló abruptamente y escondió la cara en la almohada. Estaba fría. Ahora siempre tenía frío. Quillan había crecido entre la calidez de una familia latiente; no estaba acostumbrado al vacío, sino a los lobos que se arremolinaban unos sobre otros para lamerse los hocicos y morderse las gargantas con cariño.

Suspiró muy despacio, y justo cuando estaba pensando en volver a dormir, sintió cómo la puerta de la habitación se abría y se cerraba. No se molestó en levantar la cabeza para ver quién había entrado; sabía que era el chico, Daniel. Había aprendido a escuchar su forma de caminar, de respirar. Nunca hallaba alguna señal de peligro en él, pero, incluso así, le era difícil relajarse del todo a su alrededor.

—Quillan —dijo—, sé que estás despierto. Necesitas cambiarte el vendaje de esas heridas o se pondrán peor.

No tenía ganas de verlo. En realidad, Quillan apenas tenía ganas de levantarse. Si lo hacía, era porque el chico se encargaba de exasperarlo, de manera que no le quedaba otra más que levantarse y mandarlo a callar.

Asomó la cabeza por debajo del edredón para dedicarle una mirada de desprecio antes de acceder y Daniel se quejó porque le encantaba quejarse.

—¡Encima que vengo de buena fe a tratar esas heridas tú te das el lujo de mirarme mal!

Sus pies tocaron el suelo y un escalofrío le subió por la espalda. Quillan se dirigió hasta la silla que Daniel arrastró frente a él y se sentó.

Él sabía la rutina, así que tomó los bordes de la camiseta y se la quitó. Las cintas que sostenían las gasas le picaban en la piel. Desde atrás, sentado en la cama, Daniel fue removiéndolas una a una con cuidado. La carne quedó expuesta y, tras un silencio contemplativo, le dijo:

—Vaya, sí que mejoras rápido. Podría haber jurado que pasaría un mes entero antes de que pudieran verse tan bien. —Daniel se inclinó y miró la gasa en su mano, se encontraba manchada con una mezcla de sangre y solución iodada—. Soy un buen enfermero, quién lo diría —se rio—. Tienes suerte, la verdad es que yo siempre fui muy lento para curarme. Soy el tipo de persona que se cae, pero no porque sea torpe ni nada, aunque sí que me llevo las cosas por delante, pero supongo que eso es porque soy apurado y bastante bruto.

»Bueno, te decía, siempre me caigo, pero es porque estoy donde no debo, no pienso mentirte. Una vez me caí del techo de mi colegio, cuando tenía trece años. Y una vez me rompí un brazo, el mismo que ya tenía un esguince en la muñeca, aunque el esguince me lo hice en una práctica de fútbol unos días antes. —Quillan apenas pudo seguir su ritmo, pero atrapó algunas oraciones. Sus cejas se fruncieron y respiró hondo una sola vez. Daniel volvió a acercarse con las nuevas gasas—. Aunque te cures rápido, te pondré un par de cremas y lugol para que no se te infecte.

Por lo que Quillan había llegado a descubrir, el lugol era un insulso líquido rojo que le dejaba la piel manchada de naranja y que, más tarde, apestaba.

—No —gruñó con mucha más claridad de la usual, esquivando su tacto como si este quemase.

Quillan no podía verle la cara, pero sí sintió un ligero cambio en su respiración, así como en sus movimientos. Ahora eran lentos, casi resignados.

—Te ayuda a sanar, Quillan —rumió el chico al final con un tono mucho más bajo.

—No, no ayuda —resopló él con terquedad, volviendo a esquivarlo.

—Créeme que sé de lo que estoy hablando, ¿bien? Esto te va a ayudar, lo prometo, vas a sanar más rápido.

—¡No, no sana! —exclamó Quillan con fuerza, levantándose de golpe y empujando la silla en el proceso, lo que obligó a Daniel a tirarse para atrás—. ¡No... no está sanando rápido!

—¡Pues no esperes que lo haga si no me dejas ayudar, grandísimo idiota!

Quillan fue a esconderse de nuevo en la cama con movimientos violentos. Las sábanas ya se habían vuelto a enfriar.

Percibió a Daniel. Sabía que estaba quieto, probablemente, mirándolo con enojo, porque respiraba agitado, y casi podía oír su peso tenso sobre la cama. Se quedó ahí por un largo rato. Quillan no pudo relajarse hasta que lo escuchó salir de la habitación con un portazo.

Daniel siempre le daba órdenes, Quillan no lo soportaba, porque de repente oía: «Las cosas se hacen así», «Esto se usa así, ¿ves?», «Lo colocas así», «No lo pongas ahí», «Deja eso allá». O también: «No toques eso», «Eso no se hace», «No hacemos las cosas así», «Ponte esto, úsalo, o no, mejor no». Quillan acataba dócilmente cada una de sus instrucciones; estaba aprendiendo sobre el mundo que estaba viendo por primera vez porque quería hacerlo, pero no lo comprendía. En realidad, apenas se comprendía a sí mismo. Y Daniel, con miles de palabras vacías, le hablaba de cosas como la ropa o las reglas y costumbres, cuando lo único que el lobo de verdad quería era entender por qué tenía un vacío tan grande en el pecho, por qué podía ver a su familia cuando dormía y por qué se ahogaba en tristeza cada vez que todo a su alrededor era silencio. No lo soportaba... No lo entendía.

❄

La mañana continuó igual de lenta y silenciosa que las anteriores. La casa estaba sola la mayor parte del tiempo, solo eran Daniel y él, hasta que, a la tarde, Kit, la hermana más joven del chico, se asomaba a pasar el rato con ellos. Eso hasta que Daniel, con destreza y simpatía, la volvía a empujar por la puerta y la mandaba a hacer su tarea.

Quillan no estaba del todo seguro de lo que el concepto de «tarea» englobaba, pero no le gustaba. La tarea le arrebataba a la única persona con la que podía sentirse afín: la niña que se ataba los voluminosos y gruesos tirabuzones castaños en dos trenzas que le caían por la espalda y se inclinaba con amabilidad para explicarle hasta las cosas más raras.

Esa misma tarde, como todas las anteriores, Kit apareció por la puerta con timidez. Ella no solía acercarse a menos que su hermano estuviese ahí con ellos; Quillan no lo había vuelto a ver luego de la pelea.

—¿Estás dormido? —preguntó ella en voz baja.

Quillan sacudió la cabeza perezosamente mientras la observaba por debajo de las sábanas. Kit terminó por entrar en el cuarto y, con mucho cuidado, cerró la puerta tras ella. Aun así, no pareció tener ninguna intención de acercarse. Solo se quedó ahí, parada con las manos escondidas tras su espalda.

Quillan se levantó un poco.

—¿Estás bien? —preguntó, sin poder ocultar su extrañeza.

Ella hizo una mueca.

—Sí… —Hizo una pausa—. ¿Estás enojado? Daniel me dijo que se pelearon. Él no sabe que vine a verte, dijo que debería dejarte solo.

—No estoy enojado —respondió, porque ya no lo estaba—. Estoy… triste.

—¿Y por qué estás triste? —preguntó ella, caminando hasta él con más seguridad.

Quillan sintió cómo sus grandes ojos comenzaron a inspeccionarlo con una curiosidad que podría intimidar a muchos.

—Porque extraño a mi familia.

—Daniel dijo que te peleaste con tu familia.

—No… no hice eso. No… no peleé. Ellos murieron.

Kit se quedó boquiabierta por la impresión. En realidad, ese gesto le recordó mucho a Daniel.

—¿Están muertos?

—Sí…

—¿Y estás triste por eso? —Quillan agitó la cabeza de forma afirmativa mientras se sentaba mejor—. Bueno, no deberías estar triste, porque mi mamá me dijo que cuando las personas se mueren se van a un lugar mejor; al cielo, con Jesús y esas cosas, y los ángeles y Dios.

—¿Al cielo? —dijo Quillan, frunciendo aún más el ceño. Kit apretó los labios en una sonrisa y asintió con resolución—. ¿Qué es eso?

—Pues eso, el cielo. Ahí van todas las personas que se mueren, a menos que sean malos. Si son malos, se supone que se van al infierno a arder y blah, blah, blah. Daniel dijo que eso es mierda.

—Mierda —repitió Quillan.

—¡No le digas a nadie que dije eso!

Quillan inclinó la cabeza.

—¿Y qué es?

—Popó.

—Está bien.

La puerta volvió a abrirse y Daniel entró por ella. Sus ojos estaban entrecerrados, y a pesar de que Kit pareció asustada de verdad al haber sido atrapada *in fraganti*, su hermano no parecía enojado.

—Te dije antes que no vinieras aquí —le reprochó con un largo suspiro.

Kit bajó la cabeza con arrepentimiento, incluso cuando todos sabían que no se arrepentía de nada.

—Perdón... —musitó, poniendo ojos tristes.

Él se giró hasta Quillan.

—¿Ella te estuvo molestando?

Quillan frunció el ceño, ya que se suponía que ellos estaban enojados. Quería seguir así, pero era agotador, y aquello que le había hecho enojar ya no le parecía tan terrible como antes. Supuso que a Daniel le pasaría igual.

—No… —respondió con lentitud.

Daniel asintió y con un movimiento de mano llamó a su hermana. Kit saltó de su lado y corrió hasta él. Los dos hermanos lo miraron desde la puerta como si él fuese algo que todavía no entendían.

—¿Quieres que te dejemos solo? —le volvió a preguntar Daniel con un deje tentativo.

Quillan respiró hondo.

—No.

—Eso está bien, sí… Este… —Daniel asintió con torpeza mientras se inclinaba frente a su hermana—. Kit, ¿por qué no vas a dibujarle algo a Quillan? Para hacerlo sentir mejor, ya sabes.

La niña miró a su hermano con los ojos entrecerrados.

—Ya sé que cuando me hablas así es porque quieres hablar cosas de adultos sin que yo escuche —declaró con la cabeza bien en alto.

A Daniel se le escapó una carcajada.

—Así que descubriste mis secretos… —Él enredó un dedo en uno de sus rulos y tiró de él juguetonamente. Ella lo empujó con los labios fruncidos en una mueca mientras se acariciaba la zona del tirón—. No puedes hacer nada contra eso, de todas formas, pitufina, ¡es el poder del hermano mayor!

—¡Evan le dice tiranía! —reclamó ella, estampando un pie contra el suelo.

—¿Y sabes lo que es una tiranía, acaso?

—¡Pues… eso, lo que haces!

—Bueno, a menos que logres venir con un golpe de Estado a derrocarme, no hay nada que tú o Evan puedan hacer —contestó el chico con una sonrisa—. Pero hablé en serio cuando dije que a Quillan le vendría bien uno de tus dibujos, ¿verdad, Quillan?

—Él abrió la boca para preguntar sobre el dibujo, pero Daniel, como si pudiera predecirlo, lo interrumpió—: ¡Míralo, está tan desanimado que ni puede contestar! Ve, hazle un dibujo de esos que te salen tan bonitos y se lo traes.

Ella los miró a los dos con suspicacia, pero al final no le quedó otra que obedecer.

—Está bien —aceptó, abriendo la puerta—, ¡pero lo haré súperrápido!

—No lo dudo... ¡Metiche! —tosió.

Ella dejó la habitación completamente indignada.

—Está enojada —observó Quillan.

Daniel se encogió de hombros.

—Se le pasará, no puede quedarse enojada por mucho tiempo —dijo, caminando hasta él, y señaló la cama—. ¿Puedo?

Quillan asintió y pronto el colchón de la cama cedió ante el peso de Daniel.

—Pensé que... que tú también estabas enojado. Conmigo.

—Nah, no soy de los que se enojan tan fácilmente —murmuró, mirándose las manos—. ¿Molesto? Tal vez, pero no enojado. Creo que puedo entender por qué estás así. Pensé que querías estar solo, por eso no volví. Sé que soy agotador para algunas personas, y no me imagino lo que debe ser para ti, que tienes que estar aquí conmigo todo el día. Aunque, bueno, si somos honestos, tú tampoco estás haciendo esto más fácil. Cada uno tiene que poner su parte para hacer que esto funcione, grandote. Tampoco puedo seguir durmiendo en el suelo por mucho tiempo, mamá ya me atrapó en el sofá anoche.

—Hablas rápido. —Como siempre, Quillan hizo una observación.

—Sí —Daniel se puso a jugar con el borde su propia camiseta—, lo habías mencionado antes. Puedo parar, lo juro.

—No. —Quillan negó con la cabeza, porque le traía cierta paz la manera de hablar de Daniel. Significaba que él no tenía que hacerlo y le gustaba solo escuchar—. Está bien, solo… un poco más lento.

—Bien… ¿Todavía te sientes deprimido? Porque se me acaba de ocurrir la mejor idea para lidiar con eso. No sé por qué no se me ocurrió antes.

Daniel se inclinó hasta la mesita de luz y tomó un control remoto. De repente, el pequeño televisor que descansaba en un mueble frente a los pies de la cama se encendió.

Quillan miró aquella extraña caja con curiosidad.

—¿Qué es? —preguntó con las cejas fruncidas sobre sus ojos.

—Esto, mi querido amigo, es la razón por la que deberé usar anteojos antes de los cuarenta —declaró—. Eso que están pasando ahí son programas, la mayoría de ficción, para entretenimiento y lavados de cerebro. ¿Por qué no pruebas a buscar algo para mirar?

El chico le entregó el control remoto y con mucha paciencia le explicó qué botones debía apretar para cambiar los canales de la caja rara; si el volumen era muy alto, podía bajarlo a gusto. Daniel le contó que eso era lo que usaba cuando estaba aburrido o simplemente no quería pensar.

Quillan, maravillado, pasó a través de los canales, buscando alguno que le llamase la atención. Se preguntó si de verdad había personas metidas en esa caja mientras apretaba los botones. Al final se detuvo en un canal donde cada vez que alguien decía algo sonaban unas risas escandalosas.

—¡Oh, *Friends*! —exclamó Daniel, frotándose las manos—. Miré todas las temporadas en su época, a mamá le encanta este programa. Es raro cómo me sé todos los capítulos de memoria y, aun así, puedo volver a mirarlos una y otra vez, y eso que suelo aburrirme rápido de las cosas. —Quillan, que intentaba escuchar lo que la gente en la caja pequeña estaba diciendo, se giró a verlo con mala cara—. Mmm, sí, lo siento...

Entonces, por primera vez, Quillan pudo dejar de pensar en las memorias por un largo rato.

LOS FANTASMAS DE QUILLAN

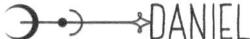

Una semana de mentiras.

Siete días en los que Daniel había hecho su mejor esfuerzo para mantener en secreto la presencia de Quillan en su hogar. Fue un gran descubrimiento lo bueno que era en eso de pasar desapercibido, y no era nada fácil teniendo en cuenta que su casa era del tamaño de una caja de zapatos. Solo Katherine sabía que Quillan estaba oculto en su habitación, y eso apenas era un cuarto de la verdad.

Daniel había sido lo suficientemente ingenioso como para inventarse toda una historia de trasfondo para Quillan, lo bastante buena como para que su hermana de nueve años no estuviera interesada en hacer demasiadas preguntas al respecto. Hasta donde ella sabía, Quillan tenía problemas con sus padres y se estaba quedando un tiempo con él mientras tanto. Kit alegó que Quillan parecía un poco grande para seguir viviendo con sus padres y él la mandó a callar.

Las cosas se volvieron un poco más difíciles cuando fue Evan quien le preguntó por el lobo. Su hermano jamás se tragaría un cuento como el que le había soltado a su hermana, por lo que se vio obligado a esmerarse en todos esos detalles y espacios vacíos que había dejado.

También habían sido siete días sin nada extraño de por medio: ni lobos rabiosos, ni escalofriantes cuervos o bestias ocultas tras el bosque. Hasta pensó que aquel acontecimiento en la playa pudo haber sido parte de su imaginación, pero Quillan también lo había visto, y su esperanza se derrumbó en pedazos.

Así pues, esa semana solo había sido él y su desesperada búsqueda de paciencia para con Quillan. En todos los sentidos.

—¡Mamá, necesito internet!

—No me grites —reprendió Anna, mirándolo a través de sus gafas de media luna. Le hacían ver mucho mayor de lo que era, pero solo las usaba para la lectura—. Tu padre dijo que él pagaría la factura del servicio.

Estaba ovillada en el sofá, con un chal verde oscuro sobre los hombros y con el largo cabello castaño atado en un moño desprolijo. Tenía un libro entre las manos, y para Daniel no pasó desapercibido que era ese libro infantil que había visto en el cuarto de su hermano. Se preguntó por qué estaría tan interesada en un libro para niños.

—Pero necesito saber cuándo —insistió Daniel con urgencia mientras se dejaba caer en el sofá rojo, justo a su lado. Pudo sentir el cuero roto raspándole en la espalda a través de la camiseta.

—Tal vez lo haga esta tarde. De todos modos, ¿por qué la urgencia?

—Tarea.

Tan solo unos segundos atrás había pensado que era un mentiroso casi decente, después de todo, había armado un circo bastante creíble en torno al lobo, pero acababa de soltar la mentira más estúpida de toda su vida. Aquel pensamiento se desvaneció.

¿Cómo era? Existía un dicho sobre que uno jamás podría mentirle a una madre, ¿se refería a eso? Por suerte, Anna no mencionó el hecho de que en realidad él había terminado la escuela un año atrás. Tal vez encontró ironía en su respuesta, aunque claramente carecía de ella.

—En el caso de que así fuese, ¿por qué no usas la biblioteca como lo hacía yo en mi época?

—Porque ahora estamos en mi época, mamá. Bienvenida al siglo veintiuno, por cierto. —Daniel sonrió con socarronería y su madre le propinó un buen golpe con el libro en la cabeza—. Auuu —se quejó, aunque no le dolió.

Ella suspiró.

—Por Dios, ¿cuándo dejarás de ser un bebé grande, Daniel?

No respondió.

Estaba ansioso, quería que sus padres se fueran para tener la casa vacía. No era por él, sino por Quillan, que casi podría ponerse a caminar por las paredes de su habitación debido a la ansiedad.

Era domingo, el día estaba soleado y sus padres seguían en casa. Irían a la floristería luego del mediodía, solo por un par de horas, y volverían. Evan había ido a pasar la tarde con Rae y Kit se había quedado en la casa, enfurruñada en su habitación porque su madre había decidido castigarla y no dejarla ver a Anya ese fin de semana. El viernes habían citado a sus padres para hablar de lo distraída y poco comprometida que Kit estaba en el colegio. Sin embargo, con unos ojos tristes y algo que a Daniel le gustaba denominar «el poder de la hermana menor», Kit logró que sus padres cedieran un poco en la severidad de su castigo, y ahora en vez de quedarse encerrada en la casa el resto de la tarde, ella los acompañaría al trabajo.

Daniel se quedó mirando un momento el cuento infantil que su madre ojeaba de manera perezosa.

—¿Por qué lees eso? —se encontró preguntando.

Su madre apenas lo miró.

—Yo solo... Me trae recuerdos.

—Es tuyo, entonces.

—No, no lo es.

—¿De papá? —Ella sacudió la cabeza, negando—. ¿De quién? Se nota que es más viejo que yo.

—Era de un amigo... de tu tía. Y de Harris.

Daniel reparó en que ese era terreno pantanoso apenas ella hizo alusión a su tío Harris, y le sorprendió que lo dijera, teniendo en cuenta que en esa casa aquel nombre parecía una blasfemia imperdonable. Corrió una furia repentina y fugaz por todo su ser.

—¿El tío sabía gaélico? —preguntó, a sabiendas de que llamarle «tío» alteraría a su madre. Él quería que lo hiciera; quería meter el dedo en la llaga. No encontró una razón válida, él tan solo quería... que doliese, al menos un poco.

—¿Cómo podría? —replicó ella, porque su familia entera provenía de Inglaterra.

Al darse cuenta de su error, Daniel trató de aparentar que ella había tergiversado su pregunta.

—No, me refería a su pareja. Ludo, ¿no?

Los ojos grises de su madre ya echaban chispas.

—Lo hacía, de hecho.

—Mmm...

Ella lo miró atentamente.

—Estás confundido, hijo —dijo ella de pronto, pasando del enojo contenido al cansancio, y Daniel sintió cierto desaire en la sonrisa que ella le ofreció.

La furia se desvaneció cuando se dio cuenta de que una vez más su madre trataba de evadirlo a él y a su punto de vista, como en cada discusión que ambos solían tener.

Anna abrió la boca y trató de decir algo, pero Daniel fue más rápido; se levantó del sofá con las manos cerradas en puños y caminó arrastrando los pies hasta su habitación, dejándola atrás, a ella y a cualquier otra cosa que pudiera llegar a decir.

La historia de su madre y su familia era complicada, y eso que Daniel no estaba al tanto de los detalles, solo de lo básico. Anna, su madre, tenía una hermana y un hermano, aunque a ella no le gustase. Anna, Harris y Beth Craig, de Londres. Daniel conocía a Beth, ella vivía en el otro extremo de Deira y, cada tanto, las festividades o las ganas de reforzar lazos los empujaba a pasar tiempo de calidad en familia. Pero ni Daniel ni sus hermanos menores conocían al tío Harris.

Harris Craig, «el desviado». Daniel había escuchado a su madre referirse a su propio hermano de esa manera muchas veces y lo ponía verde. Harris Craig, el tío gay que Daniel no conocía porque había sido rechazado por casi toda su familia materna, salvo tal vez por Beth, quien todavía mantenía un lazo estrecho con él sin importar los años o la distancia. Su madre, por otro lado, todavía renegaba de él y Ludo McTavish, el chico con el que se había ido hacía mucho tiempo atrás y con el que posteriormente se había casado.

Cuando abrió la puerta, lo primero que Daniel vio fue a Quillan tirado en su cama, con sus ojos verdes vagando distraídamente por el techo. Se metió adentro y cerró con llave. El lobo lo miró unos segundos antes de devolver su vista al techo, aplicando la ley del hielo, visto lo visto. Resopló.

¡Es que parecía un niño y todo! O un lobo enjaulado.

Habían pasado siete días en una convivencia secreta, y ya mantenían grandes disputas. Una de ellas, la más recurrente, era la cama en la que dormían. Quillan ya había tratado de dormir en el piso la primera noche como humano y no había quedado muy contento con la experiencia, así que, en la segunda noche, el hombre lobo le exigió que le diera su cama para dormir.

«Antes muerto», había dicho Daniel esa vez con rotundidad. Quillan no respondió nada, solo le gruñó —por supuesto que lo había hecho, el desgraciado— de esa manera aterradora que tenía. Pero él no se movió ni un ápice, porque no iba a dejarse mangonear, porque para eso ya tenía a sus padres, y con una hermana pequeña, la experiencia lo respaldaba.

Y por supuesto que su hermana, de haber tenido la fuerza de un hombre adulto y grande como Quillan, también lo habría agarrado por una pierna para tirarlo al suelo, pero eso era un hecho que no tenía ganas de afrontar.

Por lo que al final se había estado moviendo en diferentes lugares para dormir. A veces se escabullía al sofá de la sala con una manta y una almohada, y, en otras ocasiones, se iba a dormir al cuarto de Kit, porque ahí tenían un pequeño colchón extra que usaban cuando Anya se quedaba a pasar la noche. Pero la mayoría de las veces simplemente dormía en el suelo de su cuarto con unas cuantas sábanas haciendo de colchón, aunque de colchón no tenía nada.

Aun así, Daniel nunca se iba del cuarto sin dar una buena pelea. La disputa más reciente había sido gracias a un sutil inconveniente con el querer dejar la habitación sin importar nada. Daniel lo había retenido usando la fuerza y Quillan seguía algo molesto por eso. Al parecer, estaba cansado de esas cuatro paredes.

—Mis padres se irán pronto, así que, si quieres, podré sacarte a pasear —dijo con mofa, caminando hasta la silla junto al escritorio. Quillan, como ya venía siendo costumbre, no logró interpretar su mal chiste, tan solo lo miró como si no le creyera del todo—. De verdad, vamos a salir después, pero si algo se te acerca a matarte, te juro que te dejo por tu cuenta.

Quillan lo miró un momento con los párpados bajos, con una fría indiferencia que le sentó extraña. Tal vez lo había ofendido porque había entendido su chiste de perros. Sacudió la cabeza, restándole importancia.

También habían sido siete días muy estresantes, si tenía en cuenta las mentiras, los secretos, el hacer lo posible para que nadie entrase en su habitación, el filtrar a Quillan hasta el baño sin ser visto, y enseñarle las costumbres básicas como cepillarse los dientes, peinarse, bañarse, lo cual había sido más difícil de lo que se había imaginado. También el tener que rebuscar algo de dinero para poder costear las cremas, las gasas y las vendas para las heridas del lobo. Además de robarle ropa a su padre, quien, por suerte, era bastante distraído, aunque, de vez en cuando, se lo podía oír preguntando dónde estaba ese pantalón negro que usaba entrecasa o esa camiseta que tenía de pijama.

No le daban mucha importancia porque en su casa las cosas siempre desaparecían eventualmente. Era como un misterio sin resolver que podría perdurar por años. Daniel un día había dicho que era porque en algún rincón de la vivienda había un agujero negro que se tragaba todo e iba a otra dimensión. Evan había alegado que esa «otra dimensión» era el cuarto de Daniel y Kit había murmurado algo sobre que tal vez un duende vivía con ellos y se llevaba lo que ya nadie usaba. Eso fue bastante creativo, entonces todos quedaron de acuerdo en que el duende se llevaba todo.

Suspiró.

Sin dudas había sido una semana agotante, y si Quillan hubiese puesto su granito de arena, tal vez hasta la convivencia habría sido más llevadera.

Volvió a suspirar, un poco más alto esta vez.

A veces su cabeza era muy ruidosa —como muchas veces le decía Evan—, incluso para él mismo. Tenía centenares de teorías, y algunas de ellas parecían más improbables que otras, pero a esta altura, ¿quién sabía?

Resopló dramáticamente —solo una vez más y por mera diversión— y la cabeza de Quillan giró en su dirección. Lucía molesto y Daniel se rio, porque lo único que rescataba de todo aquello era lo divertido que era irritar al hombre lobo.

—¿Qué? —espetó.

—Nada, nada... —Y Quillan devolvió sus ojos al techo. Daniel recargó la cabeza contra el respaldo de la silla—. ¿Sabes? Si vamos a estar atascados juntos por mucho tiempo, deberíamos ir mejorando esta relación. Lo hará más llevadero, lo juro.

Quillan, en una indiferencia condescendiente, se encogió de hombros.

—Esperemos que no sea mucho tiempo.

Lo molesto era que Quillan siempre parecía decir todo en serio, y Daniel apostaba a que todavía no conocía la mentira o la ironía. Tendría que empezar a instruirlo en algún momento. Su hermana le enseñaba palabras nuevas sin querer, y cuando decía algo mal, ella lo corregía de inmediato y él siempre parecía gustoso de escuchar. Además, para pasar el rato, solía entretenerse con los canales limitados de su pequeño televisor. Solían fascinarle las comedias. El único momento donde se alzaba una tregua muda entre ellos era cuando pasaban *Friends*.

—Qué gracioso.

—No pretendía serlo.

—Pretendía —repitió el muchacho por lo bajo, incapaz de no tener la última palabra—. ¿Qué, Kit te enseñó esa palabra o te comiste un diccionario? No estaba enterado de que siquiera supieras qué significaba la palabra «gracioso».

Quillan gruñó con molestia, y parecía que se acercaba otra disputa cuando el suave repiqueteo en su puerta llegó para interrumpirlos y ponerlos en alerta.

—¿Sí...? —preguntó tentativamente.

—Con tu padre ya nos vamos, dejo las llaves de la casa donde siempre —avisó su madre del otro lado. Hubo una pausa prolongada antes de que se oyeran sus pasos alejándose.

Daniel entornó la mirada. Su madre sospechaba algo...

Sonrió cuando escuchó el motor de la camioneta encenderse y alejarse.

—¿Nos vamos?

Los ojos del lobo se iluminaron.

—Sí.

—Okey, entonces te iré a buscar unos zapatos y... No, no me pongas esa cara. Esa es mi condición si quieres salir.

Daniel fue a tomar un par de botas a la habitación de sus padres para Quillan. Después, fue a ponerse una cazadora y su gorro de lana roja.

QUILLAN

Quillan miró cómo el chico se acomodaba el pelo oscuro debajo del gorro antes de que tomara un par de llaves y le abriera la puerta. Cuando por fin, luego de largos días, salió al exterior, lo primero que quiso hacer fue alejarse lo más posible de esa casa, en especial de aquellas cuatro paredes donde se había estado escondiendo. Inhaló el aire frío mientras que, a su espalda, oía a Daniel ponerle llave a la puerta. El sol le acarició la piel casi con timidez al tiempo que la ventisca removía su enmarañado cabello.

Quillan estaba al tanto de los riesgos que esa salida implicaba, o tal vez no había riesgo alguno; Daniel le había dicho que no había vuelto a ver los cuervos desde el día que lo encontró. Lo único que podía hacer era aspirar a tener un día sin inconvenientes.

—Muy bien, a moverse —dijo Daniel, tocándole el brazo—. Por cierto, no tengo ni la menor idea de adónde vamos.

—¿Qué pasará si ellos nos encuentran? —preguntó con verdadera curiosidad.

El chico alzó los hombros.

—Pues había estado pensando que, para evitar ese escenario, sería mejor ir a lugares poblados, donde abunden las personas —dijo, comenzando a caminar—. A la zona céntrica, ya sabes... O no. Bueno, no importa. A lo que me refiero es que, si estamos rodeados de mucha gente, dudo que algo tan sospechoso como dos lobos se nos acerque demasiado o pase desapercibido.

Lo pensó unos instantes, le sonaba lógico.

—Bien —asintió.

Daniel parpadeó sorprendido.

—Vaya, no esperaba que accedieras. Genial.

A Quillan la caminata le pareció extremadamente larga y tediosa, pero, aun así, también resultó bastante atractiva y sorprendente. Los aromas eran todos nuevos; Daniel había tenido que retenerlo en varias ocasiones para que no se fuera a curiosear a sus anchas. Él parloteó todo el camino, pero Quillan apenas se acordaba de lo que había dicho, pues se había aislado en sus pensamientos, tratando de llegar a sus propias conclusiones, como, por ejemplo, cómo los humanos, sus gustos y necesidades eran extremadamente complejos cuando no deberían serlo. Eran tontos. Tontos con mucha creatividad, algo que presumían en cada cosa que tenían, desde esas inmensas casas, los autos, los accesorios…

—¿Por qué todos me… me miran? —preguntó cuando la gente comenzó a ser más concurrente a su alrededor. Era capaz de sentir los ojos picando sobre su nuca.

Oyó a Daniel quejarse.

—Porque no te conocen y aquí lo que más abunda es el chisme —dijo con odio—. Desventajas de vivir en un pueblo pequeño. Soy un fan de las ciudades grandes. Aquí les va toda esa mierda de «pueblo chico, infierno grande». La gente quiere saber hasta lo que uno va a hacer al baño y meterán la nariz si es necesario.

—¿Qué?

Daniel ladeó la cabeza para verlo unos segundos y después negó con la cabeza.

—Nada, nada.

Continuaron caminando por unos minutos por el centro del pueblo y, por primera vez, el chico se mordió la lengua por lo que fue un largo rato.

—No me gusta aquí —determinó Quillan.

—Uf, sí, a mí tampoco. —El chico se frotó los brazos con brío—. Vámonos a un lugar un poco más tranquilo, ¿te parece? Pero no tan lejos...

Daniel metió las manos dentro de los bolsillos de su cazadora y apresuró el paso. Quillan se mantuvo a su lado.

Se detuvieron en una pequeña plaza situada junto a una construcción colonial que se sentía muy vieja y olvidada en comparación con todo lo que había visto, construida a bases de enormes ladrillos grises y un techo de tejas negras, sin puerta y con las ventanas rotas.

—Es una estación de tren —comentó Daniel, acercándose más hasta ella—. Por supuesto que no está en servicio hace mucho por la falta de demanda, por aquí no pasa más que el tren de carga. Esto quedó olvidado, pero no pierde su encanto. A Kit le encanta cuando la traigo a jugar acá; adora explorar lugares como estos, abandonados.

—¿Tren?

—Sí, es un conjunto de vagones tirados por una locomotora que te llevan por diferentes ciudades —explicó alegremente.

Fingió no estar impresionado y un poco confundido. Cruzaron la estación hasta el otro lado, donde tenían acceso a las vías y viejos vagones, que se encontraban oxidados, a unos metros de ellos. Daniel alzó el brazo y los señaló.

—¿Ves esos de ahí? Esos son vagones. Están así de feos porque llevan años ahí sin uso. Van por estas vías de aquí y los llevan a otros pueblos.

—Ah… —dijo Quillan, porque sintió que debía decir algo.

Inspeccionó con curiosidad los alrededores, demasiado tentado a meter la nariz en rincones oscuros y así captar mejor los matices. Daniel, por otro lado, decidió ir a echarle un vistazo al interior del lugar.

Las vías ya habían sido cubiertas por pastos largos, pero aún se podía distinguir algo de ellas.

—¡Ey, creo que alguien estuvo viviendo aquí un tiempo! —gritó Daniel desde el interior. Quillan entró en la estación. Daniel estaba inclinado, observando un colchón roto y sucio en el suelo junto a un par de mantas agujereadas. La poca luz que conseguía filtrarse por uno de los altos ventanales ennegrecidos exponía las virutas de polvo que flotaban a su alrededor—. ¿Sabes? En mi escuela, cuando era más joven, un amigo me contó que acá habían hecho un ritual satánico y desde entonces los fantasmas rondaban este lugar.

—Fantasma —repitió.

El chico se enderezó con las manos sobre su cintura y lo miró un segundo antes de seguir caminando por los alrededores.

—Sí, así se les dice a los espíritus de las personas muertas que supuestamente vuelven a este mundo —suspiró con algo de nostalgia—. Hombre, desde el verano que no me pasaba por aquí.

Quillan no le prestó atención, se quedó quieto pensando en eso, en los fantasmas: aquellos que volvían de la muerte sin realmente hacerlo. Él sabía de la muerte, incluso había creído poder comprenderla, porque se lo habían enseñado desde cachorro, cuando cazó a su primer ratón de campo, o cuando pudo acompañar a la manada por primera vez a la caza de un ciervo. Él vio desaparecer la vida de los ojos de cientos de animales, él mismo quitó varias. Lo que era de la tierra, volvía a ella, de una forma u otra, y nada regresaba de ahí, porque no se suponía que fuera así. Pero los muertos atormentaban a Quillan cuando dormía; cada vez que cerraba sus ojos podía verlos deslizándose a su alrededor cual sombras inquietas que aullaban por él. Cuando estaba con ellos, él era un lobo otra vez y podían correr juntos y jugar.

¿Eran ellos un fantasma?

—¿Eso de verdad existe? —preguntó de repente, deteniendo lo que fuera que Daniel le estaba contando.

El chico frunció el ceño.

—¿Qué cosa?

—Fantasmas.

Vio cómo Daniel se sentaba con un gesto pensativo sobre un mostrador, jugueteando con el cierre de su cazadora.

—Pues la verdad es que antes no creía en eso, pero después de todo lo que pasó desde que te encontré, ya no estoy tan seguro —soltó al fin, levantando sus ojos hasta él—. ¿Tú sí?

Quillan lo evitó, porque lo encontró fácil. Ya no veía las virutas de polvo a su alrededor porque el sol ya no se filtraba por la ventana, y pensó que tal vez algunas nubes lo habrían ocultado. No tardaría en volver a salir.

—Pensaba que nada podía volver —respondió, porque sabía que las cosas habían dejado de ser como él creía.

—Lo pensabas, ahora ya no.

Daniel siempre sonaba mucho más listo que él, incluso cuando se ponía a señalar lo evidente.

—Yo los veo. A los fantasmas. Los veo cuando... cuando me duermo.

—Oh... Creo que entiendo a lo que te refieres. Te refieres a los sueños.

Quillan entornó la mirada.

—¿Sueños? ¿Los sueños son normales?

—Ajá, suelen ser normales. Pero supongo que, si dices que ves fantasmas, entonces lo que tienes son pesadillas. —Su cara debió ser todo un poema, porque al verla Daniel se apresuró a explicarse—: Bueno, verás, los sueños son... Eso, sueños, no se me ocurre una buena manera de explicarlo. Pero son normales, y algo raros también, pero nada por lo que debas preocuparte, grandote.

—¿Y las pesadillas?

—Las pesadillas siguen siendo sueños, en teoría. —Daniel lo pensó un segundo, como si tratara de estar seguro. Quillan frunció el ceño—. La única diferencia es que en las pesadillas casi siempre pasan cosas malas que te asustan o te ponen triste. Supongo que hay toda una teoría psicológica al respecto, pero como no es mucho mi área y asumo que tampoco la tuya, no entraré en detalles.

Se quedaron en silencio unos minutos. Quillan trató de distraerse explorando un poco más el lugar, pero Daniel se quedó sentado sobre el mostrador. Si hubiese prestado la atención suficiente, habría visto que el chico parecía estar muriéndose por preguntarle algo. Y que, al final, las ganas le terminaron por ganar.

—¿Qué es lo que sueñas exactamente, Quillan?

El hombre lobo se detuvo un momento.

—Fantasmas —respondió, evasivo.

—¿Es tu familia? —preguntó, pero tras el silencio sepulcral que se levantó, Daniel se apresuró a agregar—: Porque, si lo es, eso está bien. Debes de extrañarlos mucho, y es muy normal soñar con eso, mucho más después de... Nada, olvídalo.

Sí, Quillan los extrañaba. Pero la nostalgia que sentía por su familia no era más grande que la culpa instalada sobre sus hombros. Todavía podía, incluso ahí parado en el medio de esa abandonada estación de trenes, escuchar los aullidos y los gimoteos. Podía oler la sangre y sentir la piel desgarrada como si fuese la suya. Sus hermanos y hermanas, poderosos y bravos, habían luchado y entregado todo, e incluso así, habían perdido. Quillan siempre había sido el más pequeño y también el más rápido. Cuando no quedó nada por lo que luchar, había huido.

El peso de una cálida mano sobre su hombro lo devolvió a la realidad de golpe, y trató de sacudir el peso sobre él con torpeza. El chico, Daniel, lo miró con el asomo de una apenada sonrisa. Sus dedos se afianzaron con más confianza sobre él cuando vio que no decidió alejarlo.

Quillan respiró hondo un par de veces, porque Daniel le estaba brindando apoyo, y por un momento se sintió bien. Se sintió bien saber que era normal y que, en realidad, la muerte no era tan inquebrantable como parecía mientras dormía. De todos modos, seguía siendo un poco abrumador; pero, como Daniel le había dicho, no era algo por lo que tuviera que seguir preocupándose. Quillan habría tardado bastante si hubiese tenido que poner en palabras el alivio que sentía, así que solo lo miró, esperando que sus ojos pudiesen ser suficientes para demostrar su gratitud.

Daniel infló sus mejillas y retrocedió. Su mano se deslizó con él hasta caer a su costado.

—Muy bien, ¿qué te parece si regresamos? —apremió en tono afable, comenzando a caminar hasta la salida.

Quillan estuvo de acuerdo y trató de seguirlo hasta afuera. Pero, de pronto, Daniel se paralizó a tan solo un par de metros de la salida.

Quillan se detuvo también, y miró al chico con el ceño fruncido, preguntándose qué estaba haciendo, cuando notó aquello que estaba esperando por ellos justo al umbral de la amplia puerta.

Había un cuervo solitario mirándolos desde el suelo.

Por un segundo, Quillan pensó que se trataría de aquellos que solían custodiar la casa de Daniel, sin embargo, este estaba solo, y a diferencia de las otras dos aves, este tenía un aura mucho más intimidante y amenazadora. Sus ojos negros de carbón poseían un saber mucho más profundo que el de cualquier ave que él hubiera visto antes.

Quillan ni siquiera tuvo tiempo de procesar todo correctamente cuando, con un aleteo feroz, el cuervo explotó con brutalidad, mudando sus plumas hasta ser una figura femenina que se alzó con grandeza frente a ellos, contrastando con la luz del exterior.

Vio a Daniel saltar hacia atrás antes de oírlo gritar:

—¡Mierda!

9
LA DIOSA DE LAS GUERRAS PASADAS Y POR VENIR

DANIEL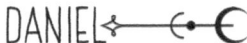

Ella caminó alrededor de ambos con movimientos felinos, con la misma destreza de una sombra que merodea en las paredes. Daniel habría pensado que se trataba de un fantasma si no hubiese sido por su pelo, una mata enmarañada de color negro que susurraba a cada paso por las varias plumas y alhajas que lo decoraban y se enredaban en él.

Llevaba una armadura de alguna manera ostentosa, pero lo que más le llamó la atención a Daniel fueron el esternón y las costillas hechas de bronce y piedras preciosas que actuaban como una pieza más de esta, adornada con más plumas y cadenas que tintineaban bajo sus brazos.

Su rostro joven y hermoso en forma de corazón estaba pintado de rojo, justo alrededor de sus enormes ojos, como si llevara un antifaz puesto.

La mujer les dio una sonrisa gentil, pero Quillan no se dejó engañar. Daniel sintió la ruda hostilidad que emanaba del lobo como si fuese algún tipo de fuerza invisible, y en el momento en que este hizo el ágil amago de atacar, Daniel logró interceptarlo del brazo. No tuvo que implementar fuerza para detenerlo, lo que fue una suerte, porque no creía tenerla en un momento como aquel.

El cuervo se había transformado en una mujer justo frente a sus narices. Daniel todavía trataba de asimilarlo.

—¡Quillan! —reprochó ella; su voz sonaba como el siseo de una serpiente, un mal augurio.

—¿Quién eres? —Su voz, en cambio, sonó mucho más aguda y estridente de lo que en realidad era. Se aclaró la garganta.

Ella solo lo miró por un segundo y respondió:

—Una aliada.

Todavía sonreía, pero solo tenía ojos para Quillan. Ojos amplios de ave rapaz.

—Tu nombre —dijo el lobo con impetuosidad, y eso a ella pareció encantarle todavía más.

—Yo soy Mórrígan, hija de Ernmas, diosa de la muerte, de las guerras pasadas y por venir. —Hizo una reverencia burlona—. A sus servicios.

Daniel trató de pensar en una buena manera de procesar eso sin que su cerebro explotara en el proceso. Se revolvió el pelo con una mano, nervioso, dejando que el gorro se le cayera al suelo. Todavía quedaba una pequeña parte de él que intentaba aferrarse con todas sus fuerzas a lo racional, que le repetía que todo eso no debía ser posible, y así terminó por convertirse en el tonto que se negaba a dejar un barco a nada de hundirse.

—T-tú… —intentó decir, pero le faltaban palabras.

Se negó a entrar en pánico, a congelarse, así que dio un paso al frente. «¡No lo pienses! —gritó en su cabeza—. No lo pienses, no lo pienses, no lo pienses». Le temblaban las manos. Las cerró en puños a sus costados.

—Creo que una introducción apropiada de parte de ambos a cambio sería lo adecuado, ¿no les parece? —dijo ella con una sonrisa mordaz.

—Daniel Crane.

Se felicitó por que su voz no hubiese sonado como si hubiese estado a punto de desfallecer.

La diosa de la muerte levantó una de sus cejas pobladas, todavía expectante, pero luego pareció recordar algo obvio, así que terminó por darle una última mirada desdeñosa antes de dejar que sus ojos revolotearan nuevamente hasta Quillan.

—Y no necesito que tú me digas tu nombre. —Ella hizo un gesto, luciendo pensativa—. Ahora mismo todos en el Otro Mundo saben de ti, Quillan.

—Pero yo no te conozco.

Ella inclinó la cabeza.

—No.

—¿Qué buscas de nosotros? —irrumpió Daniel, dando otro tentativo paso hacia el frente.

—Ya lo dije, soy una aliada. Me ofende profundamente que me trates así —aseguró, llevando una mano a su pecho con verdadero dolor, y Daniel oyó cómo los anillos tintineaban contra las costillas de bronce.

—Lamento que no me llegues a dar una impresión mucho más amistosa —murmuró de igual forma.

La sonrisa amistosa volvió a bailar en sus labios.

—Llámalo… «los gajes del oficio». —Mórrígan chasqueó la lengua—. Deberían estar mucho más agradecidos, tienen suerte de que haya sido yo quien llegara primero a ustedes en vez de Sùilean y Cuimhne. He tenido que distraerlos.

—¿Quién? —graznó Daniel, abrumado ante la sola idea de que más cosas como ella o incluso Quillan aparecieran.

La deidad hizo un gesto de hastío, como si el recuerdo de los recién nombrados la irritara sobremanera.

—Las aves de Dagda —escupió.

Daniel se abstuvo de preguntar quién demonios era Dagda, pero no pudo evitar asociar las aves con los cuervos de la otra vez.

—¿Cómo me conoces? —preguntó Quillan.

—Y eso, querido, es una buena pregunta.

—¿Y por qué estás aquí? —dijo Daniel a su vez.

Ella entornó un poco la mirada.

—Pero esa es una pregunta inteligente.

—No nos evadas.

Ella soltó una risa suave.

—¿Eso hago? —Agitó sus largas pestañas.

—Entonces di cómo me conoces y por qué estás aquí. —Quillan no parecía querer lidiar con tonterías. Daniel siempre supo que le gustaban las cosas claras.

—Te conozco desde que naciste, cachorro —dijo, alzando la barbilla—. Soy la madre de tu padre. Eres sangre de mi sangre, y lo sabes, lo sientes.

El lobo arrugó la nariz.

—No lo eres —replicó, aunque no sonaba tan seguro.

—Claro que lo soy, ¿de dónde, si no, provenía Madadhallaidh? Tu padre —aclaró—. Creció y se alimentó de mi vientre junto a sus otros dos hermanos. Lo obligué a nacer y a morir en el momento en el que decidí desecharlo en el mundo humano. Supongo que fue un error subestimarlo tanto —murmuró consternada antes de suspirar, pero volvió a sonreír cuando dijo—: Pero ahora murió, ¿no es así? Él y todos murieron, salvo tú, quien se para frente a mí siendo todo lo que su padre no pudo ser...

Daniel apenas podía seguir el hilo de aquella conversación, y si él estaba así, no podía imaginarse cómo estaba Quillan.

—Si acaso piensas que lo que nos estás diciendo tiene sentido, entonces deberías...

Quillan lo interrumpió con brusquedad:

—¿Por qué estás aquí? ¿Vas a matarnos?

—¿Q-qué? —Se le escapó con voz ahogada.

La última pregunta fue como un golpe para Daniel. ¿Iba a matarlos? No lo sabía, pero si Quillan, todo grande y fuerte como era, temía por ello, entonces le pareció prudente temer también.

—¿Matarlos? Claro que no. —Mórrígan había vuelto a acecharlos, tan lenta y cuidadosa que Daniel apenas se había dado cuenta—. Dentro de lo que cabe, somos familia.

—No, no lo somos —espetó Quillan.

Ella hizo una mueca de falsa sorpresa.

—Ah, ¿no? Seguro que no andarías ofendiéndome de esa manera tan vil cuando sepas, y de mala manera, que en este mundo seré la única que se pondrá de tu lado.

Afuera de aquella estación abandonada, el sol no brillaba desde que ella los había arribado, pero ahora Daniel podía oír al viento aullar como un espíritu iracundo. No fue el único que lo notó. Mórrígan detuvo su andar acechante y escuchó. El aullido fantasmagórico se filtró en aquella estación vacía y fría.

—Están llegando... —canturreó.

—¿Quién? —exigió saber Daniel. Guardaba un mal presentimiento, pero eso no era sorpresa—. ¿Siquiera algo de lo que dices tiene un poco de sentido?

Ella volvió a clavar sus ojos de ave sobre Quillan, que parecía haber vuelto a prestar atención a su entorno. Mórrígan avanzó hasta el lobo, y con una mano lo apresó de las mejillas y lo obligó a mirarla a los ojos. Daniel se sorprendió, pero le sorprendió más ver que Quillan no intentaba resistirse o alejarse de ella.

—Puedo sentir el fuego en tu alma, puedo verlo. —Ella lo soltó con brusquedad y retrocedió un paso—. He decidido que vale la pena. Vales la pena, Quillan. Por eso, hoy te daré una ventaja, pero será lo último que haré y obtendrás de mí.

Mórrígan levantó una mano y con un dedo tocó con gentileza la frente del hombre. Quillan frunció el ceño, y por un segundo pareció quedarse en blanco, hasta que, de un momento a otro, él ya no estaba ahí. Daniel, boquiabierto, vio al lobo de verdad. El animal de pelaje negro con el que se había encontrado una semana atrás estaba ahí otra vez, intentando mantenerse de pie y adaptándose al cambio tan repentino de su cuerpo. Incluso parecía más grande.

—Odio mi vida —decidió Daniel cuando el lobo se giró a mirarlo con sus grandes ojos dorados.

—Mejor corre. —Mórrígan se inclinó ligeramente—. Acras y Sannt no tardarán en llegar. Que no te vean Sùilean y Cuimhne.

El lobo se levantó, se sacudió y trotó hasta la salida. Daniel siguió con expectación cada movimiento del animal y se preguntó si ese era el final de todo. Se imaginó a sí mismo volviendo a su casa sin Quillan. En parte, habría sido un alivio, pero, por otro lado, lo habría hecho sentirse solo una vez más, y así dejaría todo en el olvido; un suceso de su vida que jamás podría explicar, pero...

Él no lo hizo.

El lobo se detuvo en el umbral de la entrada y se volteó, mirándolo como si fuese un tonto. Daniel sí lo era, pero Quillan no tenía ningún derecho a mirarlo de esa manera.

—¿Qué hace? —La diosa, con gran desconcierto, osciló la mirada de él hasta el lobo y viceversa.

—Me espera a mí. —Hizo su mejor esfuerzo para no parecer tan aliviado.

—Los humanos no deberían meterse en los asuntos que no les convienen —dijo Mórrígan, y si lo que ella intentaba era esconder su disgusto, entonces falló de manera estrepitosa—. Un simple muchacho nunca podría estar a la altura de un problema como este, yo que tú empezaría a buscar algo acorde a tus necesidades.

Con la sangre caliente, Daniel se giró de sopetón para plantarle cara, porque ¿quién se creía ella para menospreciarlo? ¿Quién era para menospreciar el esfuerzo que había estado haciendo por Quillan durante toda la semana? Y, de todos modos, ella ni siquiera se había molestado en explicarles qué era lo que de verdad estaba pasando.

—¡Entonces adelante! —exclamó—. Va en serio, ¡vamos, ayúdalo a escapar, porque estoy segurísimo de que te he oído decir que serías la única que estaría de su lado!

Él no era de los que se echaban atrás, mucho menos en una pelea, pero cuando la oscura y gélida mirada de Mórrígan lo atravesó como cuchillos, el terror se le instaló en el cuerpo como un peso muerto.

Ella hizo un gesto displicente.

—Mejor corre, niño listo.

No dudó demasiado en decidir que acatar la orden era lo más prudente y trastabilló hasta el exterior, con Quillan pisándole los talones.

Afuera, el clima no pintaba nada prometedor. Una tormenta, la más fea que había visto en su vida, descendía desde las montañas y rodeaba el pueblo como un monstruo que acorrala a su presa; había nubarrones que iban del gris al morado. Parecía un temporal al que ya los ciudadanos de Deira estaban acostumbrados, pero Daniel sabía que era mucho más. En especial cuando, tan solo minutos atrás, el sol había brillado y ni una sola nube había estado pintando el cielo.

¡El pronóstico había dicho que habría sol toda la semana!

Atravesaron la plaza y cruzaron la calle, tomando una avenida que los llevaría directamente a la zona céntrica. No le importaron mucho los ojos que se giraron a mirarlo, ni las exclamaciones de sorpresa, ni la indignación que tanto él como el lobo fueron generando a su paso.

De pronto, un rayo partió el cielo por la mitad, seguido por un atronador rugido del cielo que estremeció la tierra.

Daniel no se detuvo; corrió y empujó a todo aquel que se cruzó en su camino, a pesar del tirante ardor de su tobillo. Oyó al lobo jadeando a sus espaldas y le pareció extraño que no lo hubiera rebasado.

Sintió una ola de alivio cuando a tan solo una manzana y media de distancia divisó su humilde casa. El panorama cercano de su lugar seguro le dio la confianza suficiente para detenerse un par de segundos en la esquina y recuperar el aliento. Se recargó sobre sus rodillas e hizo un gran esfuerzo por no dejarse caer en la acera.

El lobo se acercó a él y ladró. Luego, al verse ignorado, enganchó sus dientes en los bordes de su pantalón y comenzó a tirar de él.

—¡Dame... un... respiro, por favor! —rogó entre jadeos; sudor frío corría bajo su ropa. Quillan continuó tirando de su pantalón entre quejidos, empujando su cabeza justo sobre la mordida de su pierna—. ¡Ay, ay, lo vas a romper! Me estás lastimando, suéltame. Ya casi estamos, corre a casa si quieres, yo ya te alcan... —El electrificante sonido de un rayo cayendo a un par de calles tras su casa le dio el susto de su vida—. ¡Mierda! Eso acaba de caer a un par de casas de aquí, ¿verdad?

Quillan gruñó, y Daniel no supo decir qué significaba eso: si le estaba gruñendo una afirmación o simplemente gruñía porque podía.

—¡Sí, está bien, está bien! —gritó, volviendo a correr.

El lobo lo dejó en paz y cruzaron la calle a trote. Un atisbo de sonrisa apareció en la cara de Daniel cuando estuvieron en el patio delantero, pero pronto cualquier señal de ella se desvaneció.

Se oyó un rugido rabioso que lo tomó desprevenido. Apenas pudo procesar que no se trataba de Quillan cuando, por el rabillo del ojo, percibió un borrón gris que se lanzaba sobre él.

Lobo y chico cayeron juntos al piso. Daniel vio dientes afilados y escuchó fieros gruñidos. Interpuso su antebrazo entre él y el lobo gris cuando este quiso lanzarse a su yugular. Los dientes del animal atravesaron su ropa y se cerraron en torno a la carne con ansias y la fuerza descomunal propia de una bestia. Gritó y trató de quitárselo de encima con movimientos desesperados mientras el lobo tironeaba de él como si fuese un trapo. Lo pateó y, en uno de sus desesperados intentos, le asentó un golpe contundente en una de las patas traseras. Fue suficiente para hacer que el animal lo soltase unos segundos, y entonces una sombra oscura arremetió contra el lobo gris y se lo quitó de encima.

Daniel vio la sangre, pero solo rodó en su lugar con la respiración irregular y el corazón a punto de fallarle por lo rápido que iba. Levantó la cabeza y advirtió cómo la bestia que había estado sobre él ahora tenía una pelea ensartada con Quillan. De vez en cuando se oía algún gemido, Daniel no podía asegurar a cuál de los dos pertenecía.

Un segundo lobo apareció profiriendo un susurro que no llegaba a ser un gruñido al tiempo que se acercaba con paso amenazador hacia él. Era el lobo más viejo, el que se deshacía en cicatrices. Daniel se levantó con movimientos torpes y se tambaleó, pero no se cayó. Movió sus pies hasta la puerta de su casa; esta estaba abierta y él no se preocupó en pensar que, cuando se fue, la había dejado cerrada.

El lobo tuerto no lo había seguido, ahora sostenía a Quillan desde la colleja, mientras que el otro se aferraba a una de sus patas traseras.

—¡Quillan!

El lobo oscuro se revolvió, gruñó y mordió hasta poder deshacerse de sus captores por un par de segundos, que aprovechó para lanzarse al interior de la casa. Daniel no llegó a hacerle lugar, por lo que Quillan cayó arriba de él, impidiéndole cerrar la puerta correctamente. Tuvo que patearla para que los otros lobos no entrasen.

Daniel se recargó sobre sus codos; su pecho subía y bajaba con ferocidad, y oyó a Quillan quejarse a su lado. Ladeó el rostro para poder ver al cánido lamiendo sus nuevas heridas, pero, por suerte, no eran tan preocupantes como las de días antes. Desde afuera se escucharon las garras raspando la madera y los resoplidos bajo la puerta. Las bestias seguían allí.

—Bastardos —escupió Daniel, dejando caer la cabeza contra el suelo en un golpe seco.

El lobo enseñó los dientes a la puerta, dando a entender que estaba de acuerdo con él.

Ninguno había notado el par de ojos que los observaban atónitos desde el umbral de la sala.

EL FUTURO DE DANIEL

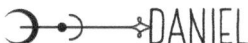

La puerta no dejaba de ser zamarreada con fuertes y molestos golpes que provenían del otro lado.

—¡Daniel, abre la puerta! —bramó Evan desde el pasillo.

—¡Que no! ¡Dame unos minutos!

—¡Agh! —Su hermano pateó la puerta y Quillan se echó hacia atrás con un gruñido.

Daniel no le prestó atención, estaba bastante ocupado pensando que la monstruosa herida en su antebrazo no podía ser tan grave como aparentaba. Tenía una cicatriz enorme en la espalda, proveniente de una fea caída que se había hecho en la adolescencia, además de otro par de fracturas y lesiones relacionadas a accidentes desafortunados.

En conclusión: sabía lo que eran heridas graves; los moretones y los huesos rotos eran parte de él. Por eso no se asustó cuando vio su brazo derecho ensangrentado y con un pedazo de carne colgando. No era tan grave como parecía a simple vista. Lo único que tal vez le preocupaba era que no podría ir a tratarla a un hospital sin tener que decir lo que había pasado, además de que tendría a sus padres encima, y él no quería eso. Así que decidió que era mejor tratarla él mismo.

Además, todavía debía lidiar con otro problema más grave.

Quillan lo miraba con curiosidad desde la esquina del pequeño baño en el que se habían encerrado apenas Evan se les había acercado tratando de sacarles una explicación. No había contemplado la posibilidad de que su hermano pudiera llegar a casa temprano.

—Nada que un poco de desinfectante y banditas no puedan arreglar, ¿no? —replicó con ironía. El lobo inclinó un poco la cabeza, incapaz de comprender demasiado—. Oh, cierto, tienes pulgas otra vez.

—¡Daniel!

Puso los ojos en blanco.

—¿Por qué estás en casa tan temprano?

—¡Ni se te ocurra tratar de cambiar de tema! —advirtió Evan, alzando la voz—. ¿Debería estar llamando a la policía? ¿Al hospital? ¿Mamá, papá?

—¡¿Qué?! ¡No! ¿Por qué deberías? —gritó, frunciéndole el ceño a la puerta.

Se oyó perfectamente cómo la cabeza de su hermano golpeaba esta, seguido por un sonoro bufido.

—No sé si recuerdas, pero entraste con el animal salvaje de regreso y el brazo sangrante, y luego te encerraste con ambos problemas en el baño.

—Estoy bien, ¿sí? Él no va a hacerme daño.

—¡Oh, genial! Entonces me quedo más tranquilo.

—¡Sí, por favor!

—¡No! —gritó su hermano desde el otro lado—. Me estoy preocupando, ¿okey? ¡Estoy alterado! —Daniel de nuevo puso los ojos en blanco. Como si él no hubiera notado ya esa parte—. Necesito que me expliques ya mismo qué está pasando o voy a llamar a mamá y papá.

—Nop, no lo harás. —Daniel negó con la cabeza a pesar de que su hermano no podía verlo.

Se levantó del retrete y abrió el estante bajo el lavabo, de ahí tomó la cajita vieja y gastada donde almacenaban todo lo relacionado a primeros auxilios. La vista era bastante deprimente: había un par de ibuprofenos sueltos, un poco de algodón, vendas, cinta de papel, curitas de personajes animados y envases sin etiqueta cuyo contenido desconocía.

—¿Por qué estás tan seguro?

Daniel solo tomó un pedazo de algodón, lo que creía que era desinfectante, vendas y cinta.

—Va en contra de nuestros códigos de hermanos. No tenemos que delatarnos, lee el manual —murmuró distraídamente, vertiendo el líquido sobre el algodón.

Oyó otro bufido.

—Tus reglas no aplican en este momento, así que o me dices qué está pasando o llamo a mamá —amenazó Evan.

El mayor de los Crane resopló con disgusto y miró al lobo como si este fuese a darle todas las soluciones a sus problemas.

Una parte de él confiaba ciegamente en que Evan le creería; otra era menos optimista, porque sabía que su hermano era más escéptico de lo que él podría llegar a ser. Entonces, ¿qué consecuencias podrían llevar el decirle o el no hacerlo? Por un lado, si mantenía la boca cerrada respecto a la situación de Quillan, probablemente Evan sí terminaría hablando sobre todo esto con sus padres, y eso acarrearía graves consecuencias para él y el lobo.

La otra opción era contarle todo. Sin embargo, su vasta imaginación no fue capaz de llegar a ningún final para esa situación; todo era muy impredecible. Soltó otro suspiro, de esos que siempre irritaban a Quillan.

Decisiones, decisiones...

De repente, el lobo se levantó y con una calma envidiable caminó hasta su lado. Olfateó con curiosidad su herida y Daniel alejó su brazo en el acto, siseando del dolor. Quillan insistió en acercarse, resopló y pasó su lengua áspera por la carne abierta, lamiendo la sangre. A Daniel le dio escalofríos, ¿y si lo mordía porque tenía hambre? Sonaba tonto, sí, pero uno nunca sabía. Sin embargo, Quillan no lo hizo, solo lamió su herida con cuidado. Cuando terminó, volvió a su lugar, relamiéndose los colmillos, y Daniel respiró con tranquilidad.

—Mierda, bien —dijo tras eternos segundos de silencio antes de dejar todo e ir hasta la puerta. El lobo se hizo a un lado rápidamente y Daniel le quitó el seguro antes de abrirla.

Su hermano lo miró con sorpresa antes de bajar sus ojos hasta el lobo negro sentado a sus espaldas. El animal, receloso, se alejó un poco más.

—¿Me vas a decir...?

—Sí —Daniel lo interrumpió—. Puede que te suene a locura, pero te juro que lo que voy a decirte ahora es, lamentablemente, toda la verdad.

Evan lo observó con una ceja alzada, pero asintió. Daniel soltó todo sin pausas de por medio: desde que encontró a Quillan con forma humana, los cuervos, los lobos, el asesinato de la manada del lobo, el ser gigante oculto en la costa, la semana que Quillan llevaba allí escondido, Mórrígan y su segundo encuentro con los lobos que los habían atacado antes. Cuando terminó, le faltaba el aliento y Evan intentaba procesar la información.

—Estás mintiendo —dijo entonces, pero no sonaba convencido.

Daniel soltó una risa amarga y se encogió de hombros.

—¿Por qué lo haría? Te dije que sonaba a locura.

El menor de los Crane negó con la cabeza, incrédulo.

—No es posible, déjate de tonterías, no estoy para que me tomes el pelo.

—¡No estoy mintiendo! ¡Es real, lo juro!

—Y yo que estaba preocupado... —susurró su hermano.

—Oh, ¿y se supone que debo sentirme agradecido y halagado de que por una vez en tu vida no seas un imbécil?

—¿Sabes qué? Tan solo olvídalo, ¿sí?

Antes de que Evan pudiera dejar el baño, Daniel exclamó:

—¡Kit puede corroborar la presencia de Quillan aquí, ¿sabes?!

—¡¿Arrastraste a Kit a todo esto también?! —Evan no solo sonó sorprendido, sino también indignado.

—No, solo sabe que tenía a un amigo viviendo en casa. No necesitaba, ni necesita, saber todo lo raro de la situación —respondió Daniel con fuerza, dejando bastante en claro que a Kit ni una sola palabra debía ser mencionada.

—Lo raro de la situación, ya —chistó Evan, mirándolo a él y después al lobo acurrucado junto a la bañera—. Lo raro eres tú, mamá dijo...

—Mira, me importa poco lo que dijo mamá o papá, y tampoco me interesa si me crees o no —admitió Daniel— solo mantén la boca cerrada y finge que no has visto nada.

Evan se quedó callado por un par de segundos, con una mueca que daba a entender que se estaba enfrentando a una gran encrucijada.

—Okey —dijo finalmente—. Vamos a pretender, ¿quieres? Digamos que lo que dices es verdad y no es solo tu cabecita que te está jugando una mala pasada... —Daniel resopló al mismo tiempo que volvía a sentarse en el retrete para seguir tratando la mordida. Evan lo miró solo por un segundo antes de proseguir—: Pretendamos, porque, en cualquiera de los dos casos, lo más sensato sigue siendo devolver el lobo al bosque, donde pertenece.

—No puedo. —Con el algodón que había humedecido con desinfectante, Daniel empezó a limpiar con cuidado la carne abierta. Cuando Quillan lo había hecho, no le había ardido tanto.

—¿Por qué no? Este bicho te trajo más problemas que otra cosa. —Evan señaló su herida como prueba de sus palabras.

—Él morirá si lo dejo por su cuenta.

—¿Y eso a ti en qué te afecta? Si lo que dices es verdad, esos lobos podrían matarte a ti, a mí, o a Kit, incluso a mamá y papá si se llegasen a cruzar con uno de ellos —replicó Evan, cruzándose de brazos—. La veracidad de lo que dices que está ocurriendo no importa; de ambas formas, real o no, esto sigue siendo peligroso.

Daniel frunció el ceño y mordió el interior de su mejilla. Tomó la venda y con precaución comenzó a cubrir la herida. Su hermano tenía un punto, aunque odiaba admitirlo. No obstante, se rehusaba a dejar tirado a Quillan.

—Eso no pasará.

Pudo oír a su hermano farfullar con disgusto y claras intenciones de meterse con él:

—¿Qué es lo que no pasará? ¿El que nosotros salgamos heridos o el que tú tires al lobo?

—Ambos. Ninguno pasará.

—Oh, permíteme preguntar cómo es que estás tan seguro —espetó Evan con acidez.

—Porque no voy a dejar que ocurra, ¿okey? —exclamó Daniel bastante tocado—. Ahora, ¿puedes irte? Quiero tranquilidad.

Daniel sintió la pesada mirada de su hermano por unos cuantos segundos más hasta que percibió por el rabillo del ojo cómo salía del baño. Evan chasqueó la lengua.

—Es curioso ver cómo te irritas cuando te dicen verdades —masculló, y cerró la puerta.

Daniel levantó la mirada: Quillan seguía sentado junto a la ducha, su mirada estoica puesta sobre él. Por su cabeza cruzó la idea de hacerle caso a su hermano, dejar al lobo por su cuenta y así establecer la seguridad de su familia. Pero se dio cuenta de que, por más que quisiera hacerlo, no podría. Al menos, no él solo. Ya no dependía de él, sino de Quillan también. Quillan debía querer irse también, y había tenido su oportunidad de hacerlo ese día, de dejarlo, pero el lobo lo había esperado.

Sus labios temblaron hacia arriba, ese último pensamiento lo había dejado algo optimista y no estaba muy seguro respecto a qué.

—Vamos, grandote, quiero dormir —Daniel suspiró y se levantó, dispuesto a guardar el pequeño botiquín de madera.

Echó el pestillo tras cerrar la puerta de su habitación y se lanzó a su cama de un salto, haciendo que la madera chirriara, lo que le sacó una mueca. Esa vez no le importó que Quillan hubiese subido también; de todos modos, era más pequeño y no ocupaba tanto lugar. Además, no estaba muy motivado a discutir al respecto, no era tan interesante si lo único que recibiría serían gruñidos.

—A los pies, ¿eh? —advirtió aun así, su voz sonó amortiguada por la almohada.

El lobo resopló, pero obedeció.

Distraídamente, Daniel pensó que tal vez Quillan sí podía entender algo aun estando en esa forma. Cerró los ojos y disfrutó de la tranquilidad por unos momentos, pero le costó deshacerse de la tensión con la que había estado cargando todo ese día; su cuerpo protestó con dolor cuando intentó relajar los músculos de la espalda, como si fuese una acción a la que no estuviera acostumbrado.

Daniel no quiso pensar en antiguas deidades, lobos rabiosos, cuervos, tormentas, su hermano y las consecuencias, porque si lo hacía, terminaría perdiendo la cabeza.

Le fue fácil caer dormido, pero no lo fue el levantarse unas horas más tarde para hacerle frente a la realidad más irreal a la que él mismo se había expuesto; una realidad tan fantástica que a veces solo le parecía un sueño. Porque eso era lo bueno de los sueños, ¿no? Por más asustado o desconcertado que uno se encontrase frente a ellos, en el interior siempre se tendría la certeza de que nada allí era real, que nada podía herir de verdad.

Daniel deseó que todo fuera un sueño.

Con ojos somnolientos y cada vez más consciente de su alrededor, fue capaz de percibir el calor sofocante en su espalda acompañado por el peso muerto, y para nada cómodo, de Quillan. Se removió de forma perezosa debajo del animal, intentando quitárselo de encima. Farfulló algunas palabras inteligibles e hizo el vago intento de empujarlo lejos de él.

—Sal de encima, ¿qué haces? —masculló, lanzándole una mirada por sobre su hombro. El lobo levantó la cabeza y lo miró airado, bramó una advertencia y volvió a intentar conciliar el sueño—. Que no, ¡salte, tengo calor!

El lobo gruñó y se levantó tan rápido que Daniel apenas si pudo jadear del susto, porque de repente tenía a Quillan plegando sus labios y enseñando sus mortales colmillos. Lo miró con los ojos bien abiertos, incrédulo y repentinamente despabilado. Miró con frenesí hacia los lados, luego volvió su vista a la peligrosa mirada ambarina del animal.

Recordaba que años atrás había visto un documental sobre los lobos del Parque Nacional de Yellowstone. Fue interesante por un rato, hasta que se quedó dormido cerca de la mitad. Pero Daniel había rescatado algo de información, como que si dentro de una manada llegaba a desatarse algún conflicto, los lobos de mayor rango no dudarían en enseñarles a los rebeldes de rango inferior quiénes eran los que mandaban. Era su única teoría al comportamiento de Quillan, así que él iba a aferrarse a ella. Y estaba ofendido, porque después de todo lo que había hecho por Quillan, ¿por qué era él el que tenía un rango inferior?

Entonces sí, básicamente Quillan le estaba diciendo: «Oye, yo soy el jefe, y no me gusta lo que estás haciendo; recuerda mantener una actitud subordinada conmigo y todo eso. Gruñido, gruñido».

En el documental habían mencionado que, por lo general, los jóvenes insubordinados terminaban por acostarse en el suelo en señal de respeto, y fin del asunto. Daniel no era un lobo, pero tampoco era tonto.

—Okey, amigo, mensaje captado, ¿sí? Te gusta esta almohada sexy, no te culpo —susurró en un tono que simulaba ser conciliador, y, sin embargo, no dejaba de mantener cierto tinte irónico. Daniel forzó una sonrisita temblorosa—. Pero, ya sabes, no estoy aquí para tu completa disposición, y tengo que ir al baño, así que, si no te importa...

Intentó deslizarse con cautela lejos del animal, que poco a poco retrajo los dientes y dejó esa postura rígida para mirarlo algo desconfiado durante unos largos segundos. Al final el lobo pareció rendirse y terminó por resoplar con disgusto. Giró un par de veces sobre su lugar y se echó de nuevo sobre la cama.

Con una mueca, Daniel observó su edredón lleno de pelos.

El. Lobo. Perdía. Pelos.

Levantó parte de su camisa, la acercó hasta su nariz y captó el fuerte aroma a perro sucio.

Gimió con disgusto.

Resignado, se acercó hasta su ventana para abrirla y asomar la cabeza. No vio ningún cuervo cerca ni nada sospechoso, solo la tenue luz de un atardecer que ya había pasado, por lo que decidió dejarla abierta un rato. Luego fue hasta su viejo armario y tomó una camiseta de mangas largas para cambiarse, intentando no hacer movimientos arriesgados que tiraran de su herida.

Daniel abandonó la habitación, no sin antes echarle una mirada furtiva al lobo que estaba descansando en su cama. A medida que caminaba por el pasillo, oyó una voz proveniente del televisor. Pasó una mano por sus ojos, intentando deshacerse de las lagañas, y entró en la cocina.

Kit pintaba un librito para colorear. Crayones de diversos colores se esparcían por la mesa. Su hermana seguro lo había escuchado entrar, porque enseguida levantó la cabeza para sonreírle.

—Mamá creía que habías entrado en coma —mencionó ella, dejando de lado el crayón verde para sustituirlo por el negro, ya bastante pequeño por el uso.

—Aún no —respondió Daniel, estirando perezosamente los brazos.

—Tu puerta estaba cerrada, ¿por qué? —dijo Kit, sin quitar la mirada de su libro.

Daniel abrió la nevera y sacó una botella de agua bien fría.

—Me interesa más saber qué hacías tú queriendo entrar en mi habitación —respondió burlón, tratando de desviar el tema.

Kit levantó la cabeza y con movimientos exagerados de su mano libre le indicó que se acercara a ella. Con una mueca graciosa, Daniel obedeció y se agachó un poco para estar a la altura de su hermana. Ella miró hacia los lados antes de acercarse a su oído y susurrar:

—Quería enseñarles a ti y a Quillan el dibujo que hice en el colegio.

Él sonrió a medias y suspiró. Pero antes de poder decir algo, ella sacó de entre las páginas del libro una hoja y le enseñó el dibujo. Su hermana no era Picasso exactamente, pero Daniel se creía capaz de identificar las personas retratadas. Al menos sabía que esa masa negra con larga cola era Quillan.

—Este eres tú, esa soy yo, y ese de ahí es el lobo que rescatamos, porque Quillan no pudo conocerlo —susurró—. Todavía no lo termino, quiero dibujar a Anya y Quillan también.

Daniel revolvió el cabello de su hermana con una sonrisa de disculpa.

—Él ya no está más aquí, arregló los problemas con sus padres y volvió a su casa, ¿sí?

El rostro de su hermana se arrugó en sospecha.

—Si de verdad se fue, ¿podemos ir a visitarlo algún día? Así le muestro mi dibujo a él también, como cuando íbamos a casa de Ross, ¿recuerdas?

Sí, Daniel la recordaba. Roslyn Kirkpatrick. Su mejor amiga y presunta asesina, si él continuaba evadiendo sus mensajes por mucho más tiempo. Agradeció a todas aquellas deidades —que aparentemente existían— que su amiga en esos momentos viviera bien lejos de él; en Edimburgo, para ser más específicos. Ella había decidido continuar con sus estudios y salir oficialmente de Deira con la esperanza de graduarse y no volver jamás.

Extrañaba a Ross, pero solo a veces.

—Sí —contestó—, aunque creo que es más probable que él nos visite.

Se levantó, pasó con cariño una mano por los rizos de su hermana, y de repente sus ojos revolotearon hasta su cuaderno amarillo del colegio. Daniel lo levantó y lo abrió.

—Me mentiste cuando dijiste que hacías tus deberes. —No pretendió sonar severo, solo contemplativo—. Todos los ejercicios están a media oración.

Ella lo miró apesadumbrada.

—Soy lenta, nunca puedo llegar a copiar lo que dice la pizarra.

Su hermana nunca había sido lenta, pero sí distraída.

—¿Por qué no me lo dijiste?

Ella se volteó a mirarlo como si la respuesta fuese la más obvia del mundo.

—Estás raro.

Él inclinó la cabeza con cierta culpa y asintió.

—De todas maneras —insistió, moviendo las páginas hasta la última tarea anotada—, puedes decirme estas cosas y te ayudaré. ¿Tienes algo para este lunes?

Ella suspiró con dramatismo, pero se le escapó una sonrisa.

—Debo armar mi árbol genealógico, pero ya puse a toda nuestra familia —declaró llena de orgullo, sacando de debajo de su dibujo una cartulina con la representación de un árbol y las fotos de varios de sus familiares pegadas a ella. Él se inclinó para verlas mejor—. Puse a todos, desde los papás de mamá hasta la tía Beth. Traté de llenar el lado de papá, pero él me dijo que su mamá se murió hace muchísimos años y que nunca conoció a su papá. Ni siquiera tiene fotos.

Daniel sintió una ligera molestia, como un tic que, con algo de voluntad, consiguió disimular.

Kit no se acordaba del viejo Crane, con su humor de perros y su áspera voz casi caricaturesca. No se acordaba porque, la única vez que ella lo había visto era solo una bebé. Tal vez ella se lo había cruzado en la tienda de comestibles cuando acompañaba a su madre, pero si lo había hecho, jamás podría enterarse.

Después de la crisis matrimonial que habían atravesado sus padres, ambos habían decidido borrar al hombre de sus vidas; como si él nunca los hubiese visitado en Año Nuevo, como si nunca los hubiera invitado a su casa junto al faro, como si nunca hubiese estado ahí en primer lugar. Y aquella fue la única ocasión en la que Daniel no se atrevió a asomar la nariz debajo de la alfombra, porque, por primera vez, temió con lo que se podría encontrar.

—¿Sabías que Quillan no sabe leer? —La voz de Katherine resonó un poco demasiado fuerte, para sacudir sus sentidos. Daniel la mandó a moderar un poco su volumen. Ella se cubrió la boca y susurró—: Perdón, me olvidé.

—No es nada, solo habla con cuidado.

Ella obedeció.

—La otra vez que nos quedamos solos, le pedí que me leyera una parte de mi libro y me dijo que no entendía.

Daniel sonrió.

—Es un poco lerdo, sí.

—Le dije que le iba a enseñar a leer y a escribir —murmuró Kit, fijándose que nadie estuviera escuchando a pesar de que la cocina permanecía vacía.

—Entonces tú sí que le estuviste enseñando palabras nuevas.

—Sí —dijo, y frunció el ceño—. ¿Por qué Quillan no sabe leer? ¿No terminó la escuela?

—No estoy seguro —mintió Daniel—, no le he preguntado.

Katherine se encogió de hombros y volvió a pintar.

Daniel tomó un vaso de vidrio de uno de los estantes y se sirvió agua. Volvió a guardar la botella en la nevera y con el vaso en mano caminó hasta la sala. Su madre leía el mismo libro de esa mañana y su padre parecía estar muy atento al canal de deportes.

Suspiró, sin ganas de estar ahí.

—Estás vivo —espetó su padre cuando lo vio.

—No se van a librar tan fácil de mí —respondió Daniel, se sentó en el sofá junto a su padre y pretendió estar interesado en el partido de fútbol—. ¿Cuánto vamos?

—Tres a cero.

Anna Crane lo miró interrogante desde el sofá individual que ocupaba.

—Daniel, ¿saliste hoy? —preguntó ella, dejando su lectura de lado.

Daniel ladeó el rostro en su dirección, pero rápidamente volvió su vista al pequeño televisor.

—Sí, ¿por qué?

Él solo esperaba que no fuese lo que creía.

—La señora Mackenzie me comentó que te vio cerca del centro de la ciudad esta tarde.

«Vieja metiche», pensó con amargura. No es que Daniel no respetase a los ancianos, pero tampoco era algo que se alejara de la verdad. La señora Mackenzie y su indiscreción lo sacaban de quicio, no había persona más lengua suelta en Deira que ella. Daniel ya había tenido varios altercados en el pasado por su culpa.

—Sí, salí con un amigo —respondió, fingiendo indiferencia al respecto. Total, sus padres ya estaban al tanto.

—¿Alguien a quien conozca? —preguntó ella, intrigada.

—No lo creo. Por cierto, Kit me contó toda esa mierda que le dijeron sobre los abuelos para su árbol genealógico —comentó en un intento de desviar el rumbo original de esa conversación.

No funcionó, por supuesto. Era su madre, ¿en qué pensaba? Lidiar con pequeños mentirosos siempre había sido su especialidad, mucho más cuando ella era la mejor ocultando cosas.

—Esta semana estuviste extraño, hijo, quiero creer que no es por este nuevo «amigo» —matizó, alzando las cejas.

Daniel frunció el ceño y se giró a verla, envalentonado de repente.

—¿Por qué hiciste comillas en esa palabra? —inquirió, lanzándole una mirada recelosa. Cuando su padre se giró también para observar, supo que él mismo se había condenado.

«Respuesta equivocada».

—No lo niegas, entonces.

Daniel se dedicó a darle un largo trago a su vaso antes de contestar.

—Eh, no, supongo que no —respondió con torpeza.

—¿Es alguien que conozca? —preguntó de nuevo.

—Que no, mamá. No lo conoces y no lo conocerás.

—¿Cómo se llama?

—Oh, por todos los... —masculló, levantándose del sofá—. Mamá, sé honesta, ¿tengo pinta de ser un querubín inocente o algo? No tengo nueve años, tengo diecinueve; soy bastante grande para este tipo de charlas sobre las malas relaciones y toda esa basura.

—Sí, tienes diecinueve años y permaneces bajo nuestro techo —replicó ella con un tono duro, levantándose de su lugar también.

Sus ojos estaban llenos de reproche y prejuicios. Daniel le reprochaba tanto como ella lo hacía con él, pero, al final del día, el único incapaz de hacerle frente a toda la censura era él.

Bajó los ojos al suelo, chasqueó la lengua y emprendió el camino de vuelta a su habitación con ganas de empujar todo lo que se le cruzara en el camino.

No era la primera vez que abordaban de mal modo ese tema en particular. Venía ocurriendo muy seguido, y tanto él como ella empezaban a hartarse. Daniel sabía que muy pronto alguno de los dos debería ceder, y ya tenía por seguro que ese debería ser él; de lo contrario, podría ganarse el resentimiento eterno de su madre. Eso casi podría ser una bendición, pero igualmente una parte de él todavía la atesoraba como la mejor madre del mundo y quería conservar eso al menos un poco más. Sin embargo, no le quedaba mucho.

Daniel era consciente de que a sus padres no les molestaba su presencia, sino el que no supiese qué hacer con su vida. Sus pocos amigos habían abandonado el pueblo tras terminar la secundaria con un futuro claro. Él no; se quedó ahí, estancado y sin futuro. Su madre estaba esperando que se hiciera cargo del negocio, pero eso tampoco era para él.

En pocas palabras, era un fracasado. Una parte de él disfrutaba repetirlo diariamente. La otra, sin embargo, le decía que tal vez no encajaba en esa vida que todos parecían esperar de él.

No era como si estuviera especialmente contento con alguna de esas dos ideas.

Entró en su cuarto con la esperanza de hallar refugio una vez más, pero en cambio se encontró con Quillan acorralado en la pared junto a la puerta, estático y cabizbajo, con los dientes reluciendo entre un bajo gruñido. Daniel lo miró a él y luego a la ventana que había dejado abierta.

Los dos cuervos, Sùilean y Cuimhne, se paraban justo sobre el alféizar, moviéndose de un lado a otro, cabizbajos y astutos. Quillan, sin alejarse mucho de la pared, se movió muy despacio, hasta colocarse entre sus pies. Daniel lo miró un momento antes de llenarse de valor y acercarse hasta el par de aves y ahuyentarlas a manotazos. Los cuervos le picotearon los dedos y graznaron en protesta, pero logró sacarlos y bajarles la ventana antes de que pudiesen volver a meterse. Incluso les arrancó un par de plumas que descendieron con pereza hasta el suelo. Daniel las miró y después al lobo, que seguía acurrucado sobre sí mismo.

—Entonces… —dijo—, no estamos volviendo a abrir la ventana, ¿eh?

Quillan inclinó la cabeza y, poco a poco, fue dejando aquella tensa postura.

II
EL CHICO Y EL LOBO

DANIEL

Una leve llovizna susurraba con suavidad en la soledad de esa noche; el reloj de la sala la acompañaba con su suave tictac. En una noche así, Daniel Crane tan solo era una sombra inquieta que se deslizaba por los pasillos, sin temor a la oscuridad.

En la casa todos dormían en la placidez de sus camas, pero él no podía permitirse aquello. La conexión de internet había sido restablecida porque sus padres habían logrado administrar el dinero de ese mes, y él decidió que era el momento de utilizar el servicio. Iba a robar por un rato la computadora de su hermano; más temprano Daniel no había podido usarla, él y Evan aún estaban enojados el uno con el otro, y aquello podría perdurar eternamente si se lo proponían. Así pues, Daniel se había visto obligado a llevar la notebook a escondidas.

Se detuvo frente a la puerta de su hermano, rezó para poder ser sigiloso durante un par de segundos, y con un cuidado para nada característico de él, abrió la puerta. Le echó un vistazo rápido a la estancia; Evan, para su buena suerte, dormía tapado hasta la cabeza, así que no se preocupó demasiado y caminó más confiado hasta la pequeña mesita donde la computadora descansaba. Se apresuró a desconectarla del cargador y tomarla entre sus brazos.

Cuando abandonó el cuarto de su hermano, se sintió orgulloso de haber logrado pasar desapercibido. Incluso se acordó de ese cuento de Edgar Allan Poe, *El corazón delator*, y se comparó con el protagonista, orgulloso de lo sigiloso y meticuloso que había sido a la hora de cometer el asesinato. Claro que Daniel no estaba matando a nadie, pero él no iba a mentir: si las cosas siguieran así entre él y Evan, muy pronto irían a arrestarlo por intento de homicidio. Ya se veía los titulares del diario y todo. La gente seguro que hablaría de él por semanas.

⁂

Daniel sintió un escalofrío, porque en el momento en que por fin pudo estar dentro de su propia habitación, fue capaz de percibir esa curiosa mirada sobre él. Llevaba la notebook y el cargador atrapado entre sus brazos.

—Deja de mirarme, da miedito —dijo por lo bajo, dejándose caer sobre su cama.

Abrió la máquina con rapidez, la desbloqueó y entró en el buscador de Google una vez más. En esa oportunidad, no dudó sobre qué poner en el buscador. Sus dedos teclearon un solo nombre y no tardó mucho en obtener respuestas.

—Bien, a menos que Mórrigán sea un personaje de videojuego japonés, es verdad que estamos tratando con una diosa de la muerte —murmuró, algo pensativo—. Ella sí que da miedo, es aterradora.

Daniel alzó la cabeza y vio los ojos ambarinos del lobo refulgiendo con intensidad en la oscuridad, en un rincón de su habitación. Otro escalofrío lo recorrió de arriba a abajo. No era la primera vez que Quillan le hacía sentirse como un conejito siendo acechado, y a Daniel le gustaba pensar que, con el tiempo, se podría ir acostumbrando, pero sabía que no era cierto.

El lobo no hizo ningún amago de moverse, solo se quedó ahí y lo observó. Daniel comenzó a tararear nervioso la letra de una canción, devolviendo su vista a la computadora. Hacía mucho tiempo que la oscuridad ya no le generaba miedo, pero si debía ser honesto, el lobo que merodeaba entre las sombras le ponía los pelos de puntas.

Se concentró en la información frente a él. No había mucho de esa diosa de la guerra que él no hubiese deducido ya, del resto no estaba muy seguro de si debía confiar. Era una regla de vida; rara vez lo que internet ofrecía podía resultar ser una fuente fiable, y él definitivamente no pensaba aferrarse a toda esa información sobre dioses escrita por hombres cuyo criterio y conocimiento sobre cualquier tipo de religión y mitología provenía de información y recursos no vastos. En otro momento de su vida, no le habría molestado creerse toda la fantasía que circulaba por internet, pero en un caso tan crítico y específico como ese, las cosas se volvían diferentes.

Intentó recordar los nombres que la deidad de la guerra había mencionado durante su encuentro, pero su memoria no era la mejor bajo momentos de presión. Gruñó con frustración y se tiró del pelo. Cuando todo eso terminase, seguro que estaría calvo.

Terminó por buscar sobre cánidos mitológicos, algo que pudiese guiarlo aunque fuera tan solo un poco en esa extraña etapa mágica de su vida.

Tras haber leído detenidamente largas y estúpidas páginas llenas de leyendas relacionadas con perros del infierno, huargos y otras criaturas en las que ni siquiera deseaba pensar, acabó en una sección que relataba historias sobre los lobos de la mitología nórdica. Aunque los nombres no coincidían, Daniel sintió cierta similitud entre los lobos que conocía y esos que señalaba la página de Wikipedia.

Geri y Freki eran los lobos que acompañaban al dios Odín, aunque la información sobre estos dos no era muy extensa e interesante. Luego estaban dos hermanos, Sköll y Hati, lobos interpretados como bestias malignas destinadas a alcanzar y devorar al sol y la luna respectivamente. Y, finalmente, terminó por leer sobre el temible Fenrir, padre de Sköll y Hati, o hermano, según otras versiones. Él era un lobo enorme, hijo del dios Loki. La cereza del pastel. El lobo fantástico tenía una historia mucho más elaborada de lo que Daniel hubiera esperado, así que hizo un esfuerzo por leer el artículo entero.

Al final del artículo, y después de haber vagado por numerosas páginas web, los párpados le empezaron a pesar más de la cuenta y se le escapó un largo bostezo. Fregó su rostro con violencia tratando de espabilarse, y se sobresaltó cuando sintió a Quillan moviéndose.

No lo veía, pero era capaz de oír sus zarpas contra la superficie de madera a cada paso que daba. Ligero, preciso y cauteloso. Daniel contuvo el aliento por unos segundos, expectante, pero el lobo no parecía tener intenciones de acercarse a él, solo estaba ahí, merodeando. Se obligó a apartar el miedo y le lanzó su mejor mirada suspicaz a la oscuridad.

—¿Qué haces? —dijo.

De repente, las pisadas tomaron impulso, y pronto divisó a una sombra escurridiza trepando de un salto a su cama. El lobo se colocó tras su espalda, asomó la cabeza, y hociqueó su cuello y su oreja con actitud curiosa un par de veces antes de dejarse reposar sobre su hombro. Daniel ladeó el rostro con una mirada inquisitiva, viendo cómo el lobo tenía sus ojos puestos en la pantalla frente a él, intrigado. El muchacho volvió a suspirar dramáticamente, fue uno de esos suspiros que tanto sacaban de quicio a Quillan, para hacerlo rabiar. Tal como esperaba, de inmediato el lobo gruñó y bufó por lo bajo. Daniel sonrió ligeramente al percibir la vibración de la garganta del animal justo sobre su hombro, y se sintió aliviado con la idea de que algo de ese lado humano todavía estaba ahí.

Continuó leyendo algunos artículos más con el lobo pegado a su espalda y refregando su cabeza contra él de vez en cuando. Pensó un poco en cómo ese comportamiento resultaba inusual cuando iba dirigido a él, pero decidió no hacer mención al respecto. En realidad, fue hasta reconfortante ese contacto, lo hizo sentir acompañado por primera vez.

Quillan de verdad se veía intrigado por la notebook: a veces trataba de acercarse para ver mejor la pantalla brillante e intentaba abrirse paso por debajo de su brazo con su enorme cabeza, resoplando sobre el teclado. Daniel había tratado de hacerlo a un lado, pero el lobo era terco y fuerte.

QUILLAN

Bostezó cuando sintió cómo Daniel, después de lo que fue un largo rato, despegaba los ojos de esa pantalla brillante. El chico se inclinó sobre la mesita junto a la cama y miró el reloj que marcaba la hora. Quillan conocía ese concepto, lo sintió familiar, pero al lobo no le importaba lo suficiente como para recordarlo.

—No puedo ocultarte para siempre, lo sabes, ¿verdad?
—Alzó las orejas y miró cómo el chico levantaba la manga de su brazo derecho, revelando la venda que ocultaba la mordedura que

se había ganado la tarde anterior. Estaba hinchado—. Tenemos que encontrar una solución a todo esto antes de que alguien más salga herido.

Quillan olisqueó las vendas y no le gustó lo que su refinado sentido del olfato captó. Se alejó un poco y volvió a mirar a Daniel con la cabeza ligeramente inclinada hacia un costado. En la manada, los lobos heridos debían esconderse hasta que todos sus males se curasen; no debían mostrar debilidad frente a los demás porque, de lo contrario, algún lobo podría decidir matarlo, si no era que otro animal lo hacía primero.

Los humanos no dejaban de sorprenderle.

«Estúpidos —pensó una parte de él muy en el fondo de su cabeza—, muy estúpidos».

Incluso así, Quillan recordaba. Y estaba seguro de que jamás podría olvidar la fidelidad terca y abrumadora que Daniel ofrecía, como cuando lo ayudó con sus lesiones en los primeros días. Mantenía presente todo lo que el chico había hecho por él, lo que aún hacía y lo que todavía parecía estar dispuesto a hacer. Era un secreto, pero Quillan guardaba esa necesidad de corresponder a la lealtad y confianza de Daniel, de imponerse y demostrar constantemente su posición superior a la del humano cuando este se mostraba rebelde. De protegerlo, así como sabía que Daniel lo protegería a él.

Incluso bajo todo el peso de lo extraño que los rodeaba, se sorprendió al ser capaz de interpretar esa conexión. Esa unión. Él había vivido bajo ella toda su vida.

Quilan miró cómo Daniel cerraba ese extraño aparato, dejándolos en una oscuridad absoluta en la que él fácilmente se pudo adaptar. Le gustaba más así, la luz le estaba dañando los ojos.

El chico se metió entre las sábanas de la cama y Quillan esperó a que se hubiese acomodado correctamente para echarse sobre él.

Su corazón golpeó con fuerza su pecho cuando el chico hundió los dedos entre el oscuro pelaje de su cabeza, pero cuando se dio cuenta de que tan solo era una caricia sin intención de hacerle algún mal, su cuerpo se volvió a relajar.

Ahí no había amenazas, se recordó. Ahí solo estaban Daniel y él.

Daniel, el chico que era tan molesto como un cachorro que te muerde la cola para llamar la atención. Pero estaba a su lado siempre, ya fuese por obligación o deseo propio. Fue por eso que el lobo lo había aceptado como parte de su entorno diario, se había adaptado a su presencia lo mejor que había podido y se había mezclado con su aroma.

Ahora, detectar sus emociones era mucho más fácil: podía sentir cuando estaba triste o feliz, furioso, disgustado. Y aunque ninguno había tenido la intención de volverse algo más allá que una molestia para el otro, Quillan ya no podía renegar del sentimiento que estaba allí, instalado entre ellos como un lazo invisible que, poco a poco, los iba envolviendo. Lo supo cuando volvió a ser él mismo, ya que como humano él jamás habría podido interpretarlo de forma correcta; pero el lobo reconocía a Daniel como a un igual.

Kit, con una mueca extrañada, le había dicho una vez que las personas no tenían manada.

La vida en soledad para un lobo era casi lo mismo que una condena. La fuerza yacía en el número, sin importar qué. Luego, su camino se cruzó con el de Daniel y su instinto lo había hecho aferrarse a quien más había creído apto para permanecer en grupo junto a él. Daniel no era un lobo, pero a veces lo sentía como uno. En parte le alegraba, significaba que tenía a alguien.

Durmieron apretujados y muy cómodos, con el aroma a tierra húmeda, verde, un toque de lavanda y madera flotando en torno a ellos como una sola esencia. Quillan nunca antes había podido oler esos matices ahí, pero ahora que volvía a ser un lobo fue mucho más reconfortante reconocer los efluvios de ambos, juntos. Logró relajarlo, hacerlo sentir que allí estaban seguros.

No recordó haber soñado con su familia esa noche. Tal vez porque ahora tenía una nueva de la que preocuparse. Por eso, el lobo dejó que el chico le rascase detrás de las orejas.

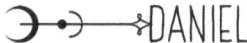

DANIEL

Por la mañana Daniel sintió algo diferente, extraño.

Todavía con sus ojos cerrados, se removió entre las sábanas, pero realmente no pudo estirarse tanto como hubiera querido. Había un peso enorme en su espalda, acorralándolo contra la pared, y estaba sudando. Abrió los ojos, poniendo mucha fuerza de voluntad, porque su mente no se sentía preparada para levantarse todavía. Le pareció que serían cerca de las diez de la mañana, por la luz que se filtraba por la ventana. No era alguien madrugador, pero por lo general se despertaba antes o Quillan lo despertaba. Esa mañana nada de eso pasó.

Intentó moverse otra vez, pero no pudo. Es más, la masa de calor en su espalda se movió de tal manera que lo apretó aún más si era posible con tanta brusquedad que consiguió sacarle el aire de los pulmones.

—Quillan, voy a matarte —gruñó con los labios pegados a la fría e insulsa pared.

—¿Por qué?

El susurro ronco y familiar cerca de su oído le causó taquicardia y un vergonzoso nudo en el estómago.

—¡Jesús! —exclamó, rodando sobre el cuerpo a su lado hasta llegar al suelo con un golpe seco. Gimió adolorido, con sus ojos revoloteando hacia su cama, donde la figura —ahora humana— de Quillan se desperezaba para darle su mejor mirada, de esas que expresaban lo mucho que quería ahorcarlo por haberlo aplastado y rodado sobre su cuerpo.

Pero el hombre se limitó a refunfuñar algo antes de darle la espalda.

—¿Qué? ¿Pero qué pasó? —reclamó saber, tomando al hombre en su cama por el brazo y así obligarlo a verlo. Para su sorpresa, Quillan seguía usando la misma ropa con la que lo había visto la última vez antes de que la diosa de la guerra, Mórrígan, lo hiciera cambiar de forma.

Daniel nunca se preguntó dónde pudieron haber acabado las prendas durante el cambio, tenía muchas otras cosas en mente de las que ocuparse, pero ahora lo intrigaba.

La mirada azul verdosa de Quillan volvió a clavarse en él mientras elevaba sus cejas.

—¿Qué, qué? —pidió saber, airado.

—Anoche eras un lobo, de vuelta. Ahora volviste a ser un hombre. —Daniel lo miró como si todo fuese obvio. Que lo era, pero al parecer no para Quillan—. ¿Necesito decírtelo más despacio o captas mi punto?

—Lo hago.

—¿Y no piensas explicarme cómo pasó? —dijo antes de sentarse en la orilla de la cama, aún sintiéndose demasiado cansado físicamente.

—Solo pasó. Antes de eso, había estado pensando en… Pensé en mí como humano, y después yo… cambié.

Lo azotó un escalofrío y pensó por qué haría tanto frío en la habitación. No había dejado la ventana abierta.

—¿Por qué nadie vino a despertarme? —murmuró Daniel un poco más tranquilo, masajeando su nuca.

—Vinieron. Tocaron la puerta —afirmó Quillan—. No quisiste y tenías frío, así que me quedé contigo. Pero ya estabas caliente —explicó, levantándose por completo.

Ante aquella declaración, Daniel se llevó una mano a la frente. Su piel ardía, eso era un problema.

—¡Agh, esto era lo último que necesitaba! —exclamó casi como un lamento.

Levantó la manga de su camiseta, desvelando un brazo hinchado bajo las vendas húmedas y pegajosas. Podía sentir la carne latiendo contra su piel.

—No estás bien. —Quillan lo miró con el ceño fruncido.

—No. —Él suspiró y su cuerpo se sacudió con otro escalofrío—. Necesito ir al baño.

Daniel tenía que estar bien, necesitaba estar en sus condiciones más óptimas porque, de lo contrario, ¿cómo podría defenderse? No era momento para caer enfermo. No lo era. Entonces tenía que curar la infección y bajar su temperatura antes de que terminase delirando por la fiebre y yendo a un hospital.

Se levantó con dificultad; su cuerpo se sentía como plomo, y apenas si pudo avanzar unos pasos cuando el mundo giró por una fracción de segundo justo frente a sus ojos. Los pies le temblaron, pero Quilan, bendito fuera, lo alcanzó a tiempo antes de que pudiera estamparse la cara contra el marco de la puerta.

—Ayudo —dijo el lobo y Daniel asintió, farfullando un agradecimiento que apenas se oyó.

Daniel estaba agradecido por otras cosas también como, por ejemplo, que para esas horas sus padres trabajasen y sus hermanos asistieran al colegio; Quillan prácticamente tuvo que arrastrarlo por los pasillos hasta el baño.

Al llegar, lo dejó con cuidado sobre la tapa del inodoro para, acto seguido, mirarlo con preocupación. El lobo lucía ansioso y determinado, como si esperase algo de él. Finalmente, no muy paciente, Quillan espetó:

—¿Ahora qué?

Daniel quiso sonreír, pero le faltaron fuerzas.

—Ahí —señaló el estante bajo el lavabo— hay una caja vieja, la conoces. Pásamela.

Quillan abrió el estante y tomó lo pedido para dejarlo en su regazo. Daniel abrió la caja y revolvió su contenido hasta dar con un ibuprofeno. Agarró la pastilla y se la llevó a la boca, aguantando el sabor amargo.

—¿Ahora qué? ¿Te llevo a la cama? —preguntó Quillan preocupado.

Daniel se tragó ese chiste insolente que seguía un doble sentido, sabedor de que Quillan no entendería.

—Necesito un baño —dijo en cambio.

Daniel se tomó su tiempo en explicarle a Quillan cómo preparar el agua en la bañera, su temperatura y qué sales ponerle al agua. Quillan había aprendido a ducharse, jamás lo había hecho tomar un baño. Cuando todo estuvo listo para él, Daniel esperó a que Quillan se fuera, pero no lo hizo.

—Puedo arreglarme yo solo desde aquí, grandote, gracias.

—Yo me quedo —dijo parpadeando con solemnidad, como si eso diera más fuerza a sus palabras.

Daniel resopló.

—De verdad, desde acá puedo solo —insistió, tratando de no perder la paciencia.

—Yo te cuido como tú me cuidaste a mí —replicó Quillan.

Tal vez fue la mirada del lobo, su postura o lo que fuese; Daniel no estaba en sus mejores condiciones para poder decirlo con seguridad, pero aceptó el hecho de que no podría deshacerse de él. Y por un momento se preguntó si acaso lo que los unía era en realidad una deuda, una que Quillan se sentía en el deber de pagar. El chico pensó que, en realidad, eso era lo primero que encontraba que tuvieran en común.

—Bien, pero deberías darte la vuelta. —No fue una orden, más bien una sugerencia, y el lobo obedeció de todos modos.

Daniel hizo el esfuerzo de quitarse la parte superior de su viejo y agujereado pijama; su estado de salud lo volvía más torpe y lento, así que tardó más de lo que le hubiera gustado, atascado con la camiseta por la cabeza. Se estremeció y contuvo el aliento cuando unos dedos se deslizaron casualmente por sus brazos hasta llegar a la prenda atorada. Quillan se la quitó con suavidad. Daniel lo miró con los ojos muy abiertos, estaba demasiado cerca de él como para no alterarse. De repente, el aire que respiraba le parecía muy caliente, y esperaba que solo fuese la fiebre.

—Ayudo —repitió Quillan despacio.

El chico asintió con torpeza, temeroso de decir algo por primera vez en su vida. Secretamente no quería romper ese ambiente inusual que había comenzado a rodearlos, y una parte de él se preguntó si acaso sería el único de los dos capaz de percibir eso. La otra, sin embargo, le gritó que dejase de actuar como idiota y tomara distancia.

—Pareces un conejo asustado —observó Quillan mientras dejaba la ropa sobre el inodoro.

—Me siento más como Bambi viendo su final en la luz de un auto sobre la carretera —murmuró con voz amarga—, pero tu ejemplo igual aplica bastante.

Deslizó su pantalón de chándal hacia el suelo. Si debía ser honesto, no había experimentado tal clase de intimidad con nadie desde hacía un largo tiempo. A su mente llegó el recuerdo de David Walsh y su encuentro casual después de una fiesta.

Buenos tiempos.

—Probablemente quieras… darte la vuelta, sí —dijo con un hilo de voz. No era que Daniel fuera alguien pudoroso con su cuerpo ni mucho menos, pero era extraño. No era como si se tratase de David Walsh mirándolo; si fuera él, Daniel seguramente habría tardado mucho menos en quitarse la ropa.

Quillan se encogió de hombros, pero se quedó quieto. A él parecía no importarle, o más bien no entender el concepto de la vergüenza. Daniel no iba a culparlo; a veces él tampoco lo hacía. Pero en momentos específicos como aquel, lo que más deseaba era que el lobo dejara de mirarlo, porque eso le traería algo de paz a su afiebrada cabeza.

Al final se tuvo que alejar un par de pasos antes de darle la espalda. Se deshizo con lentitud de su última prenda y fue capaz de sentir la mirada del lobo sobre él, lo que causó que una fuerte ola de calor subiese desde su cuello hasta el resto de su rostro. Sus orejas estaban rojísimas, él ya se veía. Se apresuró a meterse en la tina; su cuerpo convulsionó al entrar en contacto con el agua tibia, pero que, a su parecer, estaba demasiado fría. Pero ese era el punto de todo.

Dejó el brazo herido afuera y se quitó las vendas. Una asquerosa segregación amarillenta rodeaba los bordes de la mordida. Hizo una mueca de disgusto y dejó descansar su extremidad, a la que sentía demasiado pesada y dolorida, sobre el borde de la bañera, al igual que su cabeza.

—H-hay que esperar a que mi t-temperatura baje —masculló, castañeando los dientes con violencia.

Quillan caminó hasta sentarse en el suelo junto a la bañera, frente a él. Una tenue capa de vapor los rodeaba. El lobo reposó su cabeza contra la fría pared de cerámicos, dejando caer sus ojos sobre los de él. Daniel se sorprendió al ver el miedo decorando su rostro. Era la primera vez que lo veía tan angustiado.

—¿Vas a morir? —La voz de Quillan rompió el silencio minutos después.

Daniel abrió distraídamente los ojos. No recordaba haberlos cerrado. Tal vez porque en su cabeza la angustiada mirada de Quillan se le había clavado en el cerebro y la fiebre lo confundía.

Daniel quería estar soñando.

De todas formas, se las arregló para sonreír, y se limpió un par de lágrimas que habían descendido por sus mejillas. De pronto era capaz de comprender y sentir el peso de todo lo que había ocurrido esa semana en sus hombros. Él de verdad podría haber muerto. El peligro ahí era tan real como lo era un arma en su cabeza sostenida por algún delincuente. Y ahora él y todos a quienes amaba estaban bajo ese peligro.

—Ya quisieran deshacerse tan fácil de mí. Soy como un grano en el culo —murmuró somnoliento.

—No quiero que mueras.

Daniel volvió a abrir los ojos y no los dejó volver a cerrarse. En cambio, observó a Quillan. Su cabello crecía salvaje en ondas oscuras, varias hebras cobrizas habían caído sobre su frente. Los ojos verdes azulados brillaban, y solo entonces Daniel supo interpretar la angustia del lobo.

Quillan ya había perdido demasiado.

—No lo haré.

12
EL VERDADERO ALIADO

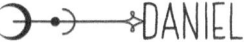DANIEL

Se las arregló para enviarle un mensaje a su hermano para advertirle de su mala condición de salud y pedirle que mantuviera a su familia lejos de su habitación. No estaba muy preocupado, porque sabía que era una tarea fácil teniendo en cuenta que sus padres solo volverían para almorzar y casi de inmediato partirían para el trabajo. Y si Evan no estaba demasiado resentido, no tendría mayor problema en convencer a su hermana de visitar la casa de Rae y Anya. Daniel estaba seguro de que el padre de ellas no estaba en la casa durante el día, porque Anya siempre decía que se la pasaba en su trabajo o en el bar del puerto, pero en el caso de que sí estuviera, él sabía que su hermano se las arreglaría para sacarlas de esa casa por un buen rato.

Quillan lo ayudó a vestirse y a cambiar el vendaje de su brazo, donde la hinchazón no parecía querer ceder. Se acomodó en su cama y durmió durante un par de horas con el hombre a su lado, que parecía muy decidido a velar por él. Pudo sentir por varios minutos su mirada, como si estuviera tratando de asegurarse de que en aquellas horas de sueño Daniel no moriría repentina y trágicamente. Él sabía que eso no pasaría porque tan solo se trataba de una fiebre por infección, pero el lobo parecía no fiarse de sus palabras por más veces que se las hubiera repetido. Entonces, al principio le pareció incómodo e hizo el esfuerzo por ignorarlo, pero, con el paso de los minutos, su falta de energía hizo mella y terminó por olvidarse de la intensa mirada puesta sobre él.

⁂

Daniel casi podía jurar que no había dormido nada cuando volvió a despertarse. Creyó que solo había cerrado los ojos por unos minutos, pero descartó el pensamiento cuando sintió la respiración pausada y cálida de Quillan sobre su hombro. Al parecer él también había caído rendido ante el sueño.

El chico abrió los ojos un momento, con intención de buscar su teléfono para echarle un vistazo a la hora, pero no pudo, porque en el momento en que su vista logró enfocarse y adaptarse, lo primero con lo que se encontró fue con un par de ojitos de ratón mirándolo desde arriba con curiosidad.

Daniel pensó que despertar con una rata parada sobre su pecho y mirándolo desde lo alto no habría sido lo más extraño que le habría pasado en la vida porque, ¡por favor, tenía a un lobo convertido en un hombre acurrucado a su lado! Pero cuando su mente afiebrada reparó en que eso no era una rata, se asustó.

Se enderezó en la cama tan rápido que le pareció que el mundo era ligero y su cabeza, pesada. La criatura que antes había estado sobre él dio saltitos hasta el suelo, igual de sobresaltado. Daniel jadeó y Quillan se despertó. El lobo barrió la habitación con la mirada en busca de la amenaza que había perturbado al chico. Daniel notó ferocidad en cada uno de sus ligeros movimientos y sus gestos. Incluso como humano se asemejaba al lobo que realmente era; él hasta podía imaginar sus orejas erguidas y sondeando la habitación entera.

En cuanto pareció interceptar a la criatura en el suelo, Quillan no dudó en lanzarse hacia ella, estallando en una enorme sombra de dientes afilados, y gruñó agazapado, mirando al insignificante ser como un bocadillo que planeaba tener.

—¡No! —habló la criatura, corriendo hasta tener su espalda contra la pared. Tanto Daniel como el lobo dieron un respingo—. ¡No me comas!

—¿Q-qué…? —balbuceó Daniel.

Aún en su estupor, el muchacho se arrastró fuera de la cama para acercarse y poder ver eso más de cerca. Tal era su pasmo que no fue capaz de prestarle atención a la violenta metamorfosis de Quillan; tan solo pudo atinar a dejar una mano sobre el encrespado pelaje para detener al lobo de su ataque al visitante inesperado.

El intruso trepidaba como una hoja, oscilando con frenetismo su mirada de roedor entre Daniel y Quillan. El muchacho parpadeó un par de veces y se inclinó para verlo mejor. Era pequeño, como un duende; no le calculaba mucho más de unos sesenta centímetros de alto. Tenía un cuerpo ovalado acompañado de extremidades finas y alargadas, y Daniel no pudo evitar pensar que chirriaba un poco, teniendo en cuenta su peculiar complexión. Su piel era rosada y sucia, áspera como una hoja de libro antiguo. Y unos cuantos cabellos blancos sobresalían de forma graciosa del pequeño gorro marrón que llevaba sobre la cabecita, al igual que las orejas ovaladas y traslúcidas de roedor. En realidad, todo el harapo que lo cubría era de ese color café, desde sus pantalones andrajosos hasta la capa que llevaba sobre sus hombros, excepto su camisa: esta era de color hueso, estropeado con algo de barro.

—¡Vengo a ayudar! ¡Soy bueno, muy bueno! ¡Que no me coma el pulgoso! —chilló el pequeño con una voz masculina y algo aguda, acorde a su tamaño.

Daniel sacudió la cabeza en un intento de acomodar sus pensamientos. Entonces murmuró:

—¿Qué eres?

Para su sorpresa, el pequeño ser fue invadido por una indignación abrumadora que no venía a cuento. Su ceño se clavó sobre sus ojitos y su nariz respingona se sacudió, furiosa.

—Eso, muchachito, es una pregunta de muy mala educación —le replicó, dando un paso hacia adelante, antes de murmurar con malhumor—: Pero supongo que puedo dejar pasar esos modales; por lo que entiendo, el ser humano carece de ellos — carraspeó—. Mi nombre es Glais.

—Y-yo... perdón, creo. No fue mi intención.

Daniel se sentía tan disperso en ese momento que ni siquiera estaba seguro de lo que estaba diciendo. Glais, por otro lado, asintió un poco más conforme y después observó a Quillan, cuyos ojos lo seguían con ahínco. Glais tragó saliva con nerviosismo y se acomodó el doblez de la capa, pero un escalofrío le subió por el cuerpo en cuanto vio cómo el lobo se saboreaba con saña.

—¿Puedes... decirle a tu mascota que...? —Señaló con cautela a Quillan.

Daniel se giró a verlo y obligó al lobo a hacerse para atrás con su pierna. Quillan dejó su postura amenazante de muy mala gana y gruñó en protesta antes de sentarse sobre sus patas traseras.

—¿Por qué...? ¿Por qué estás...?

—¿Por qué estoy aquí? —Glais interrumpió, perspicaz. Daniel asintió—. Bueno, hace mucho que no pasaba a hacer una visita y no me pude resistir cuando oí que el bosque susurraba tu nombre sin parar. Tenía que saber en qué lío te habías metido. Todos hablan de ti, todos.

Daniel abrió la boca con incredulidad, preguntándose a quién se refería Glais con «todos». Sin embargo, lo que por ese momento llamaba más su atención era el hecho de que él hablaba como si conociera a Daniel de antes, parecía no ser la primera vez que Glais le hacía una visita a su hogar.

—No entiendo —admitió, caminando hasta la cama para poder descansar, porque todavía había rastros de fiebre en él.

¿Y si ya se había vuelto loco y estaba alucinando? O tal vez era alguna simulación y había cámaras ocultas y vivía en una especie de *reality show*, o era como la trama de esa película que había visto una vez, *The Truman Show*. Tal vez los espectadores que lo miraban se aburrían de su vida poco productiva y quisieron agregar un espectáculo paranormal y mágico. Tal vez Campanita aparecería bailando en una esquina para decirle que él era Peter Pan. Tal vez estaba internado en un hospital psiquiátrico y todo era una obra de su mente retorcida.

Tal vez.

—¿Qué parte no entiendes? Fui muy claro. Vine a ver qué hiciste para enfurecer a los dioses —dijo con rapidez mientras se cruzaba de brazos y daba golpecitos en el suelo con el pie, impaciente.

Daniel se quejó:

—¿Los dioses? ¿Pero cuántos son?

—Bueno, bastantes —admitió Glais, cuya atención parecía ser algo frágil—. Todo un clan de ellos. Tuatha Dé, el pueblo de la diosa Danu.

—¿Están enojados… conmigo?

—Eso oí. Pero ¿por qué?

—Si te respondo eso, ¿me dirás todo lo que quiera saber? —inquirió el chico con desconfianza.

Glais resopló con impaciencia, pero Daniel necesitaba alguna certeza de que podría obtener una respuesta concreta a cambio.

—Supongo que es un trato justo. Tampoco es como si fuera a extorsionarte ni nada, solo tenía curiosidad, chico tonto.

Daniel suspiró, pasando una mano por su cabello y planteándose la pregunta de Glais. Había tratado de analizar todo antes, pero claramente carecía de información precisa. Sabía que por alguna razón esos dos lobos grises, Acras y Sannt, querían a Quillan muerto, y que los cuervos cuyos nombres se le escapaban los tenían vigilados día y noche. Eso y que, al parecer, la diosa de la guerra, Mórrígan, era amiga de un mítico antepasado de Quillan y una autoproclamada aliada de ellos, a pesar de que ni Daniel ni el lobo la sintieran como tal. Y ahora tenía a un aparente duende pidiéndole explicaciones como si lo conociera de toda la vida y estuviera más que listo para darle un sermón.

«A la mierda —pensó al final, totalmente resignado—, cosas más extrañas han de pasar en el mundo».

Le dijo a Glais lo poco que sabía, la información vaga que recordaba de Mórrígan, y nada más.

—Ah... —suspiró Glais con desaprobación—. Tu parentela siempre fue de meterse en líos con el mundo que no conoce, pero tú te has superado. Nadie se mete con Tuatha Dé.

—¿La tribu de dioses? —intervino con aire cansado, porque su cuerpo aún se sentía como plomo y estaba considerando la idea de volver a acurrucarse en su cama y darle la espalda a todo.

—Sí —Glais asintió con severidad antes de echarle una mirada de arriba a abajo y resoplar—. Mira qué condición te traes… ¡Anda, descansa! Yo me encargaré de este desastre.

—¿Desastre? ¡No! Dijiste que ibas a responder mis preguntas.

—Puedes recostarte y preguntar —apostilló Glais—. No iré a ningún lado por el momento. ¡Ay, por todos los dioses, qué desorden!

—¿Cómo me conoces? ¿Qué eres y de dónde vienes?

Eso, a su parecer, tenía prioridad.

Observó cómo Glais trepaba por su armario para tomar su ropa enredada y tirarla al suelo. No se quejó mucho, porque él de todos modos ni doblada la tenía. El pequeño ser saltó usando el montón de prendas para amortiguar su caída, y tomó un jersey para comenzar a doblarlo correctamente.

—Bueno —comenzó con aire alegre mientras sus manitas tomaban el borde del jersey—, primero conocí a un pariente tuyo. Es un antiguo amigo. Al no estar cerca, me pidió mantener un ojo sobre su familia. He venido por aquí de vez en cuando. No es por ser fanfarrón, pero yo los ayudé en sus peores tiempos. Insisto, no pretendo darme aires de superioridad, pero tú y tus hermanos habrían muerto sin mí. Me deben la vida. A pesar de que ustedes no lo supieran, siempre estuve ahí.

—¿Cuándo? —pidió saber, curioso e ignorando su tono poco… modesto.

Quillan, aburrido, saltó sobre la cama y se acomodó a sus pies.

—Cuando eras tan solo un insignificante niño —confesó Glais con una mueca de desdén—. Tú y tus hermanos abandonados en la soledad, cositas feas, inservibles e indefensas… ¡Mi buen corazón no podía permitirse dejarlos a la intemperie! Así que me infiltraba, les preparaba alimento y ordenaba la casucha. A cambio, por supuesto, me llevaba un par de cositas, pero… ¡Nada que de verdad extrañen!

Entonces, casi de inmediato, a la mente de Daniel llegaron las memorias de cuando su padre había decidido hacer la maleta y abandonar la casa.

Decir que su madre había estado triste era un eufemismo. Había parecido que Anna Crane se había atado una bolsa de piedras al tobillo antes de lanzarse a un pozo a voluntad. Eso, sin contar los problemas económicos que toda la situación había generado. Su madre solía internarse en el cuarto, o incluso, en casos especiales, tomaba sus cosas y desaparecía de la casa por días enteros. Nunca nadie había sabido adónde iba y nadie había tenido las agallas de preguntarle.

Albergaba el recuerdo de él rebuscando dinero en los escondrijos de sus padres, arrastrando a sus hermanos a todos lados. Para aquel entonces había encontrado cierto alivio, a sus nueve años, porque Evan era independiente, lo que le había quitado un peso de encima. Solo debía ocuparse de Kit, que tenía tan solo dos años de edad.

También buscaba la forma de robarle dinero a su madre y compraba comida de la mano de Evan y Kit. Preparaba la comida porque Evan odiaba la cocina. Y cuando se acababa el dinero, tenía que cruzar el pueblo entero para llegar a la casa de su tía Beth, donde ella los dejaba a cargo de su tío político, George, e iba hasta su casa para pelear con su hermana y tratar de hacerla entrar en razón.

Su padre había desaparecido en esa época; la única diferencia era que nunca había vuelto ocasionalmente a la casa, ni siquiera para verlos a ellos. Esa era una de las principales razones de por qué ahora ni Daniel ni Evan trataban de no cruzar palabras con él. Su padre no parecía interesado en ellos, de todos modos, y se aferraba a la única hija que podría perdonar sus errores al no recordarlos.

Entonces, Daniel sabía que era cierto que durante aquellas épocas habían existido ocasiones en las que, al llegar del colegio, había una misteriosa cena especial esperándolos en la mesa, o las habitaciones estaban arregladas. Tanto él como su hermano habían guardado la esperanza de que se tratara de su madre, que para compensar su ausencia intentaba sorprenderlos con algún detalle. Como un silencioso recordatorio de que ella no los había olvidado enteramente a pesar de todo. La idea lo entristeció un poco, y sintió el hocico de Quillan reclamando la atención de su mano. Le rascó con cuidado detrás de las orejas.

—¿Quién es ese familiar? —preguntó, porque no podía imaginarse a nadie de su familia entablando una amistad con alguien como Glais.

—No puedo decirlo. Mi amigo pide discreción al respecto.

—¿Por qué...?

—Mi hogar reside cerca de un río, en el tronco de un árbol hueco —relató antes de añadir con cierto reproche—: Y soy lo que ustedes humanos llamarían *broonie*, aunque eso no tenga nada que ver con nada.

—Es que nunca vi algo como tú —intentó excusarse Daniel, y aunque quiso decir que no sabía exactamente qué era un *broonie*, decidió morderse la lengua.

El *broonie*, Glais, gruñó algo, y siguió doblando la ropa por un largo rato, farfullando de tanto en tanto algo como: «Qué desorden, qué desorden...».

Daniel se encontró incapaz de quitarle el ojo de encima, pues imaginaba que podría desaparecer a tan solo un parpadeo, como si fuera una ilusión.

☙

—Te ves horrible —señaló Glais más tarde, cuando a su lado ya había una torre de ropa excelentemente doblada.

—Gracias —Daniel sonrió con ironía—. Me mordió un puto lobo.

—Oh, tendría que arrancarte de cuajo esa lengua tuya y pasarla por agua y jabón, tal vez eso te enseñaría a ser más respetuoso —se escandalizó, alzando los brazos al aire.

Quillan gruñó una advertencia ante la brusquedad de Glais. El broonie se enfurruñó durante un par de minutos, y cuando se calmó dijo:

—Tal vez debería echarle un ojo a eso, a menos que fuera hecho por lobos comunes.

Daniel lo pensó un momento.

—No, definitivamente no son lobos comunes.

—Si eran enviados de los dioses, deberías estar preocupado —dijo—. Son seres poderosos, superiores. Toda criatura del Otro Mundo lo es, yo incluso tengo más resistencia que tú.

—¿Qué quieres decir? —murmuró Daniel, ceñudo.

—Cualquier daño infligido por alguien o algo del Otro Mundo puede resultar letal para un simple humano —explicó Glais—. Una mordedura como esa no dañaría a tu amigo canino porque es del Otro Mundo, pero a ti...

Dejó la frase inconclusa, pero a Daniel le seguía sonando absurdo.

—Pero si ya me habían mordido antes, hace como una semana atrás —discutió.

Glais se rascó la barbilla con aire pensativo.

—¿Era profunda?

—No... No mucho, la verdad.

—Bueno, entonces no era tan mala. Pero apuesto a que esa mordida no sanó mucho, ¿a qué no?

Daniel se levantó de mala gana y se miró el tobillo, donde la marca de dientes apenas había comenzado a cerrar. Quillan se inclinó curioso y lamió la herida con cuidado. Daniel volvió a taparse el pie con el edredón y entornó la mirada.

—¿Qué debo hacer? —gruñó.

—Bueno, para empezar, podrías dejar esos malos modos y dejarme inspeccionar la herida. Luego veremos.

El chico resopló antes de estirar su brazo herido fuera de la cama. Glais dio un salto y se acercó, pero el gruñido de Quillan lo detuvo. Daniel dijo algo en un murmullo cansino y el lobo guardó sus dientes, pero no le quitó el ojo de encima.

El *broonie* se acercó con más cautela y deshizo el vendaje para poder ver la carne abierta e hinchada. La inspeccionó con cuidado desde la distancia y negó con la cabeza.

—Es una mordedura bastante fea —opinó—. Tienes mucha suerte de que esos animalejos no puedan entrar en la casa, de lo contrario...

Daniel chasqueó la lengua con un aire burlón.

—Todavía no aprenden a abrir puertas —se mofó.

Glais abrió los ojos con una tremenda incredulidad.

—¿Tu madre te ha dejado caer de la cuna cuando eras un bebé? ¡Como si una puerta fuese a detenerlos! ¡Por favor! —exclamó.

De repente, el chico sintió cómo toda la sangre se le iba de la cara hasta ponerse lívido.

—¿Ellos… pueden entrar? —musitó.

Entonces fue el turno de Glais para actuar de sobrador.

—En cualquier otro hogar, ten por seguro que sí —aseveró—. Pero, para tu buena suerte, la familia que te precede ha sido lo suficientemente inteligente como para proteger esta casa en contra de cualquier intención maligna.

—¿De verdad? —murmuró Daniel, sin poder creerlo del todo.

—Puedo sentir su energía como algo denso —asintió Glais con aire místico—. Se trata de un escudo, no me cabe dudas.

—¿Y quién de mi familia fue…?

—¡Ah, pero qué mordedura más horrenda! —Glais hizo aspavientos con las manos para desviar el tema una vez más—. Puedo ayudar a reducir los efectos de la infección y tal vez lograré que se cure con más rapidez, pero debo llevarte conmigo.

Solo porque su herida sí que parecía ser tan grave como Glais aclamaba Daniel lo dejó pasar.

—¿Contigo? ¿Adónde?

—A mi casa. Es un lugar agradable —afirmó el *broonie* con una sonrisa—. ¿Podrás caminar?

Daniel asintió con la cabeza bajo la atenta mirada del lobo.

—Puedo.

—¡Pues arriba, anda! Debemos irnos.

—Pero… —Daniel vaciló con un pie ya fuera de la cama— ¿y si nos atacan de nuevo?

—No lo harán —afirmó Glais—. Si vienen del Otro Mundo, ya deben de haberse ido. No volverán hasta dentro de unos días.

—¿Por qué?

Daniel ya estaba atando los cordones de sus Vans.
—¿Puedes escuchar y caminar al mismo tiempo? —inquirió.
—Eh... sí. —Daniel se encogió de hombros.
—Entonces te lo explico de camino.

Resultaba que la tarea de caminar y escuchar al mismo tiempo era mucho más complicada de lo que Daniel se había imaginado. Quillan, que antes de salir se había alzado junto a él como un humano, lo ayudaba a caminar con una mano en su cintura. El porqué de ese repentino control sobre la metamorfosis de su cuerpo era un misterio, a pesar de que las sospechas de Daniel residían en Mórrígan.

Las miradas que Daniel atrapó sobre ellos en el camino le parecieron incontables, pero no estaba seguro de si era por él y el estar misteriosamente encapuchado en una enorme sudadera negra, o por Quillan, o porque bajo la capucha su cabeza parecía algo deforme, teniendo en cuenta que Glais se ocultaba allí.

Le susurró en el oído durante todo el camino. Le contó que, para los dioses, atravesar de su mundo al suyo requería una gran cantidad de poder que solía dejarlos exhaustos, por eso resultaba extraño verlos caminar en el mundo de los humanos. Sin embargo, con seres como Acras y Saant era diferente; a pesar de que ellos no tenían inconveniente alguno en atravesar de un mundo al otro, no podían permanecer en él por demasiado tiempo.

Daniel preguntó por qué.

—Ellos no son como yo o cualquier otra criatura que se oculta en estos bosques —explicó Glais—. Ellos deben de haber nacido en el Otro Mundo, después de la partida de los dioses.

—¿Y eso qué tiene que ver?

—El poder de ellos, la magia con la que fueron creados, lo que los sostiene en pie, está en el Otro Mundo —susurró Glais—. Es como cuando pones un pez de agua salada a nadar en aguas dulces. La magia de este mundo no puede sostenerlos por mucho. Eventualmente, morirían.

—¿Y tú no mueres porque naciste aquí? —farfulló Daniel incrédulo.

—Mi raza tuvo su origen en este mundo —aclaró Glais—. Los primeros *broonies* caminaron aquí. Yo no podría sobrevivir en el Otro Mundo, no es donde pertenezco.

Daniel asintió, absorto en sus pensamientos. Aún le costaba entender. Entonces más tarde preguntó por qué a los dioses no les ocurría lo mismo.

—Los dioses nacieron aquí —dijo Glais—. Cuando los conflictos entre ellos empezaron, fueron los humanos quienes sufrieron las consecuencias: fueron arrastrados a la guerra y la muerte. Un grupo de ellos se alzó en contra del conflicto, y con ayuda de los gigantes del abismo, armaron una extensión de este mundo. Así, cuando las guerras acabaron, los dioses caminaron fuera de este mundo para ir al otro.

—Ambos mundos son suyos —concretó Daniel, boquiabierto.

Cuando llegaron a la bahía, donde no se veía ni un alma salvo a ellos, Glais saltó de su escondite y guio el resto del camino. Anduvieron por la costa hasta que la arena desapareció para volverse piedras. Caminaron tanto que Daniel, en su fatiga, apenas era capaz de estar de pie. Quillan, con sus brazos fuertes, lo sostenía como podía y lidiaba con sus pies torpes, que tropezaban cada tanto. De todos modos, el lobo jamás se quejó. Daniel se sintió culpable, y estaba haciendo todo lo posible para tratar de no poner tanto peso sobre Quillan y caminar por su cuenta.

Cuando las piedritas bajo sus pies dejaron de mezclarse con la tierra seca de los campos para entrelazarse con la frontera húmeda del bosque, Daniel intuyó que estaban cerca de su destino. De pronto, ya no había playa que los separase del mar, tan solo un risco por el que en algún momento se habían elevado.

El lugar le pareció familiar, y se acordó con algo de pavor de aquel ser monstruoso que él y Quillan habían visto una semana atrás, oculto en el bosque. Gimió y se quejó en voz alta, Glais le reprochó que era un llorón mientras los alentaba a meterse en el interior de la espesura. El único consuelo que Daniel sintió vino por parte de Quillan, porque al parecer el lobo estaba tan reacio a dejarse engullir por ese bosque tanto como él. Pero no había opción ahí, Daniel lo supo cuando intercambió miradas con él y vio la inquietud en sus ojos, pero había determinación en la mano sobre su cintura. Porque Quillan no estaba dispuesto a dejarlo morir.

Entonces entraron.

Daniel recordaba poco, porque para ese entonces estaba fatigado y lo único que había deseado hacer era dormir un rato. Sus ojos se habían cerrado en varias ocasiones, solo los abría porque Quillan solía darle leves sacudidas de tanto en tanto mientras susurraba su nombre.

En cierto momento, cuando cerró los ojos y volvió a abrirlos, Daniel reparó en que ya no estaban caminando, sino que yacía recostado sobre el suelo y con el brazo estirado hacia un lado. Tiritaba de frío y Glais caminaba sobre él con aire evaluativo. Volvió a dormirse por unos minutos, y cuando pudo abrir los ojos otra vez, le estaban colocando una sustancia grumosa en la mordedura.

En un alivio que lo hizo sentir ligero, Daniel se dio cuenta de que el contraste helado de la extraña sustancia contra la piel caliente de su brazo era casi milagroso. La carne dejó de latir como si fuera a explotar, y se durmió otra vez.

Aunque no por mucho.

Despertó sintiendo que algo puntiagudo y áspero atravesaba su carne lastimada. Se quejó y trató de levantarse, pero unas manos firmes lo mantuvieron quieto.

—Hay que coser la herida —explicó Glais.

Daniel sintió las lágrimas del dolor corriendo por sus mejillas y miró a Quillan. Sus expresiones faciales no acostumbraban a ser un libro abierto, pero Daniel pudo jurar que vio algo en su mirada; el mismo sentimiento que había visto cuando estaba en la bañera ese mismo día, pero diferente. Quillan le sostuvo la mirada, algo turbado por el dolor de Daniel, mientras veía cómo el grueso hilo se cerraba en torno a su piel.

Daniel lloriqueó otro poco, y cuando Glais terminó, su cara estaba empapada. «Eres un débil», le dijo una voz en su cabeza, pero, honestamente, que le jodieran a eso.

Se miró el brazo: la mordedura estaba cerrada y cubierta de ese ungüento verdoso y feo. Pero al menos se sentía mejor.

Solo entonces fue capaz de oír el murmullo escandaloso del río junto al que estaban, y poco a poco fue volviendo en sus cinco sentidos. Vio que Glais estaba limpiando sus manitas en el agua helada.

—¿Mejor? —preguntó.

Daniel asintió, volviendo a esconderse en su sudadera gigante, y miró a su alrededor como si fuera la primera vez. El

bosque estaba cubierto en su plenitud de un verde opaco y
ciertamente triste por la temporada.

—Sí… eh, ¡gracias!

El *broonie* lució conforme. Quillan también asintió con aire
solemne para mostrar su gratitud, como si lo que quisiera decir
no fuera capaz de ser explicado en palabras. Glais aceptó el
gesto con una reverencia.

—¿Estamos cerca de las montañas? —preguntó Daniel,
contemplando a su alrededor, y se sintió decepcionado al ver
que no había nada mágico ahí, salvo Glais y Quillan.

—Oh, no están tan lejos —dijo—. Y siguiendo el camino hacia
allá, está el santuario.

Daniel arrugó la nariz.

—¿Santuario?

—Donde habita el padre de todo, Cernunnos —explicó—. Él
es el padre de los primeros dioses y creador de toda criatura viva
que habita este mundo. Salvo, tal vez, ustedes, los humanos.

—¿Y él es… bueno? —murmuró Daniel incómodo.

—¿Bueno? Eso supongo. —El broonie encogió sus pequeños
hombros—. Nunca tuve intención de visitarlo personalmente, a
pesar de que nací bajo sus dominios.

Daniel ya estaba ideando un plan en su cabeza, pero Glais
pareció darse cuenta.

—Ni lo intentes, muchacho —advirtió—, es una causa
perdida. Ningún humano tiene permitido el paso.

—Pero la gente camina por estos bosques —dijo
escéptico—, alguien debería haberse cruzado con esos dominios
de los que hablas. La gente hablaría de algo extraño aquí.

—Salvo que no lo hacen, no realmente —señaló Glais con
tono de sabelotodo—. Los dominios de El Padre de Todo están

protegidos, ningún humano o ser no deseado podría encontrarlo porque no es visible para ellos. Tú solo verías una porción más de este extenso bosque.

—¿Es algo así como invisible? —preguntó Daniel asombrado.

—Algo así.

—¿Pero la gente no choca con eso? ¿Es como una barrera?

—¿No te cansas de hacer preguntas? —bufó el *broonie*.

—No lo hace —musitó Quillan con aire sombrío a sus espaldas.

Daniel lo miró ceñudo y no le dio un golpe solo porque su brazo estaba malo.

—En fin… ¿Ya puedo volver a casa? —preguntó.

—Oh, claro. Ve, seguro que tu amigo lobo sabe el camino hasta la costa. No está muy lejos. Escucha las olas.

—Yo… Gracias, otra vez —farfulló Daniel mientras hacía el esfuerzo de levantarse con ayuda de Quillan.

—Si de verdad estás agradecido, deja preparado en tu habitación un par de galletas y miel —convino Glais de buen humor—. Pasaré por la noche y, de paso, terminaré de limpiar ese chiquero que llamas cuarto.

—¿Podré seguir preguntando? —dijo Daniel.

—¿No lo acabas de hacer? Anda, ve a casa.

Caminó ayudado por Quillan, aunque ya se encontraba mejor.

De vuelta, las miradas en el pueblo no se hicieron esperar, pero llegaron rápido a la casa, donde no había nadie.

Tal como pidió Glais, por la noche Daniel preparó un plato de galletas dulces que compró en la panadería y un tarrito de miel que guardaban en la alacena. Y esperó, deseoso de que Glais volviera para explicarle más sobre ese mundo nuevo que ansiaba conocer.

13
LA IGNORANCIA Y LA FELICIDAD VAN DE LA MANO

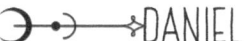DANIEL

Pensó que Quillan era demasiado odioso cuando estaba preocupado. No se lo dijo, pero esperaba que el haber tenido que empujarlo lejos de él por onceava vez en esa noche le hiciera llegar el mensaje de alguna manera.

El lobo —porque le gustaba pasearse como lobo por su habitación ahora que podía, y él lo respetaba, pero no negaría que extrañaba un poco su lado humano y malhumorado— se le acercaba, se paraba sobre sus patas traseras y olfateaba con brío la costura de su herida. Y a pesar de que gracias al ungüento de Glais, el *broonie* que se había presentado en su habitación esa tarde y ayudado —Daniel estaba muy seguro de que solo era un duende con un serio problema con la limpieza—, la infección había cedido, todavía le dolía el brazo, y Quillan no dejaba de meter el hocico... Literalmente.

Estaba sentado, tenía al pequeño televisor encendido y la vieja consola andando con uno de sus videojuegos favoritos, para matar el tiempo. También tenía unos cuantos paquetes de comida chatarra abiertos y desparramados a su lado, por si le daba hambre de a ratos, y una tableta de Ibuprofeno en caso de que la fiebre volviera a subir.

Tenía que esperar a que Glais volviera para explicarle, sin ninguna amenaza de muerte en los ojos, un poco más sobre ese mundo tan irreal que había afuera de aquellas cuatro paredes, y él no pensaba dejar escapar una oportunidad como esa; por lo que, fiel a su palabra, le preparó la bolsa de galletas junto a un tarro de miel.

Daniel estaba metido de lleno en su juego; su barra de vida había quedado al límite, pero la de su oponente estaba igual, y faltaba poquísimo para poder asesinarlo, tanto que, si le asestaba un buen golpe, él...

Quillan saltó sobre la cama con destreza. Daniel lo sintió aterrizar, inestabilizar toda su zona de juego y moverse peligrosamente a sus espaldas. Ladeó un poco el rostro, sin quitar sus ojos de la pantalla, y abrió la boca para advertirle, pero el lobo ya estaba ahí, metiendo su cabezota por debajo de su brazo sano para llamar su atención. El joystick se le resbaló de las manos, y Daniel dio un gritito ahogado cuando vio cómo a su avatar le arrebataban la columna vertebral a la dramática y profunda explicación de «¡fatality!». Daniel lloriqueó, echando la cabeza hacia atrás mientras, una vez más, volvía a empujar a Quillan bien lejos de él.

—¡Por favor, Quillan! —dijo en voz baja, porque no quería que sus padres, que todavía estaban despiertos, lo oyeran—. Te juro, por lo que más quieras, que mi brazo y mi persona están perfectos y no hay nada de lo que tú debas preocuparte.

El lobo lo miró fijamente. Daniel le sostuvo la mirada, aparentando firmeza. No sabía si le entendía en esa forma, pero creía que sí, al menos un poco. Por lo menos parecía escucharlo, pero que lo escuchase no significaba que le haría caso, porque Quillan volvió a tratar de acercarse.

—¡Quillan! —resopló con cansancio.

—De verdad que no le importa lo que digas, ¿eh?

La voz los tomó por sorpresa.

Glais estaba sentado al borde de su escritorio. Sus pequeños pies colgaban en el vacío mientras limpiaba las migas de una galleta que se había zampado con gusto.

—¿Cómo demon… hiciste —corrigió de inmediato cuando Glais le dio una mirada severa— para entrar sin que te viéramos?

—Pues como lo hago siempre. —Glais se levantó para echarle miel a otra galleta.

—¿Y se supone que eso debe aclararme algo? —Daniel no daba crédito a lo que había escuchado.

—Es un privilegio que solo criaturas como yo tienen —aseveró Glais con altivez mientras roía la galleta—. Para movernos sin ser vistos, usamos lo que comúnmente se conoce como «otro plano», ¿sabes lo que es eso o debo hacerte dibujitos para que entiendas?

—Bueno, como no es algo que enseñan comúnmente en las escuelas, adelante, ilumíname —replicó Daniel con sarcasmo.

Glais acomodó los pliegues del cuello de su camisa y se aclaró la garganta.

—Puedes ver al otro plano como una versión de este mundo por la que los humanos no caminan ni ven —murmuró—. Nosotros podemos desplazarnos por él a gusto, y es la manera en la que muchas otras criaturas viven y se instalan dentro de las casas humanas, donde la mayor parte de las veces se convive sin inconvenientes.

—¿Es algo así como otra dimensión?

—¿No me estás escuchando? ¡Otra dimensión no, otro plano!

—¡Shhh! ¡Habla bajo o te oirá mi familia! —susurró Daniel escandalizado antes de apresurarse a subir un poco el volumen de su televisor. La constante melodía del juego resonó con fuerza en el cuarto. El chico creyó que eso serviría—. Y es lo mismo, de todos modos —añadió por lo bajo.

Glais chasqueó la lengua y puso los ojos en blanco.

—Como tú digas, niño tonto.

—Hoy temprano me dijiste que eras amigo de un familiar —se atrevió a mencionar con un tono sugestivo mientras, por el rabillo del ojo, veía cómo Quillan daba vueltas en círculos hasta echarse a su costado.

—Lo recuerdo.

Hubo un segundo de silencio y Daniel levantó una ceja.

—¿No dirás nada o debería empezar a descartar familiares? Mi familia no es tan grande, Glais.

—¡Cuidado con cómo me hablas!

Ese era un tema que había dado vueltas por su cabeza apenas Glais se lo había mencionado. Le parecía casi imposible pensar que alguien de su familia estuviera involucrado con criaturas como él; pero, de nuevo, Daniel ni siquiera conocía a esas criaturas... Apenas conocía a Glais, en realidad.

Se quedó quieto y a la espera de una respuesta, pero el broonie mantuvo sus labios sellados con obstinación. Daniel suspiró y levantó una mano, mientras que con la otra empezaba a contar sus dedos.

—Primero están mis padres, a los que voy descartando porque no hay manera de que sean ellos. —Glais lo miró de reojo—. Luego, pienso en mi abuelo del lado paterno, porque es el único que sigue en pie, pero no sé nada de él desde hace varios años, y bien podría estar muerto por ahí. Mi padre no tiene hermanos, así que vamos con los hermanos de mi madre. La tía Beth… —se detuvo, porque apenas el nombre se le escapó de los labios todo pareció tener sentido.

Su tía Beth, que le cantaba canciones paganas con entusiasmo, consentía cualquier disparate fantástico y le contaba los cuentos más raros y folclóricos. Se le dibujó una amplia sonrisa en la cara y miró a Glais con la alegría de un niño que acaba de ganar un juego.

—¡Es la tía Beth, ¿verdad?! —dijo, levantándose de su lugar como si tuviera un resorte—. Tiene que ser ella, solo ella puede saber de todas estas cosas, y…

Y, sin embargo, algo no terminaba por cerrarle. Las dudas nunca se le resolvían con tanta facilidad, lo que era un poco triste de tan solo decir.

Glais negó lentamente con la cabeza, bajando los hombros con resignación.

—Hace años que no puedo ver a la dulce Beth —reconoció, con sus pequeños ojos de roedor brillando con la nostalgia de lo que parecían cálidas memorias—. Era demasiado sensible a un mundo que no le pertenecía.

Daniel frunció el ceño.

—¿A qué te refieres? Es ella, ¿no?

—No.

—Entonces ¿quién? La única persona que me queda es…

—Tu tío Harris es una buena persona.

Silencio.

—¿Es… Harris?

—Sin dudas.

¿El tío Harris? ¿Su tío Harris? ¿Ese Harris? Daniel jamás lo conoció y estaba seguro de que el hombre tampoco a él. Su tío no era nada más que una persona de la que había oído hablar y a la que había mirado con simpatía, pero no lo conocía en absoluto.

—¿Por qué Harris se preocuparía por nosotros, de todos modos?

—En realidad, no fue a tus hermanos y a ti a quienes me pidió cuidar —admitió Glais, y por primera vez se veía un poco apenado de sus palabras—. Harris me solicitó echar un ojo a tu madre. Estaba preocupado por ella, siempre la consideró un poco... expuesta a mi mundo. Ella era tan sensible como Beth.

Daniel parpadeó un poco atontado.

—¿Expuesta? —musitó. Quillan, que pareció sentir que algo andaba mal, levantó la cabeza para dejarla sobre su regazo, con sus amplios ojos puestos en él. Daniel pasó una mano por su pelaje e hizo una mueca—. Entonces ¿mamá sabe de todas estas cosas? ¿De... ti?

Por alguna razón, la respuesta era de temer.

—No —negó Glais. Daniel respiró aliviado—. Tu madre es feliz en la ignorancia, y así debe ser. Así debe continuar; en los tiempos que corren, la ignorancia y la felicidad son dos cosas que van de la mano. —Glais se sacudió las migas de las manos y la ropa—. Yo solía venir por ella, pero me quedé por ustedes.

Su boca se abrió y trató de preguntar, porque no lo entendía y quería hacerlo; abarcarlo todo y comerse al mundo de un bocado, porque así era él, no podía lidiar con pedazos pequeños. El solo poder ver la mitad de las cosas lo sacaba de quicio y el que otras personas dentro de su propio círculo fuesen conscientes de todo lo que él no le molestaba demasiado. Lo hacía sentir un estúpido y un ignorante, y estaba seguro de que lo era, porque entendía que no podía saberlo todo. Pero él no lo quería todo, él solo necesitaba lo suficiente. Sabría cuándo decir «basta».

—Dices que estabas para cuidar a mi madre… —No pudo controlar el tono de escepticismo—. Pero ¿cuidarla de qué? ¿Por qué ella?

El *broonie* frunció el entrecejo.

—Pues estas cosas deberías hablarlas con tu tío. Y mejor ve bajando esos aires cuando te diriges hacia mí —refunfuñó, sacudiendo la cabeza y dejando sus brazos en forma de jarra—, yo solo hago un bondadoso favor aquí, muchachito.

—Yo… Lo siento —agregó Daniel en voz baja, mirando cómo el lobo negro se ponía a mordisquear sus dedos por mero entretenimiento—. Es que no me gustan las respuestas a medias.

—Puedo respetar una mente hambrienta —convino Glais—, pero no a un tragón, por lo que ¡contrólate! —Daniel pasó saliva y asintió—. Bien. Si no me equivoco, es una condición familiar, una especie de sensibilidad o conexión. Solo Harris podría explicártelo con precisión.

—¿Y la tía Beth?

—Oh, Beth… Pobrecita —Glais suspiró—. Podrías preguntarle sobre cualquier otra cosa y ella sabría señalártelo, desde dónde se esconde un comilón, cómo engañar y amansar a un *puca*, y no temerá en enseñarte a hablar con los muertos, pero ya no podrás pedirle que lo haga ella misma.

Daniel arrugó la nariz y resopló una risa.

—¿Un Puca? —Se imaginó a la famosa caricatura de nombre similar corriendo por los bosques con Glais, lo que, sin dudas, le pareció gracioso—. ¿Y también habla con Garu? —bromeó.

Glais se arrugó como una pasa de uva, tomó la bolsa de galletas ya vacía, la aplastó hasta hacerla una bola e intentó tirársela por la cabeza, pero esta apenas llegó a alcanzar un par de centímetros de distancia antes de caer penosamente al suelo.

—¡No debes bromear con este tipo de cosas! ¡Mocoso!

—¡Está bien, está bien! —se apresuró a decir, levantando las manos al aire con culpabilidad—. No lo volveré a hacer, ¿sí?

Glais refunfuñó y asintió con sequedad. Daniel suspiró.

—¿Por qué la tía Beth ya no puede hacer todas esas cosas que dijiste? —preguntó cuando el mal humor de Glais disminuyó.

Él sacudió la cabeza con desaprobación.

—Ella y Harris solían meterse en todo tipo de líos con todo tipo de criaturas, y un día ellos solo... se metieron con las criaturas equivocadas —suspiró Glais, se enfurruñó y rumió para sí mismo—: ¡Pero yo les advertí muy seriamente antes! Les dije: «¡Es imprudente meterse con los *sluagh*, es una tontería que no consentiré!» Pero ¿piensas que alguno de esos chiquillos me hizo caso? ¡No, en lo absoluto! ¡Nadie me escucha cuando hablo, y la pequeña Beth pagó por eso! Pobrecilla... Me ha dolido mantenerme lejos de ella tantos años, pero... Puedo comprender por qué esos fueron sus deseos luego de una experiencia tan horrenda.

—¿Está enojada contigo?

—¡No! —exclamó Glais con rotundidad, pero pronto su inquebrantable seguridad tembló. Se agarró con fuerza de uno de los bordes de su capa marrón y miró a Daniel con sus ojos abiertos con preocupación y unas repentinas lagrimitas brotando en las comisuras—. ¿Es que tú piensas que... que ella está... enojada... conmigo?

Daniel entró en pánico.

—¡No! —replicó con una amplia y tensa sonrisa—. ¡Claro que no!

El *broonie* frunció el ceño y se sorbió la nariz.

—¿Por qué diantres quieres preocuparme así entonces, muchachito idiota?

—Este… ¿Lo siento?

—¿Lo dudas? ¿Por qué dudas al disculparte? ¿Nadie te enseñó a hacerlo apropiadamente? ¿Tengo que explicártelo todo?

Daniel sacudió la cabeza con rapidez y se tropezó con sus propias palabras cuando contestó:

—¡Lo siento, no volveré a hacerlo!

Quillan, quien había estado mirando todo, meneó la cola con pereza y gruñó bajito, porque al parecer todo eso tenía su gracia y nadie se había tomado la molestia de decírselo.

Daniel le dio una mirada de odio puro.

—Así que te ríes, ¿eh? —dijo por lo bajo.

El lobo se quedó quieto. Lo miró con las orejas levantadas por varios segundos y después relajó todos sus músculos, para jadear, con lengua afuera y todo, como un cachorro bobo. Quillan se burlaba de él, vaya maravilla. Daniel negó con una sonrisa y se volvió a echarle un vistazo a Glais.

—¿Acaso quiero saber qué es un *sluagh*?

—Probablemente, no —Glais se estremeció de pies a cabeza—, pero nunca está de más advertir al incauto. Un *sluagh* es un ser horripilante con un incontrolable apetito por almas humanas. Una vez que te tiene en la mira, es casi imposible eludirlo, y créeme cuando digo que la muerte más dolorosa es de las mejores experiencias en comparación con ser la presa de una de esas… cosas.

Daniel asintió, algo incómodo por cómo la charla había escalado tan rápido a algo tan oscuro.

—Está bien, entonces lo pondré en mi lista de bichos con los que no pienso cruzarme. Anotado —murmuró para sí mismo.

—Por lo que —continuó Glais, tras soltar un suspiro pesaroso— mi pobre Beth decidió alejarse de este mundo oculto y aislarse de él para permanecer fuera de los radares de aquellos seres espantosos. Su casa está protegida por un filtro que no permite el paso a nadie que sea como yo, y creo recordar que se ponía bastante irascible cuando uno de nosotros trataba de acercarse a hablar con ella.

—¿Entonces no puedo preguntarle nada a ella? —inquirió.

—Yo no te dejaría —aseguró el broonie con el ceño fruncido—. Mi pobre Beth ha visto y vivido lo suficiente, por eso respetaré sus deseos de mantenerse alejada de esto, aunque me rompa el corazón.

—Está bien —aceptó Daniel, a pesar de que se moría de ganas de preguntarle—, nada de nada a la tía Beth.

—Nada de nada —repitió Glais, asintiendo repetidas veces antes de continuar murmurando para sí mismo—: Pobrecilla, pero si me hubiera escuchado... Pero, claro, a mí nadie me escucha. Nadie escucha a Glais...

—Yo te escucho —replicó Daniel.

La ignorancia y la felicidad iban de la mano. Al carajo con eso.

14

EL AUGURIO QUE LLEVAN LAS URRACAS

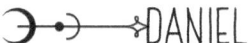DANIEL

Le sonrió de mala gana al cliente que acababa de hacer la compra de un bonito y exuberante ramo de rosas rojas. El hombre se la devolvió por cortesía y le tendió el dinero, farfulló un suave «gracias», y guardó todo en la caja.

Mientras el cliente abandonaba el local, Daniel tanteó sus bolsillos y sacó su teléfono para mirar la hora. La pantalla le enseñó que eran las 13:03 p. m. y que tenía un mensaje de Ross. Le tecleó a su amiga una vaga respuesta y empezó a cerrar el negocio.

Sus padres se habían puesto de acuerdo en que, si no tenía intención de buscar un trabajo o seguir con sus estudios, debía tomar turnos en el negocio de la familia y ayudar. En realidad, se lo esperaba, solo que sus padres no podrían haberlo decidido en un peor momento. Tampoco estaba muy sorprendido, para él ya era usual que las cosas nunca le salieran como quería.

Guardó algunas macetas en el invernadero de cristal que tenían en la parte de atrás, aquel por el que su madre había implorado tener hacía veinticinco años. Su padre les había dicho a él y a sus hermanos que esa era una de las tantas razones por la cual habían decidido abrir esa floristería hacía tanto tiempo. Daniel siempre había encontrado mágico ese pequeño invernadero. Cuando apenas eran él y Evan, su madre solía llevarlos con ella al trabajo. Mientras Evan jugaba, su padre atendía el mostrador, y Daniel se internaba en ese invernadero con su madre y cuidaba de las flores. Las plantaba, las regaba, las curaba si debía y las cuidaba. Daniel tenía buena mano para todo lo relacionado con la jardinería, sabía cuál era tierra fértil y cuál no, también sabía distinguir si una planta tenía o no salvación luego de haber sido descuidada por mucho tiempo.

Su madre admiraba ese amor por la jardinería que, según ella, había heredado. Él no estaba seguro de que amara la botánica, simplemente se le daba bien y ya. Sin embargo, Daniel meditó que, en realidad, disfrutaba bastante de su tiempo a solas en la floristería. Estaba acostumbrado a tener siempre a alguien a quien cuidar, ya fuesen sus hermanos o Quillan. Las flores no eran tan diferentes; lo necesitaban, y una parte de él amaba ese sentimiento.

Daniel se apresuró a guardar y organizar todo cuando reparó en lo aterrador de aquella certeza. Además, estaba ansioso por volver a casa.

Desde hacía mucho tiempo que era incapaz de abandonar ese estado de alerta constante, temía salir a la calle y toparse con aquellos lobos o algún dios loco de la guerra. Aún peor era el miedo de llegar y encontrarse a todos muertos y masacrados, como la manada de Quillan.

Ambos cuervos aún custodiaban obstinadamente su hogar al menos una vez a la semana, a veces dos, pero no más. Daniel había estado manteniendo control sobre ellos, y supuso que ese sería el máximo de tiempo que podrían quedarse. Él estaba seguro de que, al igual que los dos lobos, aquellas dos aves provenían del Otro Mundo y que, por esa razón, nunca se quedaban demasiado. De todas formas, Daniel se lo preguntó a Glais, solo para estar seguro, y aunque este le aseguró que no tenía mucha idea sobre eso —ya que los conceptos de los dioses no era algo que las criaturas ocultas en el mundo humano tuvieran muy presente desde lo que él, con demasiado misticismo, llamaba «la partida de los dioses»—, se inclinó a pensar que él podría tener razón.

Así que, exceptuando a los cuervos, nada más había vuelto a ocurrir luego de su último encuentro con los lobos Acras y Saant.

Ante el recuerdo de ambos animales, Daniel se llevó una mano al brazo, donde escondía la fea cicatriz de una mordedura de tres semanas y media. Pero entonces también recordó a Quillan y que había permanecido a su lado en el proceso que había llevado el curar la herida. Glais le había preparado ese mejunje extraño con plantas y hierbas cuyos nombres no le sonaban ni un poco —y lo decía él, que había crecido entre plantas—, para que pudiera seguir curándose él mismo aplicando la sustancia en sus puntos de sutura. Para su buena suerte, hacía menos de una semana, el *broonie* había vuelto a aparecer otra vez para quitárselos.

De algún modo, Glais se había ganado el respeto de Quillan. A Daniel también había empezado a tratarlo de forma diferente. Durante los últimos días, el lobo se había vuelto más manso, había dejado de resistirse. En algún momento, en una palabra, en una mirada, en un sentimiento... Daniel no sabía cómo ni cuándo, pero había cambiado. Algo los había vuelto más unidos, más cómodos. Era fácil estar uno al lado del otro, hablar, comunicarse y adaptarse.

La lealtad de una criatura salvaje y la simpatía de un hombre lo cambiaban todo.

Así pues, sin querer, Quillan se había vuelto otro motivo para querer volver lo más rápido posible a su casa. El paso de los días lo hizo descubrir que el lobo era en realidad muy buena compañía ahora que ambos parecían caerse más en gracia. Debajo de ese rostro hosco y esa actitud malhumorada existía alguien bastante astuto y de buen humor. Daniel descubrió que el lobo fingía no soportarlo, porque una vez lo atrapó sonriendo ante una de sus bobadas habituales, y en ese momento supo que lo había desenmascarado.

Por supuesto, Quillan se hizo el desentendido, pero a Daniel no le importó.

Se apresuró a salir del local, no sin antes cerrar todo adecuadamente, y caminó por las calles de la zona céntrica. No había mucha gente dando vueltas a esa hora, eso aumentaba su paranoia.

El día era bello y tranquilo, el sol brillaba en una tarde despejada. Daniel se obligó a ir más despacio y a relajarse, porque, si seguía de esa manera, moriría joven, pero de un ataque cardíaco.

Cuando llegó, se deshizo de su cazadora y caminó hasta la cocina, donde su padre preparaba algo de comer y su madre se encargaba de ayudar colocando la mesa.

—Hola.

—Daniel, ¿cómo estuvo tu día? —preguntó Anna. Sus ojos grises se desviaron para verlo.

—Bueno, el señor Haurbor piensa que va a reconquistar a su esposa con un ramo de rosas —comentó él con rapidez—. Pobre diablo; si yo fuese ella, le metería ese ramo por el... —Su madre le dio una mirada de advertencia y Daniel se lo pensó mejor—... Por donde le quepa, y luego le cerraría la puerta en la cara. Ah, voy a cambiarme y vuelvo.

—¡La comida ya casi está! —advirtió su padre.

Daniel no contestó, corrió hasta su habitación y abrió la puerta.

Una enorme bestia fue a su encuentro y arremetió contra él entre profundos jadeos. Daniel lo recibió entre sus brazos de buen agrado.

No mentiría, seguía algo inquieto y sorprendido respecto a Quillan. No era solo el hecho de que en el transcurso de las semanas parecía haber establecido cierto control sobre sus cambios de lobo a hombre, sino también el hecho de cómo en su forma lobuna él no parecía dejar de crecer. De verdad, era jodidamente enorme. Cuando lo encontró, él solo era un lobo común, casi tan normal como un perro, y casi cinco semanas después, lucía como una bestia que, si se alzaba en sus dos patas traseras, podría sacarle casi una cabeza de altura.

Quillan levantó la mirada hacia él y Daniel tomó su enorme cabeza entre sus manos, la acarició y la movió juguetonamente. Al lobo no pareció hacerle mucha gracia, pero Quillan se había vuelto permisivo con él. El lobo le mordisqueó los dedos con cariño.

Daniel sabía que no le gustaba cuando se iba a trabajar y lo dejaba solo, lo ponía tan ansioso como a él, pero ya le había explicado que no tenía poder en esa decisión.

El joven Crane pasó a cambiarse por algo más casual, y prendió la pequeña radio que tenía sobre su mesa de luz. Resultaba más para precaución que otra cosa, porque su mamá ya lo había escuchado hablar con alguien en su habitación una vez, y una radio encendida podría opacar sus voces. El coro de *Thunderstruck* de AC/DC inundó su habitación. A Quillan no le gustó, como esperaba.

Daniel empezó a bailar, agitando su cabeza al ritmo de la música y cantando la letra de la canción mientras buscaba algo para ponerse en una de sus cajoneras.

El lobo lo miró por un instante antes de echarse hacia atrás y, de repente, como si naciera de entre su oscuro pelaje, era humano otra vez. Sí, con ropa y todo. Sus transformaciones le resultaban confusas e irracionales, pero intentaba acordarse de que estaban tratando con magia y dioses, no podía esperar algo lógico de todo eso. Tenía la teoría de que el lobo y el humano no cumplían enteramente una metamorfosis, sino que eran dos cuerpos independientes uno del otro. Pero entonces, si el lobo se lastimaba, el humano también, y la teoría perdía algo de sentido.

—Voy a comer ahora. Vuelvo en un rato y te traigo algo, ¿sí?

Quillan gruñó de acuerdo. Daniel frunció el ceño mientras lo veía ir y tirarse en la cama de espaldas, doblando su brazo derecho justo sobre sus ojos para tapar la luz que entraba por la ventana. Era desconcertante que, como lobo, Quillan fuera más afable, amistoso y cariñoso, pero cuando cambiaba a humano, se transformara en ese ser apático y gruñón. De todos modos, a Daniel le agradaba. A veces.

—Eres más agradable de la otra forma —dijo, siguiendo el hilo de sus pensamientos, mientras se colocaba una camiseta roja.

El hombre lo miró de soslayo por debajo de su brazo.

—Entonces me quedaré así.

Daniel soltó una risa falsa y Quillan sonrió casi imperceptible.

—Muérdeme —resopló el chico, y Quillan se enderezó de golpe con sus cejas alzadas ante tal extraña petición. Daniel puso los ojos en blanco—. ¡Es una expresión!

Daniel dejó toda su ropa en el suelo y abandonó la habitación para volver a la cocina, donde sus padres, Katherine y Evan estaban sentados a la mesa, con un plato de comida caliente frente a ellos. Había un lugar vacío esperándolo.

A lo largo del almuerzo, Kit comentó con alegría sobre su día en la escuela, mientras que Evan solo mencionó algo sobre una buena calificación en Geografía. No era como si su hermano siempre hubiese sido muy comunicativo; de pequeño había sido sensible y tímido a comparación de Daniel, que había sido un torbellino que no tenía problemas en decir a voces lo que pensaba. Evan evadía todo aquello que pudiese afectarlo emocionalmente, y Daniel, por otro lado, lo enfrentaba. Tal vez por eso su hermano siempre hacía lo posible por ignorar todo lo que estuviese relacionado con Quillan.

—Anya y yo queríamos ir a jugar a la playa hoy, donde están las caracolas —dijo Kit de repente, sacándolo de sus pensamientos.

Su madre se limpió los labios con una servilleta antes de declarar:

—Daniel puede llevarlas hoy.

Normalmente él no tendría ningún inconveniente, pero...

—No, no puedo —negó mientras cortaba un pedazo de carne en su plato. Su padre había cocinado estofado.

—¿Qué te tiene ocupado? —Su madre se inclinó sobre la mesa para mirarlo.

—Sí, ¿qué será? —bufó Evan por lo bajo. Daniel lo miró mal antes de responder:

—Solo... estaba pensando en aprovechar mi tarde para descansar un poco, leer algo y...

—Nada que no hagas todas las tardes —replicó su padre con la boca llena.

Daniel lo miró, sintiendo que el odio arañaba debajo de su piel.

—¡Por favor! Nos portaremos bien, de verdad —imploró su hermana, juntando las manos a modo de súplica y haciendo puchero.

Él se hundió más en su silla, dejando los cubiertos sobre la mesa. Ya no tenía apetito.

—¿Y si te lleva Evan? ¡O Rae! —ofreció como última esperanza.

—Huh, huh —Evan meneó la cabeza—, ni hablar, tengo tarea; por ende, Rae también tiene tarea.

—Tarea —farfulló Daniel—, qué conveniente.

—La llevas tú, Daniel —finalizó su madre con rotundidad.

El chico soltó un suspiro dramático que dejaba en claro su disconformidad, solo por si su familia no lo había notado. Odiaba cuando todos parecían complotarse solo para incordiar su vida.

—Esto parece una tiranía —se quejó—. Bien, a las tres vamos a buscar a Anya. —Su hermana sonrió, radiante. Luego Daniel les dirigió una mala mirada a sus padres—. ¿Puedo usar la camioneta hoy? Al menos denme eso, por favor.

Ninguno de los dos tuvo problemas ante esa petición; no les molestaría caminar a cambio de que, más tarde, Daniel fuese a recogerlos.

Cerca de las dos de la tarde, sus padres se levantaron de la mesa y salieron para hacer el turno correspondiente en la florería, mientras que Daniel y Evan se quedaron para recoger los platos sucios y lavarlos. Kit desapareció en su habitación, alegando que debía preparar sus cosas, de modo que ambos hermanos se quedaron en un incómodo silencio.

—Él sigue aquí, ¿no? —preguntó Evan al final mientras secaba los trastes que Daniel iba dejando.

Le lanzó una mirada de reojo. Parecía muy concentrado en su tarea, fingía que no le importaba cuando, en realidad, lo hacía. Por supuesto que lo hacía.

—Sí, sigue aquí, pero creo que ya lo sabías, por tu comentario anterior.

Su hermano lo ignoró.

—¿Y hubo dioses y esas cosas?

Se estaba burlando.

—Algo —respondió Daniel con el mismo tonito, porque no tenía ganas de lidiar con él—. Nada muy importante por el momento.

No hablaron más allá de eso, porque no quería alterar la poca estabilidad de Evan, incluso si eso podía resultar divertido. Con un poco de nostalgia, recordaron los años en los que habían sido tan unidos y por los que su madre ahora tanto rezaba para que volvieran. Entonces, se preguntaron qué había cambiado tanto. Probablemente, ellos.

Al terminar, Daniel volvió a calentar las sobras que habían quedado, las sirvió en un plato y lo llevó hasta su habitación para Quillan. Cuando entró, esperaba encontrarlo en su forma humana, pero solo vio a un enorme lobo dormitando sobre su cama. Cerró la puerta con llave y dejó el plato sobre su mesita de luz antes de lanzarse junto al animal. Quillan lo miró con curiosidad mientras lo dejaba acariciar su oreja izquierda.

—Esta tarde me tengo que ir, llevaré a Kit y su amiga a dar un paseo. —El lobo se arrastró sobre su estómago, para estar más cerca, y gimoteó por lo bajo—. No puedo quedarme, por poco y ponen un arma en mi cabeza para que fuese. —El muchacho cerró los ojos y suspiró con resignación. El lobo gruñó y, de repente, haciéndole abrir los ojos, el Quillan humano era quien estaba a su lado, haciendo que su corazón sufriera irregularidades en su ritmo—. ¡Dios! ¡Por favor, deja de hacer eso!

El hombre no se inmutó por las palabras del chico, solo lo miró con una solemnidad que le quitó el aliento. Su cuerpo se tensó inevitablemente, pero hizo lo posible por fingir que la cercanía le era indiferente.

—Es peligroso.

—¿Crees que no sé eso?

—No puedes ir.

—Pero debo, ¿sí? Con algo de suerte, solo será por un rato y volveremos lo más rápido posible —comentó Daniel al tiempo que dejaba caer su brazo sobre sus ojos, haciendo un esfuerzo por quitarle algo de hierro al asunto.

—Entonces yo voy.

Daniel descubrió uno de sus ojos y lo miró con una mueca.

—¿Qué? ¡No! Tú mismo lo dijiste, es peligroso salir —rebatió enderezándose repentinamente por el silencio obstinado con el que Quillan respondió—. No puedes.

—Eh, sí, estoy bastante seguro de que puedo —replicó él.

Daniel lo miró mal.

—Qué gracioso. Y no, es peligroso, no sé si todavía no has captado el significado de esa palabra aún —replicó sarcástico—. Además, estás más seguro aquí. Cada vez que sales, algo se me tira al cuello.

—Solo pasó una vez. Y eres como yo con eso, los problemas.

—Eso es mentira, y lo sabes —bufó Daniel, pasando una mano por su cabello castaño con pesadez.

—Yo nunca miento —se defendió Quillan, indignado—. Y yo te puedo defender, a ti y a Kit. Soy fuerte.

Daniel sonrió con ironía.

—Engreído.

Miró de reojo al lobo: lucía expectante y determinado, listo para seguir discutiendo al respecto. Finalmente, tras evaluar sus posibilidades de victoria, solo pudo suspirar con dramatismo. Quillan era, por sobre todas las cosas, extremadamente obstinado. Si le decía que no, el lobo lo seguiría, y si intentaba detenerlo usando fuerza física… Bueno, Daniel no deseaba llegar a ese punto.

—Bien, como quieras, pero si algo llega a ocurrir, te juro que te voy a despellejar y este invierno me acompañará un lindo y agradable abrigo de piel de lobo.

Quillan esbozó una sonrisa demoledora, arrugando la nariz. Fue sorprendente, porque ese simple gesto le quitó años de encima, y Daniel se dio cuenta de que llevaba los ojos fogosos de un soñador. Fue como si le hubieran asestado un golpe en el estómago. Nunca lo había visto tan risueño… Y Daniel fue incapaz de sonreírle en respuesta, aunque con cansancio.

—Quiero ver que lo intentes —le dijo, y la sonrisa del chico se ensanchó más.

—Sería interesante, sí —admitió con cautela—. Me gustan los retos.

—Eso explica mucho.

Daniel tardó unos segundos en percatarse de lo que estaba pasando. Se levantó y pasó una mano por su cabello, tirando de él hasta que dolió.

—Le diré a Kit que nuestro amigo Quillan ha venido a visitarnos.

Se dirigieron primero a la casa de Anya, debían pasar a buscarla. Kit había estado feliz de ver a Quillan otra vez, y en la mitad del camino ella se encargó de explicarle adónde iban y por qué. Las niñas adoraban recolectar caracolas y, normalmente, debían caminar un largo tramo de la costa para poder dar con una cantidad aceptable de estas, ambas poseían un ojo muy crítico al respecto. Tenían una colección de las más bonitas guardadas en una caja, como si fuera un tesoro. El lobo preguntó qué era exactamente un tesoro y su hermana estuvo encantada de la vida de poder explicarle. Quillan le sonrió con calidez tras su ferviente exposición.

Daniel se quedó mirándolos un momento por el espejo retrovisor con una sonrisa tirando de su mejilla izquierda.

—Daniel —llamó ella de repente.

—¿Sí?

—¿Por qué ya no quieres llevarme a mí y a Anya a la playa?

Daniel parpadeó, un poco aturdido por la pregunta. Soltó una risa que se escuchó más, como una exhalación nerviosa.

—¿Por qué crees que ya no quiero llevarlas?

—Hoy en la mesa te veías muy molesto. Además, ya no juegas conmigo como lo hacías antes. Siempre estás encerrado o trabajando.

El chico suspiró, sintiendo sobre él no solo la mirada de su hermana, sino también la del lobo.

—A veces... la gente pasa por tiempos difíciles, ¿sabes? Estas cosas no siempre se pueden ver —aseguró despacio.

—¿Por qué no se pueden ver?

—Porque mayormente todo está en la cabeza de una persona. Y a veces siento que… necesito estar solo para poder atravesar esto, es mejor así.

Daniel no estaba mintiendo del todo, Quillan y los dioses no eran el único problema que acechaba a su estabilidad emocional.

—Pero no estás solo: me tienes a mí, a Evan, a mamá y…

—Es más complicado de lo que parece —la interrumpió Daniel—. Lo entenderás cuando crezcas.

Kit resopló y se echó en el asiento trasero con los brazos cruzados.

—Odio eso. Puedo entender ahora, no soy idiota.

—Yo lo odiaba también siempre que me lo decían, pero… Créeme que sé de lo que hablo, ya verás. Algún día me darás la razón —Daniel sonrió mientras la veía por el espejo. Tiró una mano hasta los asientos traseros y le dio dos golpecitos en la rodilla para llamar su atención—. Pero, oye, ahora yo te daré la razón en algo, ¿sí? Es cierto lo que dices, todavía te tengo a ti. —Por el rabillo del ojo vio cómo Quillan le daba su mejor cara de perrito mojado—. Y a ti también, grandote.

Al llegar, Anya ya los estaba esperando sentada en el minúsculo porche. Todos bajaron de la camioneta y Kit corrió al encuentro de su mejor amiga. Se abrazaron con euforia. De la niña pelirroja colgaba una bolsa azul y vieja. Daniel la conocía, por supuesto; después de tantas búsquedas del tesoro, ¿cómo no iba a reconocer la vieja cartera donde guardaban las caracolas?

Anya no se molestó en ocultar su sorpresa al ver a Quillan, y enseguida le susurró algo a Katherine.

—Muy bien, pequeños engendros —Daniel se frotó las manos y sonrió, interrumpiendo lo que fuera de lo que estuviesen hablando—, andando.

Caminaron un largo tramo de la playa, oyendo las olas que rugían y azotaban las rocas y la arena, además de algunas risas ocasionales de las niñas que iban más adelante, inspeccionando el terreno. Quillan no había dicho ni una sola palabra desde la conversación con su hermana en el vehículo, y a pesar de que sabía que él no era alguien de palabras, sino de gruñidos y silencios obstinados, Daniel percibió cierta inquietud en él.

Llevaban conviviendo bastante en lo que a Daniel respectaba; aprender a leer las emociones del lobo a través de los gestos más imperceptibles no había sido exactamente una opción, sino más bien una necesidad de comunicación.

—¿Estás bien? —preguntó, incapaz de quedarse callado por más tiempo, al tiempo que metía sus manos dentro de los bolsillos de su cazadora.

El lobo pareció recordar que él estaba ahí.

—Sí, solo... pensaba.

Daniel levantó las cejas, inspeccionándolo con seriedad. Sabía que Quillan era un imán para los lobos asesinos, pero confiaba en que él sabría advertirle si sentía que algo andaba mal. Confiaba en el sexto sentido animal y todo eso.

—¿Debería preocuparme?

Él sacudió la cabeza en negativa, pero se lo veía alerta.

—No.

Daniel se imaginaba que debía de estar deseando cambiar a su forma de lobo, adonde se sentía más seguro y capaz.

Al cabo de un rato, el chico se dejó caer al suelo y se sentó sobre la suave arena, junto a los juncales. Quillan lo observó con curiosidad, pero lo imitó casi de inmediato. Katherine y Anya se detuvieron al notar que ninguno de los dos las seguía, y supieron que hasta allí sería su recorrido.

—¡No se alejen demasiado! —gritó Daniel, para hacerse oír sobre el bullicio.

—¡Bueno! —respondieron las amigas al unísono, lanzando miraditas en su dirección y soltando risitas tontas, como si estuvieran tramando alguna jugarreta. Daniel levantó una ceja, intrigado, pero rápidamente le restó importancia.

Él y Quillan se quedaron allí, contemplando cómo la marea subía y bajaba. Las niñas caminaban por los alrededores en busca de más caracolas; las miraban con atención antes de decidir si valían la pena guardarlas en la bolsa o no. Daniel inspiró despacio, girando la cabeza de lado a lado con constancia, mientras que con su mano derecha golpeaba rítmicamente su muslo. La necesidad de estar seguro de que estaban solos esa tarde soleada, cuidar que nada los sorprendiera con la guardia baja… era un instinto de supervivencia, algo que le picaba bajo la piel si no le prestaba caso.

Su corazón dio un vuelco, y casi se echó a correr junto con las niñas cuando vio a dos figuras caminando en su dirección, pero se relajó enseguida. Tan solo se trataba de una pareja que estaba disfrutando de una agradable caminata. Por supuesto, era un día bonito y cálido, la costa sería el lugar al que todos les gustaría concurrir para pasar un buen rato.

Era obvio, sí.

Sus ojos se abrieron como platos cuando la mano de Quillan cayó sobre la suya, deteniendo sus pensamientos ansiosos. Tuvo que hacer un gran esfuerzo por no alejarse. Ladeó el rostro con timidez y se topó con la intensa mirada del lobo sobre él.

—Me estás poniendo nervioso —espetó este.

Daniel bajó la mirada.

—Yo… Perdón —dijo por lo bajo—, es solo que… estoy algo asustado, supongo.

Lentamente deslizó su mano lejos del contacto de Quillan.

—¿A qué le temes?

—Temo que algo jodidamente extraño salte de entre el bosque y nos ataque —se sinceró con una risa amarga—. Otra vez.

—Yo también, pero simplemente… Hoy se siente bien —intentó consolarlo Quillan, en vano.

—No es solo hoy, estoy así de paranoico todos los días desde que comencé a trabajar —admitió Daniel y, tras un largo silencio, preguntó algo que había llamado su atención—: ¿Por qué decidiste acompañarme hoy? Sabes que el riesgo es mayor contigo.

El lobo rehuyó su mirada a pesar de que él no lo estaba regañando, tan solo siendo curioso, como de costumbre. Y le pareció extraño, Quillan no solía ser del tipo que evade el contacto visual.

—Eres manada —dijo al final, tomándolo desprevenido—. Familia. Yo… iré adonde vayas, porque juntos somos fuertes, y debo proteger esto.

Quillan lo miró de soslayo, esperando su reacción.

—Oh… Bueno. —Al parecer Daniel no había tenido voz en el asunto, pero… eso explicaba algunas cosas, así que él no iba a quejarse—. ¿Qué quieres decir con esto? ¿Qué es esto?

—Es… Nosotros. Significa «nosotros».

Era muy ambiguo, pero por alguna razón tenía sentido para él; no como algo que su mente pudiese interpretar, sino como algo que podía sentir. Era un sentimiento.

—Entonces estamos juntos oficialmente en esto, ¿no? No juntos, juntos, pero juntos, ¿verdad? Como compañeros, colegas, amigos… Lo que sea. ¿Estoy dando a entender bien mis dudas?

—Sí —suspiró Quillan, fingiendo un tremendo pesar ante esa idea—, estamos juntos.

Daniel tardó un par de segundos en interpretar ese tono, pero, cuando lo hizo, frunció el ceño y rápidamente encajó un codazo en las costillas del lobo, quien dejó escapar una suave risa en respuesta. El sentimiento lo abrazó, dejando una cálida sensación en su pecho mientras se reía también. Daniel estaba bien con eso; honestamente, hacía mucho tiempo que no sentía que encajara en ningún lado, y saber que para alguien era una parte vital de algo como una manada le agradaba.

—¿Cómo funciona eso de la manada? —preguntó curioso.

Quillan se giró a verlo por un momento antes de responder.

—Es como una familia, con sus miembros y sus… obligaciones —admitió con lentitud, buscando las palabras adecuadas—. Estaremos juntos o no lo estaremos.

Aunque Quillan no disfrutaba el hablar demasiado para comunicarse, esta vez parecía muy dispuesto a intentar expresar el concepto de lo que una manada significaba para él.

—Las familias son complicadas —opinó Daniel, mirando al mar azul verdoso—. A veces no las comprendo, me refiero…

—Entonces, piensa que la manada es… Piensas que es un cuerpo —ofreció Quillan con voz calma y paciente—. Un cuerpo y sus partes, con sus brazos, sus piernas, la cabeza, los ojos… —suspiró—. Necesitas de eso, de esas partes.

Daniel hundió los hombros.

—¿Incluso esas que realmente no necesitas?

—Un cuerpo necesita de todo y es débil si le falta algo —aseguró Quillan.

—Somos dos personas en una manada —apostilló Daniel con amargura—, ¿cómo se supone que podemos completar un cuerpo lleno de partes?

Quillan guardó silencio por unos minutos, y Daniel pensó que eso sería todo. Pero no lo fue.

—Eres parte de mí y yo lo soy de ti.

Y ahí estaba, simple pero suficiente, ese mismo sentimiento sólido al que ambos se habían aferrado sin saberlo. Era la tabla que los mantenía a flote y, a su vez, era el ancla atada a sus pies que intentaba llevarlos a lo profundo.

—¡Daniel, Quillan! —Kit y Anya corrían en su dirección con enormes sonrisas y su bolsa azul extendida y abierta en su dirección—. ¡Miren, miren!

Cuando llegaron a ellos, jadeantes, las niñas les enseñaron todas las caracolas de diferentes tamaños y colores que habían logrado juntar.

—¡Son un montón! —las felicitó Daniel, inclinándose sobre la bolsa para poder verlas mejor.

—Las más bonitas las encontré yo —acotó Anya, y recibió un codazo de parte de Kit.

—Nuestro tesoro es más grande ahora —dijo su hermana con una gran sonrisa que iba dirigida a Quillan.

—Apuesto que sí. ¿Ya quieren volver a casa?

—¡Un ratito más! —imploró Katherine, juntando sus manos y haciendo un puchero.

—¡Sí, un rato más! —exigió su mejor amiga.

Daniel hizo un gesto con su mano al aire.

—Solo un rato, vayan.

Las niñas se alejaron más conformes y volvieron a dejarlos solos. El silencio entre ambos se había tornado agradable, pero el mayor de los Crane no podía notarlo, estaba demasiado ocupado en volver a su etapa inicial de ansiedad. La mano de Quillan volvió a caer sobre la suya, deteniendo su constante golpeteo. Jugueteó con ella, evitando las posibilidades de que una deidad cayese del cielo y los matara a todos.

Cuando Quillan se cansó de su juego ansioso, entrelazó sus dedos con los suyos, dando por cerrado todo. Daniel se aferró a su mano y Quillan dio un ligero apretón de apoyo.

Esa misma tarde, Daniel vio a dos urracas volando cerca de ellos.

15

EL GUERRERO MANCO

DANIEL

Sus padres no estaban en la casa.

Sobre la mesita de cristal de la sala había un post-it escrito con la letra de su madre que avisaba de su ausencia.

> Luego del trabajo, iremos a cenar a la casa de la tía Beth. Dejé dinero sobre la mesa.

Daniel alzó una ceja, miró el papelito y encontró aquello más que conveniente; tendrían la casa sola por toda esa noche. Katherine estaba que saltaba de alegría y suplicó tener una pijamada con Anya. Él estaba de buen humor, así que lo permitió.

Pero sus ánimos se fueron en picada en cuestión de un parpadeo.

Las niñas corrieron a la cocina, dejaron todas las caracolas sobre la mesa, y sacaron una caja llena de pinturitas, pegamento y brillantina para decorar. Quillan se había sentado con ellas, atento y curioso por sus manualidades. Daniel se puso a preparar una merienda ligera para todos, y mientras sacaba un par de tazas y cuencos de la alacena, aprovechó para mirar a hurtadillas por la ventana que daba al patio. Los dos cuervos estaban parados en el bajo pabellón que limitaba con el jardín de la casa vecina. Habían vuelto. Picoteaban el aire y graznaban en su contra, mirándolo con malicia a través del vidrio.

—¿Por qué traes la ropa de mi papá?

Daniel estaba tan ensimismado en ellos, tan inquieto y ansioso, que la voz de su hermana, súbita y entrometida, lo hizo saltar y golpear con su codo una de las tazas, que terminó por caerse al suelo. El estruendo de la cerámica haciéndose añicos le puso los pelos de punta, y enseguida se precipitó a recoger los pedazos más grandes al tiempo que maldecía por lo bajo.

—¡Lenguaje! —reprendió Anya desde el fondo, severa.

Quillan lo miró por unos instantes. Al contrario, el lobo estaba lejos de perder la calma. Daniel se percató de que incluso iba a responder a la pregunta de su hermana, así que se apresuró a detenerlo:

—No es la ropa de papá. —Se alzó con los trozos de la taza entre las manos—. Estás loca —agregó con una risa suave y convincente.

Él ya no era tan mal mentiroso luego de un mes constante de práctica, pero Katherine no era estúpida. A ese punto, Daniel no estaba seguro de por qué le mentía. Ella ya sabía sobre su secreto, el hospedaje a Quillan, e incluso había estado con él cuando le prestaron la ropa de su padre. Pero mentir se había vuelto su pan de cada día, le salía natural; y, de todos modos, había una fachada que mantener frente a Anya.

—Sí, lo son, ¿es que no lo ves? —se empecinó su hermana, tirando de la camisa a cuadros en tonos verdes del lobo para mostrárselo.

—Huh, huh. —Él sacudió la cabeza—. No. Quillan, dile que no lo son.

El hombre encogió sus hombros y miró a la niña con gentileza.

—No lo son —repitió.

Kit resopló con disgusto.

—Sí, lo son —farfulló obstinada.

Anya miraba todo como si fuera un partido de tenis muy entretenido.

—Bueno, ya basta, ¿no? —espetó Daniel—. ¿Por qué lo cuestionas tanto? No es la misma ropa y punto —zanjó.

Se alzó un silencio incómodo y lo único que se podía oír era el suave *clink clink* que hacían los trocitos de la taza mientras los barría.

Kit tenía un mal temperamento y poca paciencia, a pesar de su primer aspecto dócil y agradable. Daniel lo sabía. También conocía que, así como sus arranques de furia llegaban, también se iban. Para Katherine era imposible permanecer enojada por mucho tiempo. No existía lugar para el rencor en el flacucho cuerpo de su hermana.

—Está bien si le prestas ropa —dijo más tarde mientras daba suaves pinceladas a una caracola. La estaba pintando en azul—, pero que papá no lo vea. Me preguntó por esa camisa hoy. —Ella bajó los ojos hasta los pies de Quillan—. Y por esas botas también.

Daniel se la quedó mirando por un largo rato antes de asentir. No iba a seguir discutiendo con su hermana de nueve años, porque Kit era muy madura para eso y no tenía la culpa de que él anduviera con los nervios de punta.

—¿Por qué le prestan la ropa de tu papá? —cuestionó Anya de repente, mirándolos con sus sagaces ojos azules.

—Es que… es pobre —inventó Kit sin mucho esfuerzo.

—Ah… ya. Lo siento —añadió en dirección a Quillan, que parecía concentrado en tratar de descifrar la situación.

Cuando la noche se alzó, pidieron *pizza* y helado. Quillan no disfrutó ninguna de las comidas, así que Daniel le cocinó algo de carne congelada que tenían guardada.

Las niñas y Daniel parlotearon durante toda la cena, entre risas y tonterías. De vez en cuando alguna servilleta volaba por sobre la mesa redonda. El lobo los miró con una sonrisa oculta bajo su silencio natural. Se sentía bien entre ambientes cálidos y le gustaba ver cómo Daniel podía iluminar una sala entera con su sola presencia. El chico de sonrisa fácil era un soplo de aire fresco cuando Quillan sentía que sus propios sentimientos se volvían pesados. Incluso si el mismo Daniel permanecía turbado conseguía que aquello no afectase su personalidad alegre y resuelta.

De pronto, al lobo le dio la impresión de que lo observaban, y se giró. Fue el primero de ellos en percatarse de que Evan estaba asomando la cabeza por el umbral de la cocina. La hostilidad en los ojos grises del chico al verlo lo hizo removerse en su lugar. La intrusión a su ambiente seguro lo puso a la defensiva, y aunque pudo tragarse el gruñido para mantener las apariencias, no pudo evitar el cambio de sus ojos. Evan vaciló un instante, pero no se echó atrás. Quillan consideró que era muy parecido a Daniel, con la misma cara larga, la frente ancha y la nariz delgada. Sin embargo, él llevaba los ojos grises y el pelo unos tonos más oscuros que su hermano.

Notó como Daniel reparó en la situación segundos más tarde. Debió sentir la tensión entre ambos, porque no tardó en intervenir:

—¡Ey, idiota, te guardamos pizza! La dejé en la caja. Y hay helado, por si quieres.

Evan hizo un gesto vago y caminó con rapidez. Se llevó la caja medio vacía, y Quillan no lo volvió a ver.

DANIEL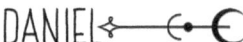

Cuando Daniel decidió que era hora de dormir, todos se levantaron, limpiaron la mesa y las niñas se despidieron.

Él y Quillan caminaron en silencio hasta su habitación y más de una vez Daniel se encontró a sí mismo mirando al lobo en secreto, envuelto en sentimientos efervescentes que lo hacían sentir ridículo, estúpidamente animado y nervioso.

Sabía que lo que sentía no debía de estar ahí, y eso, por alguna retorcida razón, solo lo volvía más excitante. Incluso si trataba de espantar sus fantasías sobre un futuro poco probable entre él y Quillan, cuando estaba cerca de él de pronto no era amo de su cuerpo y sus reacciones. Solía sentir que el calor le subía por el cuello y perdía el control del habla. Había resultado fácil ignorarlo al principio. Desviaba la mirada, se concentraba en otra cosa o hacía alguna tontería para aligerar sus nervios. Sin embargo, Daniel tenía la impresión de que con cada día que fuera pasando, ignorar todo aquello iba a ser más difícil.

Quillan, el hosco y gruñón lobo, se había metido bajo su piel, y Daniel lo había acunado en sus huesos sin darse cuenta. Y eso era más que frustrante: era hilarante, de una forma malvada y retorcida.

—¿Qué quiere decir… «novio»? —La palabra rodó en la lengua de Quillan bajo el marcado acento que compartían.

Daniel palideció de repente y lo miró boquiabierto.

—¿Qué...?

¿Le habría estado leyendo la mente o algo? ¿Había pensado en voz alta? ¿Acaso era tan obvio?

—Kit y Anya dijeron...

Daniel puso los ojos en blanco, porque por supuesto que ellas habían emboscado a Quillan lejos de él para preguntarle algo inapropiado.

—No les hagas caso —interrumpió sin ánimos de echar leña al fuego—. Dicen tonterías.

—¿Qué significa? —insistió Quillan con una pesada determinación.

—Nada importante, créeme.

Quillan refunfuñó algo, molesto.

—¿Por qué no me dices? —espetó después, mirándolo como un toro embravecido.

El muchacho frunció el ceño, sin comprender su insistencia.

—¿Por qué te interesa tanto?

—Me interesa y ya —sentenció Quillan como un niño—. Dime.

Daniel sabía por experiencia que cuando una incógnita caía en las manos del lobo, él no se detendría hasta hallar la respuesta que necesitaba; Quillan odiaba no saber. Pero Daniel también podía volverse terco si quería.

—Que no. No seas molesto y duérmete o algo —murmuró, tirándose sobre la cama.

—Daniel.

Le subió un escalofrío. Era extraño oírlo decir su nombre, no solía hacerlo muy seguido.

—No. Es estúpido y las niñas solo estaban molestando.

—Daniel.

—Olvídalo, grandote. Es una tontería, deja de darle vueltas, ¿sí?

Sintió cómo la cama cedía al peso de Quillan, que se movió para estar más cerca de él. Daniel consideró huir; una persona normal lo haría.

Él no era muy normal.

El hombre lo tomó del brazo con firmeza, se alzó intimidante sobre él, y parpadeó para dejar ver cómo sus ojos verde azulado mutaban a un ámbar que se asemejaba a dos monedas de oro fundido. Tal vez Daniel habría temblado de miedo antes, pero ahora sabía que era puro teatro y que Quillan jamás lo lastimaría… E incluso con esa certeza, no encontró más remedio que echarse hacia atrás, azorado y con su determinación en una cuerda floja.

—Dime —ordenó en voz baja y pausada.

Daniel se arrinconó entre la cama y la pared, sin salida. Su cerebro hizo cortocircuito y su orgullo tomó su determinación, pequeña y arrugada, la metió en una maleta y la tiró por una ventana, para luego lanzarse de cabeza junto a ella.

—Es bobo, estúpido —agregó por si acaso, rendido—. Se le dice novio a una persona que… está en una r-relación con otra… con otra persona… c-como pareja.

Se le escapó un suspiro de alivio y sorpresa. No había sido tan difícil como había imaginado. El silencio proveniente de Quillan daba a entender que se encontraba considerando si estaba conforme con esa respuesta o no. Por la prolongación de la falta de respuesta, Daniel supuso que el lobo estaría lejos de seguir prestando atención a esa palabra ahora que entendía su significado, como solía hacer con otras nuevas palabras que iba adquiriendo en su diccionario, pero… se equivocó.

—Kit dijo que yo era tu novio —musitó con cautela, más tranquilo.

—Kit dice tonterías. Ya verá mañana, cuando la vea yo…

—Ella dijo que esas personas pasaban mucho tiempo juntas.

—Bueno, sí… supongo. Yo…

—Y dijo que se besan, en la boca.

Quillan no parecía muy seguro de lo que eso implicaba, pero le gustaba repetir las cosas nuevas que aprendía.

Daniel estaba rojo hasta las orejas. Mataría a su hermana más tarde.

—Ya… Eso hacen, sí.

—Y que pasan el resto de la vida juntos.

El chico se encogió de hombros, con sus manos hechas un manojo de nervios. Eso ya eran fantasías de niños.

—Algunos lo hacen. No siempre, a veces la gente tiene muchas parejas a lo largo de la vida. No al mismo tiempo. Aunque, bueno… —No quería explicarle aún el término de la infidelidad, las relaciones abiertas o la poligamia. Era un concepto tal vez muy complicado para él—. A veces las cosas entre esas personas no funcionan y se separan —farfulló deprisa y con voz estrangulada—. Entonces, eventualmente, encuentran a alguien más para estar en pareja.

No dijeron nada más.

Quillan se mantuvo taciturno mientras Daniel se acomodaba mejor en la cama, listo para dormir con el vago recuerdo de sus pocas relaciones. En los primeros años de secundaria, había tenido dos novias en total. Pero su última y más reciente relación había sido con un chico de su clase, un año antes de terminar el instituto. No habían durado mucho en lo que a él respectaba y no había sido tan relevante en su vida, pero cuando acabaron su relación, de alguna misteriosa forma todo el colegio se había enterado de aquello. El alboroto discreto que se había armado en el pueblo porque Daniel Conall Crane podía llegar a ser gay era algo de lo que aún se hablaba.

Daniel había disfrutado de la atención recibida. Una parte de él había llegado a amar ver a la gente desvivirse hablando de él cada vez que se paseaba por los pasillos junto a sus amigos mientras les ofrecía su mejor sonrisa para demostrarles que todo ese escándalo sobre su sexualidad le importaba un carajo.

Sus padres nunca habían estado del todo contentos con eso, pero Daniel los había mandado a la mierda mucho antes de que alguno de ellos pudiera herirlo de verdad.

—Daniel.

El chico lo miró por sobre su edredón, curioso y decidido a ignorar que la charla con Quillan había existido.

—¿Sí?

—No me molestaría.

Frunció el ceño ante la mirada gentil del lobo.

—¿Qué no te molestaría?

—No me molestaría pasar el resto de mi vida contigo.

Y descendió a su forma original, como un gran lobo negro. Daniel lo vio treparse a su cama, boquiabierto. Quillan se acomodó sobre él, con la cabeza acurrucada sobre su pecho.

Al chico le costó bastante poder acomodar sus emociones luego de eso.

QUILLAN ☾☽

—¿Tienes miedo? —Quillan, que había estado a punto de dormirse, abrió los ojos con pereza y miró un momento al chico acostado a su lado. La tenue luz anaranjada de la lámpara repelía las sombras—. Yo tengo miedo, pero, por alguna razón, creo que todo va a salir bien. Siempre fui bueno para escaparme de las malas situaciones. Es todo raro y confuso, pero… ya averiguaremos de qué va realmente todo esto. Glais ya me dijo que estará más atento. Creo que estaremos bien.

«Bien». Quillan conocía esa palabra, sí. La comprendía. Iban a estar bien, y eso le llenó el pecho de una cálida sensación en la que quería regodearse para siempre. Se estiró en su lugar, aspirando profundamente y llenándose con ese sentimiento. Bien…

—Antes estaba muy molesto, no entendía por qué a mí, de todas las personas, me tocaba lidiar con esto —confesó de pronto Daniel. Siempre había sido capaz de hablar por su cuenta, a Quillan le gustaba eso—. Tú no eras el único inconforme con la situación, grandote. Pero ahora… Sí, creo que a mí tampoco me molestaría, Quillan. Nosotros…

Nosotros. Levantó la cabeza y buscó los ojos del muchacho, porque le gustaba esa palabra más que muchas otras, le daba una sensación de vértigo que le emocionaba.

—¿Por qué te ves tan sorprendido? —Quillan se acomodó un poco más y soltó un resoplido ansioso. Daniel le sonrió mientras se acurrucaba un poco más debajo de las sábanas, ignorándolo. Frustrado por no haberse dado a entender, decidió cambiar a su cuerpo humano, y al verlo, el chico le hizo más lugar en la cama.

—¿Nosotros? —preguntó inseguro.

Daniel lo miró con un ojo. Sus rostros estaban muy cerca y sus miradas destellaban como un reflejo de sus almas; una revoltosa oscuridad y el inestable y profundo mar.

—Nosotros —prometió con voz no extensa de cariño.

Daniel volvió a cerrar los ojos y se durmió. En cambio, Quillan solo pudo descansar cuando ese vértigo se aplacó lo suficiente y el sueño fue más fuerte.

Sueños. Quillan llevaba semanas sin soñar, sin tener pesadillas. Así las llamó Daniel una vez.

Soñó con cómo cargaba con el peso de todo sobre sus hombros: sus dos hermanos, su padre y su madre, su manada... Daniel. Soñó que no podía sostener nada de eso, que todo terminaba por aplastarlo y todos se perdían. Los lobos corrían lejos de él y morían a medio camino, sus cuerpos descomponiéndose a una rapidez espantosa. Vio los huesos de sus hermanos; la carne se despegaba de ellos y los cuervos ruidosos se acercaban y comían los restos, chasqueando sus picos con maldad. Daniel también corría y moría. Fue más doloroso de ver de lo que alguna vez podría haberse imaginado.

En el momento en que pensó que ya nada podía ser peor, cuando la imagen del cadáver de un chico pudriéndose y siendo comida de carroñeros se convirtió en algo que jamás en mil años se podría borrar de la cabeza y los ojos enmascarados por el gris opaco de la muerte se le clavaron en el alma, se despertó.

Se levantó de golpe entre jadeos, con los ojos húmedos y pegajosos y el corazón rompiendo contra su tórax. Su cuerpo se movió, tratando de huir de la sensación de horror en su pecho, aquella que era como una fuerza que parecía no querer dejarle respirar, pero dos brazos se cerraron en torno a él, como un cable que lo devolvió a la Tierra.

Las lágrimas quemaban sus mejillas, silenciosas. Sus ojos frenéticos barrieron la pequeña habitación, y recordó adónde estaba y con quién. Dejó de resistirse e inspiró con profundidad.

—Ey, está bien, está bien… —susurró Daniel—. Fue una pesadilla, de esas que te conté. No pasa nada, no es real.

—¡¿Y si lo es?! —replicó el lobo con voz estrangulada, girándose para verlo a través de la mata de cabello rojiza que le caía por la frente.

¿Cuán delgada podría ser la línea entre el sueño y lo real? Daniel jamás se lo había explicado.

—Sé que tienes miedo, pero te prometo que todo estará bien, ¿sí? —bisbiseó con una calma casi envidiable. Casi. Le temblaban las manos—. ¿Te acuerdas de lo que dije antes de dormir? Tengo un presentimiento de que todo va a salir bien, ¿sí? Lo prometo, Quillan. Te lo prometo.

Quillan dejó caer la cabeza contra el hombro del chico e inspiró con fuerza, buscando confort en la familiaridad de su aroma tenue y en el latir de su corazón viviente. Daniel enterró una mano en su cabello y lo apretó un poco más contra él, tratando de infundirle apoyo.

De repente, un tímido repiqueteo en su puerta llamó la atención de ambos.

—¿Daniel?

La voz de Kit sonó amortiguada desde el otro lado. Quillan sintió al chico suspirar con pesadez antes de separarse de él con cuidado. Daniel se levantó y caminó arrastrando los pies hasta la puerta.

Cuando la abrió, Quillan apenas alcanzó a ver a Kit con el pelo alborotado y su ropa para dormir.

—¿Pasó algo?

La niña bostezó.

—Anya escuchó ruidos afuera y tiene miedo —la oyó decir—. Pero Anya se asusta por todo, y me fijé y no hay nada raro, pero...

—¿Saliste afuera tú sola? —Daniel se alarmó, pero su hermana ni siquiera pareció inmutarse.

—No, me fijé por la ventana —contestó—. No hay nada, no están ni los pájaros esos. Pero ella tiene miedo, así que vine para... —Kit dejó la frase inconclusa y Quillan vio cómo ella trató de inclinarse, probablemente para husmear un poco en la habitación, pero Daniel se paró justo en medio de la rendija y Quillan dejó de tener una vista muy clara.

—Ya voy con ustedes —dijo él, tomándola por los hombros—. Dame unos minutos. ¿Mamá y papá no llegaron todavía?

Katherine meneó la cabeza.

—No.

—Bueno, ya voy.

Y cerró la puerta.

Daniel se volteó y lo miró con atención, como si estuviera tratando de volver a descifrarlo. Quillan parpadeó con suma lentitud y le devolvió la mirada, no muy seguro de qué decir o hacer, y cuando él se le acercó y lo tomó de la mano, se sintió un poco mejor.

—Tengo que ir con las niñas un rato —cuchicheó, esbozando una sonrisa que murió a medio camino y fue reemplazada por una expresión preocupada—. Volveré en un rato, ¿tú estarás bien o...?

—Sí, estoy bien. —Quillan se irguió y trató de verse mejor, o esa fue su intención.

—Vendré rápido —insistió Daniel.

Quillan agitó la cabeza para demostrarle que entendía. Estaba bien, ellos estaban bien, y la cama todavía era cálida, por lo que, cuando Daniel dejó la habitación, le fue fácil volver a sentirse cómodo y resguardado.

Quillan nunca supo cuándo fue que volvió a dormirse.

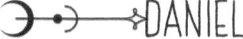

Daniel no volvió. Las niñas lo apresaron y les cantó viejos poemas que se sabía de memoria hasta que se quedó dormido con ellas. Cuando se despertó, lo hizo con la luz del sol en todo su rostro. Él y su hermana estaban acurrucados y babeando el edredón de Hello Kitty, Anya dormía en el colchón del suelo.

La mañana fue desastrosa para todos.

Rae, la hermana de Anya, estaba desayunando en la cocina con Evan; le había llevado el uniforme del colegio a su hermanita. Ella iba con la camisa, el chaleco de lana azul y el pantalón gris. Lo saludó con una sonrisa y Daniel se la devolvió como pudo. Sus padres, que habían llegado muy tarde por la noche, probablemente pasarían el resto de la mañana durmiendo. Entonces no se preocupó mucho por ellos.

Preparó con rapidez un desayuno completo, no el habitual y ligero que él acostumbraba. Quillan iba a tener hambre, y Daniel quería compensar un poco el haberlo dejado solo esa noche, por lo que preparó un plato con huevos revueltos, un par de rodajas de pan tostado con mantequilla, además de un vaso de agua, porque Quillan jamás consumiría otra bebida.

—¡Desayuno en mi cuarto! —avisó en un grito a sus hermanos, abandonando la cocina.

Quillan dormía con placidez cuando le dejó todo sobre su pequeña mesita junto a la cama. El aroma lo trajo de su sueño profundo. Parpadeó con esfuerzo y miró a Daniel, negado a dejar la comodidad de la almohada. El chico le revolvió el cabello con una sonrisa conciliadora.

—Te traje el desayuno, ya me voy.

Quillan, no muy lúcido, farfulló algo y volvió a cerrar los ojos. Daniel imaginó que no habría dormido demasiado luego de que lo dejó, así que no insistió.

Se fue a trabajar con un mal presentimiento picándole en la nuca. Los cuervos, tal como había advertido su hermana, ya no estaban. Él deseaba que eso no fuera algo malo, pero Daniel ya poseía un desarrollado olfato para estas cosas.

El mal presentimiento no lo abandonó por el resto del día. Lo acompañó mientras regaba las plantas, mientras acomodaba las macetas, mientras atendía a algún cliente, o simplemente cuando se sentaba sin nada que hacer e intentaba centrar su atención en los jueguitos de su teléfono.

Cerca de su horario de salida, mandó algunos mensajes de texto y un par de videos divertidos a Ross para que no creyese que, por decirlo dramáticamente, la había olvidado.

Cuando llegó la hora de cerrar el lugar, el mal presentimiento fue sustituido por la incómoda sensación de ser observado. Se encontró varias veces volteando el rostro, buscando a alguien a sus espaldas, pero la soledad lo abrumaba. Se puso más inquieto, así que se apresuró a cerrar todo y abandonar el local.

En las calles dejó de ser solo una sensación.

Daniel estaba seguro de que alguien lo observaba y lo seguía. Casi podía oír los pasos sobre los suyos, pero de vuelta, estaba solo.

Corrió hasta su casa, y llegó sudado y con las piernas y los pulmones ardiendo por el esfuerzo. Tenían el cabello despeinado por ir contra el viento frío y la nariz roja.

Encontró seguridad en las paredes de su casa. Se quitó su abrigo y lo tiró por allí antes de salir corriendo hasta la cocina. Su padre lo esperaba, cocinaba algo y Daniel no preguntó qué. Saber el menú del almuerzo le parecía lo de menos, incluso si su estómago estaba dispuesto a abrir un debate sobre ello.

—¿Y mamá?

—Está en la casa de una amiga —respondió Collin con simpleza.

—¿Y va a volver?

—No, me encontraré con ella en el negocio más tarde. ¿Por qué? —Su padre volteó a verlo unos segundos, intrigado.

—No, no, por nada. ¿Y Kit?

—En la escuela, como siempre. ¿En qué mundo vives últimamente? —dijo, y sacudió la cabeza, como si no quisiera saber—. No importa. Evan está en su habitación, por si también te lo preguntabas.

Daniel hizo una mueca.

—Ja, ja. Gracioso. Paso de la comida, no tengo hambre.

—Tú te lo pierdes. —Collin se encogió de hombros—. ¡Ah! De casualidad tú no has visto mis botas, ¿no? Las negras que estaban gastadas.

Daniel hizo una mueca, fingiendo estar desentendido.

—Eh... Nop, no he visto nada, papá.

Caminó hasta su habitación con prisa, abrió la puerta y vio enseguida a su lobo moviéndole la cola. Quillan se acercó hasta él para olfatear sus pies con brío. Al principio Daniel pensó que lo estaba saludando, pero luego se dio cuenta de que parecía buscar algo en él. Lo acarició para llamar su atención, preocupado.

—Hey, ¿qué pasa?

Quillan se desprendió de su piel de lobo y se alzó frente a él como un hombre.

—Algo no está bien —musitó con el rostro contraído en preocupación.

Afuera, de pronto el cielo retumbó con un trueno lejano, y los árboles comenzaron a susurrar, motivados por el viento. Daniel entornó la mirada con su estómago retorciéndose por los nervios, porque él no recordaba una tormenta próxima en el cielo; el sol había sido cálido contra su espalda cuando corría a casa.

Entonces Daniel recordó algo que Glais le había dicho: que el cielo, el mar y la tierra funcionaban como un espejo que reflejaba la influencia de los dioses.

Supo entonces que estaban en problemas.

—Están aquí —dijo, mirando hacia su ventana.

Quillan asintió de acuerdo.

—Nos acechan. Nos ponen inquietos. Saben que sabemos.

Daniel lo miró de reojo y saltó con velocidad hasta su ventana para ponerle la cerradura.

—¿Qué hacemos? —cuestionó el lobo, como a la expectativa.

Daniel suspiró con las manos pegadas al vidrio, agotado.

—Esperar.

Tras evaluar todas sus opciones, eso era lo único que podían hacer. Cuando su padre dejara la casa, actuarían. Mientras tanto, Daniel se inclinó por la contemplación.

Esperaron casi una hora en silencio y atentos a su entorno. Se habían atrincherado en la cama, uno al lado del otro. El brazo fuerte y terso de Quillan rodeaba los hombros del muchacho, no tanto como una muestra de afecto, sino más bien de protección.

Daniel, pálido como la cal, trataba de no perder los nervios. Necesitaba pensar con la cabeza fría, asentar sus ideas y no hacer nada estúpido, porque de sus acciones dependían sus vidas. Inhaló y exhaló, envidiando a Quillan por su estoicismo ante la situación. La mirada del lobo era calculadora y su postura determinada. Al menos la entereza del lobo traía algo de calma al muchacho, que no podía presumir de ser un estratega, así que esperaba que Quillan lo fuera en cambio.

En cierto momento, Daniel consideró correr y advertirle a Evan sobre lo que podría estar pasando, obligarlo a esconderse y tener cuidado, pero desistió. Su hermano nunca, ni en un millón de vidas, obedecería sus órdenes, incluso si la situación era de vida o muerte. Querría ver todo con sus propios ojos, no comprendía lo peligroso que eso era. Incluso a Daniel le era difícil asimilar que, si no era cuidadoso, podría morir. La idea era irreal, pero la situación no.

Además, lo más seguro era que su hermano terminaría por burlarse otra vez.

Su padre se fue con la camioneta, gritando una despedida general. Cuando oyeron al motor del vehículo doblar en la esquina, Daniel se soltó del agarre de Quillan y corrió fuera de la habitación, para meterse en el garaje. Buscó entre las herramientas de su padre con una avidez que casi rayaba la histeria. Bufó con molestia al no dar con su objetivo y decidió buscarlo en su segunda opción: el cobertizo que tenían en el patio, donde guardaban todo lo relacionado con el cuidado del jardín, como la pala, la cortadora de césped y los rastrillos, algunas bolsas viejas, abono y, por último, aquello que necesitaba: un enorme machete de mango de madera con espirales trenzados hechos a mano por su padre, a quien le gustaba dejar también las iniciales de su nombre en cada una de sus herramientas como si fuera una vieja costumbre.

Alzó el artefacto frente a él y vio el acero algo oxidado que resplandecía en la oscuridad del cobertizo tanto como su propia sonrisa. Aquello era lo único en su casa que sí era capaz de infligir algún daño físico y severo. Blandió su nueva arma, victorioso, pensando en cómo destrozaría a cualquiera que intentase hacerles daño.

Salió de la pequeña casilla, satisfecho y más tranquilo, y las primeras gotas de lluvia acariciaron sus labios. Ladeó la cabeza y miró la ventana de su cuarto, donde Quillan estaba parado, observando. Le habría sonreído si no hubiese sido por el aterrador hecho de que el lobo no lo estaba mirando a él.

Daniel se volvió al frente con rapidez y clavó los pies en el suelo. La figura de un hombre se materializó frente a sus narices, como un espectro.

Lo miró de arriba abajo, con el corazón golpeando dentro de su pecho como lo haría un martillo. Era de gran musculatura y más alto que Quillan. Tenía una cabellera oscura, larga y revuelta que le daba un aspecto salvaje, como si fuera un guerrero. Su rostro hosco y duro salpicado de cicatrices estaba medio oculto por una barba tupida e hirsuta. Llevaba unos pantalones oscuros, botas de cuero y un *kilt* con patrones de verde y rojo enrollado sobre su cintura.En la parte superior tenía una armadura como la que había visto en Mórrígan, solo que esta, en vez de bronce, parecía de hierro. Sus brazos descubiertos estaban adornados con brazaletes de cuero, y colgando de su cintura llevaba una poderosa espada que hacía ver a su machete como un juego de niños.

Algo que tampoco pasó desapercibido fue que al extraño guerrero le faltaba la mano izquierda. Daniel hasta se sintió un poco mal por haberse quedado mirando ese detalle por tanto tiempo, y apartó la mirada como si no quisiera ofender al hombre. Fue ahí cuando se percató de que los dos lobos grises que Daniel tanto conocía lo flanqueaban.

Sus dedos se afianzaron al mango del machete casi por instinto, porque nada que pudiese venir en compañía de aquellos animales podría ser algo bueno.

—Creo que esto te pertenece, orador. —Su voz sonó potente y áspera sobre el aullido fantasmagórico del viento.

Con su única mano, el extraño rebuscó en una bolsita de cuero que colgaba de su cinturón y sacó algo rojo que lanzó a sus pies. Cuando aterrizó, Daniel se dio cuenta de que se trataba de su gorro de lana, aquel que había perdido y olvidado en su encuentro con la diosa de la guerra, Mórrígan.

Tragó saliva, temeroso.

Entonces, llamando la atención de todos los presentes, un enorme lobo negro se hizo paso gruñendo y chasqueando los dientes ante el desconocido y compañía. Quillan no pareció temer cuando decidió rodearlos a paso cauteloso para llegar hasta él. Con los dos lobos grises intercambiaron gruñidos y amenazas, pero nada más. Ninguno de ellos se lanzó al ataque.

Daniel advirtió cómo aquellas facciones duras e intimidantes parecían titubear con la presencia del enorme lobo negro. Fue curioso.

Cuando Quillan llegó a él, lo olfateó un poco, asegurándose de que estuviera bien. Chico y lobo compartieron una rápida mirada antes de devolver su atención a la amenaza frente a ellos.

—¿Quién eres? —preguntó Daniel con fuerza, de repente envalentonado.

—Mi nombre es Teutates, dios del pueblo.

16
EL LLANTO DE UN LOBO

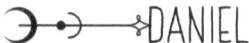DANIEL

No temió ni tembló en presencia de Teutates como lo había hecho la primera vez con Mórrígan. Tal vez fue porque, de una forma torpe e infantil, se sentía más seguro al tener en la mano algo con qué poder defenderse.

El dios corpulento y de aspecto fiero debió haber notado su poca impresión, porque dijo perspicaz:

—Algo me dice que no es la primera vez que te cruzas con alguien como yo.

—Fueron... días extraños. —Daniel lanzó una mirada iracunda y no muy discreta a los lobos grises. Ellos respondieron inmediatamente resollando por la nariz y enseñando los dientes. A él le temblaron ligeramente las manos, y Quillan se interpuso. Tenía las orejas erguidas y las piernas más rígidas, los ojos dorados bien abiertos y la cola hacia arriba. Daniel notó que parado así parecía más grande e imponente.

Teutates hizo una seña y los lobos retrocedieron y guardaron sus colmillos. Quillan, en cambio, permaneció en la misma posición. El dios del pueblo lo miró, severo.

—Muchacho, mejor hazte a un lado, no querrás salir lastimado.

—¿Qué es lo que quieres? —preguntó Daniel estúpidamente.

No quería obedecer, no iba a hacerlo por más que le temblaran las rodillas y amenazaran su vida, lo sabía. Era una situación que alguna vez había cruzado por su cabeza, porque sabía que algún día podría verse expuesto a ella, y cada vez que se lo imaginaba, él jamás abandonaba al lobo. Era un instinto mucho más fuerte que cualquiera de sus miedos. Pero eso no significaba que no estuviese asustado. Incluso había pensado en llamar a gritos a su hermano, pero no podía exponerlo a tal peligro. Nadie más debía pagar por sus decisiones. Él había recogido a Quillan en el bosque semanas atrás aun sabiendo que habría consecuencias, y aunque no fueron las esperadas, era lo suficientemente maduro como para pagar el precio. Tenía que serlo.

Teutates levantó su única mano y señaló al lobo oscuro que estaba a su lado.

—Lo quiero a él, chico, y lo tendré. Así que no seas estúpido y métete en la casa. Todo terminará rápido.

—No.

—¿No? —La deidad levantó una ceja, divertido, mientras Daniel apretaba su agarre en torno al machete.

La llovizna tenue que había dado comienzo unos segundos atrás se intensificó.

—No —repitió con más fuerza.

El hombre chasqueó la lengua, irritado como si una pequeña mosca hubiese estado revoloteando a su alrededor por un buen rato.

—Ese lobo no es uno que valga la pena proteger, orador. Para alguien como él, la única lealtad en la vida está con el demonio y en sí mismo. Correría lejos y te abandonaría si tuviese la oportunidad —dijo lleno de convicción.

Daniel no respondió y mantuvo un gesto estoico. Sabía que mentía, Quillan se lo había probado, así que para dejar en claro que él no compartía su opinión, dejó descansar su mano en el lomo erizado del lobo.

Teutates asintió con calma.

—Lo respeto, es un vínculo más fuerte que tú. —Hizo una seña y los dos lobos a sus espaldas no dudaron en saltar hacia ellos.

Quillan se interpuso de inmediato, como una sombra con colmillos, rápida y letal. Los dos cánidos clavaron sus incisivos en él, y mientras Quillan peleaba con uno en el frente, otro lo sostenía desde atrás, tirando de él con fiereza. Daniel pensó que incluso aunque Quillan fuera más grande que sus contrincantes ellos no dejaban de ser dos y él, solo uno. Fue ese pensamiento lo que lo llenó de valor y lo obligó a levantar su machete, para clavarlo sobre el lomo del lobo que sostenía a Quillan desde atrás.

El restallido del acero al chocar y el hundimiento contra el hueso le pareció repugnante. Los gritos y aullidos lastimeros del lobo le pusieron los pelos de punta y, por un momento, se sintió mal por él. Pensó en los vecinos, en si estarían escuchando el escándalo. Tal vez podrían ir a ayudarlo, pero no lo harían. Con algo de suerte, a lo sumo llamarían a la policía.

—¡Chico tonto!

Daniel fue empujado hacia atrás con una fuerza sobrehumana que le robó el aliento. Su espalda se estrelló contra el suelo, y miró hacia arriba, agitado y con el corazón en la garganta. Había una espada reluciente y amenazadora a tan solo centímetros de su rostro. Teutates lo miró desde arriba; los ojos le brillaron con algo similar a la indulgencia, y eso a Daniel le hizo hervir la sangre. No quería su piedad, su compasión, solo quería que los dejasen en paz a Quillan y a él.

Teutates le dio un último vistazo antes de darse la vuelta y encaminarse hasta Quillan, quien mantenía una pelea ensartada con el lobo que quedaba en pie. A partir de ahí, todo pareció ir en cámara lenta para Daniel, y el pánico se volvió su motor. No podía dejar que llegase hasta él, no lo iba a permitir.

Trató de levantarse, pero el dolor del golpe lo había dejado momentáneamente incapacitado, por lo que se estiró lo más que pudo y blandió su propia arma a ciegas, como un loco. Así, el machete alcanzó la parte más vulnerable y a la que más acceso él poseía: la pantorrilla de Teutates. La hoja afilada desgarró su piel y sus ligamentos con demasiada facilidad, tanto que a Daniel casi le pareció mentira.

El dios gruñó una maldición, se tambaleó y cayó, sacudiendo el suelo con la misma fuerza de un terremoto. Daniel, que había visto todo impresionado, se estremeció cuando la mirada colérica del dios recayó de nuevo sobre él. Teutates volvió a levantarse, usando su espada como soporte, y se le acercó arrastrando la pierna coja, donde la sangre manaba a borbotones. El chico hizo el desesperado intento de echarse hacia atrás y alejarse lo más posible, pero no llegó muy lejos. El dios clavó su espada en la tierra, se inclinó, le arrancó el machete de las manos como quien le saca un juguete a un niño, y tiró su arma lejos de él. Daniel apenas alcanzó a oír el estridente y tintineante sonido de la hoja al golpear contra la acera de la calle.

—Veo que eres un tipo duro, ¿eh? —masculló mientras levantaba su gigantesca espada, para darle una estocada. El primer reflejo que tuvo Daniel fue el de alzar los brazos y cubrirse, sin tiempo de siquiera pensar que ese era su fin, su muerte. El acero presionó y le atravesó la piel, justo donde el brazo se conectaba con el hombro, y el dolor punzante bajó como un látigo por toda la extensión. Se le escapó un alarido de dolor que bien podría haber sido un sollozo. Vio al dios del pueblo a través de las lágrimas, que se inclinaba sobre él mientras ejercía más presión sobre la espada, adentrándose cada vez más en la carne.

—Quédate abajo —masculló.

Daniel torció la boca con una mueca. Teutates no dejó de observarlo como si fuera algún ser tonto e insignificante por el que debía tener piedad.

Pero el chico, a pesar del dolor, no quería quedarse quieto ni dócil. Estaba enojado, tan enojado… Y probablemente fue eso, sumado a la adrenalina, por lo que en lugar de hacerle caso, se levantó lo más que pudo, con los dientes tan apretados que creyó que se le romperían.

—No —escupió con toda la rabia que poseía.

El dios levantó una ceja, y cuando parecía que estaba a punto de reírsele en la cara, algo llamó su atención. Teutates ladeó el rostro y Daniel no pudo no imitarlo.

A su costado, Quillan todavía luchaba, raudo y fiero. Daniel nunca podría decir si el lobo viejo se trataba de Acras o Saant. Daba dentelladas desesperadas y certeras hasta cierto punto; parecía detectar los sitios más vulnerables para morder, pero Quillan compensaba todo ese conocimiento con su fuerza, rapidez y tamaño. El lobo negro derribó a su viejo contrincante, esquivó otro mordisco, gruñó y cerró sus fauces alrededor de su yugular. El aullido del viejo lobo duró menos de un segundo, porque Quillan ya le había arrancado la garganta.

Vencedor, se dio la vuelta para mirarlos. Tenía el hocico húmedo por la sangre y una mirada peligrosa. A Daniel se le escapó una exclamación ahogada cuando, inesperadamente,

Teutates levantó su espada y retrocedió dando tumbos porque Quillan había empezado a acercárseles.

La sangre caliente empezó a salir como una cascada que le corrió a lo largo del brazo. Entonces, entró en pánico otra vez. Buscó toda su fuerza y se arrastró hacia atrás, y con su brazo sano desató el cinturón de su pantalón, lo enrolló sobre la herida abierta y lo ajustó con ayuda de sus dientes, pero no fue suficiente para contener del todo la hemorragia. Daniel había visto demasiadas películas para saber que eso no era bueno, para nada bueno. Se sacó la camisa que llevaba sobre la remera y trató de utilizarla para crear un torniquete más fuerte.

Daniel desvió sus ojos por un segundo sobre la figura de Quillan. El lobo estaba parado como una muralla, inamovible, entre él y Teutates. El dios del pueblo se había quedado estático, y le pareció que hasta lucía asustado, pero bien podría haber sido una ilusión de él. A un par de metros, el lobo joven al que Daniel había lastimado todavía se retorcía en el suelo debido al tajo en su columna.

Sabiendo que no podría hacer mucho más por su brazo herido, se obligó a levantarse. Al notarlo, Quillan inmediatamente se acercó para ayudarlo. En cambio, Teutates parecía estar haciendo un gran esfuerzo por mantenerse de pie. El corte que Daniel le había hecho en la pantorrilla era profundo y había dejado un rastro de sangre considerable, pero, incluso así, tenía mucha mejor pinta que la estocada que él le había dado y que había empezado a arder desde el interior. Él supuso que debería tratarse de las ventajas de ser un dios.

—¡Estás colmando mi paciencia! —Teutates estaba colérico.

—Y tú se la estás colmando a él —tuvo el descaro de responder él con una risa exhausta—. ¿Por qué lo quieres? Él es inocente.

—No espero que un orador de lobos entienda; a tus ojos siempre será una bestia inocente. —Teutates dio un paso tentativo hacia adelante, pero Quillan se enervó de inmediato y bramó una advertencia. El dios se lo pensó mejor—. Sin embargo, permíteme ser benevolente y advertirte una última vez: ve a casa o muere.

Quillan lanzó una dentellada furiosa al aire, y él, con su cuerpo cargado de adrenalina, negó con la cabeza.

—No, eso no pasará.

Ni él ni Quillan, que permanecía más atrás, al acecho, vieron venir el siguiente movimiento del dios del pueblo. Teutates se abalanzó sobre ellos blandiendo su espada, la giró tanto como su musculoso brazo pudo, y a Daniel le pareció oír cómo sus huesos crujían por el esfuerzo.

Quillan, que tenía reflejos agudos, se echó hacia atrás de inmediato, pero Daniel no fue tan rápido. La hoja afilada no solo cortó el aire, sino también el pecho del muchacho. Una larga línea se extendió a través de su remera, y la sangre que comenzó a emanar la manchó.

Daniel contuvo el aliento; se creyó muerto durante un segundo, pero enseguida reparó en que solo fue un corte, uno doloroso, que lo hizo lanzar un grito ahogado. Sintió el ardor, segundos después; la piel le escocía al igual que en el hombro, pero no pudo prestarle atención, porque Quillan embistió contra el dios. El lobo lo atrapó con los dientes justo donde Daniel lo había lastimado antes, y agravó la herida. Teutates lanzaba golpes con brutalidad, pero un segundo antes de que la espada se acercara a Quillan, este lo soltaba y retrocedía. En la tercera arremetida de Quillan, Teutates perdió el equilibrio, y cayó al suelo. El lobo pareció aprovechar la vulnerabilidad del dios e hincó los dientes en la mano que blandía la espada. Daniel observó sorprendido cómo Teutates gritaba con pavor y soltaba la espada en el acto, pero no se detuvo demasiado a pensar en eso. Como el dios estaba desarmado y distraído, Daniel cruzó con esfuerzo su patio, hasta el otro extremo, ganando vía libre para entrar en su casa, pero se detuvo en seco. ¿Iba a entrar a refugiarse ahí? Ya no eran solo lobos quienes lo perseguían, estaba seguro de que aquella protección de la que Glais le había hablado no serviría con alguien como Teutates; de lo contrario, él no estaría allí en primer lugar. Y, para colmo, Evan estaba adentro. ¿Iba a ponerlo en peligro? No podía, él debía…

—¡Quillan! —lo llamó.

El lobo soltó inmediatamente al dios, esquivó una de sus patadas y corrió hasta él. Quillan lo olfateó y sus ojos dorados lo miraron ansiosos y a la espera mientras soltaba algún que otro gañido. Daniel observó con frenesí hacia los lados; tenían que irse, tenían que correr lejos, muy lejos, donde hubiese mucha gente. Se sentiría más seguro entre las personas. Así que salió a la calle, levantó su machete y corrió tan rápido como pudo, a pesar del escozor en su pecho y su hombro y de que apenas si veía algo en el diluvio. No recordaba el momento exacto en el que había comenzado a llover con tanta intensidad. Podía oír los latidos frenéticos de su corazón en sus oídos, era como tener tambores sonando sobre sus hombros.

Percibió las patas del lobo chapoteando contra el agua, siguiéndolo. No quiso voltear para comprobarlo, tuvo miedo de ver que Quillan no era el único que lo seguía.

No pensó en cuánto podría llamar la atención un chico corriendo por la calle lleno de sangre, acompañado de un lobo enorme y con un machete ensangrentado en la mano. No pensó en el frío que le calaba los huesos ni en el ardor terrible que se había instalado en sus cortes. Estaba asustado, no quería morir. Se sentía como en una pesadilla, en la peor parte, justo cuando uno se vuelve consciente de que todo es un mal sueño pero aun así es incapaz de despertar.

El diluvio dificultaba ver a la distancia, no sabía hacia dónde iba ni cuánto tiempo había estado corriendo; de repente, había perdido la noción del tiempo y sus pulmones ardían, al igual que sus piernas, pero solo se detuvo cuando estas le fallaron. Cayó al suelo, jadeante. Le costaba respirar y no estaba seguro de por qué. Sus dedos se hundieron en la arena húmeda. ¿Cómo había pasado de estar corriendo por su vecindario a estar en la bahía?

Su hombro, su pecho. Las heridas iban a matarlo, como la mordida del lobo. Iba a morir. Iba a morir por la rápida infección divina. Presionó una mano en la hemorragia de su hombro como si quisiera arrancarse la piel tan solo para mitigar el ardor, como si no pudiera respirar correctamente. Necesitaba concentrarse, necesitaba respirar, necesitaba…

—¡Daniel!

Abrió los ojos.

Entonces prestó atención a su entorno. Sí, estaba en la bahía, pero no supo decir en qué parte exactamente. Había un rostro frente a él, uno familiar y lleno de preocupación.

—Quillan… —susurró con voz ahogada.

También empezó a oír, el tambor en sus oídos se fue acallando con lentitud. Escuchó el rugido de las olas salvajes, sus desesperados intentos por obtener una buena bocanada de aire, y lo escuchó a él.

—Oye, e-estoy aquí, estoy aquí… —Sonaba tan asustado y perdido, como un reflejo de sus propios miedos.

Percibió que esos fuertes brazos lo rodeaban y Daniel se aferró a ellos como si su vida se fuese en eso. Quillan lo ayudó a levantarse y lo obligó a caminar, él no podía solo. No preguntó adónde iban, solo se concentró en respirar y caminar lo mejor que podía.

El oscuro boscaje entró en su campo de visión, se hundían en la profundidad de los altos abetos y la superficie mohosa. Era todo confuso y extraño. Entonces el miedo fue sustituido por el agotamiento extremo. Respiraba con dificultad. ¿Dónde era que estaban?

Por alguna razón, Daniel recordó a su hermanita, Kit; su rostro risueño iluminó sus sentidos como si la tuviera justo ahí, frente a él. Su mente no dejaba de tambalearse entre el pasado y su presente, insegura sobre dónde quedarse. Después recordó la risa de Evan cuando era pequeño, porque no lo había escuchado reír lo suficiente ahora que había crecido. Y cuando rememoró a sus padres, Daniel consideró la idea de que tal vez estaba por morir. Y si era de esa forma, lo último que quería hacer era irse pensando en sus padres, porque era triste.

QUILLAN

Hizo su mayor esfuerzo para mantener la estabilidad del chico, para que él no resbalara de su agarre otra vez y se cayera al suelo. Y aunque Daniel no parecía muy dispuesto a cooperar, él tampoco estaba dispuesto a detenerse hasta al menos haber encontrado un lugar seguro para ocultarse.

Daniel balbuceó algo, pero no podía detenerse y preguntarle qué quería, sabía que si lo hacía no podría volver a levantarlo. A su alrededor, el bosque se hallaba apacible, el diluvio de minutos atrás se había vuelto nada más que una llovizna de pocas horas. Las ranas chapoteaban, una lechuza ululaba a lo lejos a la par de unos gorriones, y entre los árboles corría el eco del susurro de un arroyo que decidió dejar atrás. Quillan había buscado a Glais, el *broonie* de carácter explosivo, en su morada, la cual se encontraba dentro de un hueco de un fresno añoso y deforme cubierto por musgo y hiedras, pero estaba vacío. Quillan no pudo evitar sentirse traicionado.

Y a su alrededor, todo era calmo.

Quillan se sintió furioso con todo y con todos a la vez que avanzaba y obligaba a Daniel a caminar. Estaba enojado consigo mismo por no saber qué le ocurría a Daniel, con aquellos que los perseguían y con toda la tranquilidad que los rodeaba, ajena a su desesperación, a ese enorme torbellino que solo parecía afectar su interior. Deseó que todos pudieran ver cómo se sentía, deseó poder manifestarse y mostrar toda su ira, deseó poder expresarse, pero no sabía cómo. Sus emociones eran humanas, intensas, y él no sabía cómo manejarlas. Él era un lobo, no un humano, todavía estaba intentando aprender a comportarse como tal. Intentaba, Daniel le enseñaba.

Daniel.

El terreno a sus pies comenzó a elevarse en una empinada colina. Se detuvo y observó la cima que, en esos momentos, le sentaba tan lejana. Tenían que subirla, pero el cuerpo de Daniel era cada vez más pesado y difícil de llevar. Sus ojos comenzaron a escocer y se apresuró a limpiarse con ímpetu; no podía llorar, él no lloraba, pero la sensación de impotencia era fuerte. Pensó que el mundo donde vivían era demasiado injusto. «No llores —insistió en su cabeza—, sé fuerte».

Miró la cima con determinación y aferró su brazo alrededor de la cintura del chico, mientras que el brazo de este colgaba sobre sus hombros.

—No te mueras —murmuró a medida que subía por la resbaladiza colina. Su voz urgente y bañada en miedo rompía con la calma que persistía en ceñirse sobre ellos—. No te mueras, Daniel.

Sus pies patinaron en la superficie húmeda. Quillan clavó sus rodillas en la tierra mientras afianzaba su agarre al cuerpo inerte sobre él. Inhaló, exhaló y volvió a intentar, recargándose en los árboles de la zona y usándolos como impulsor.

Daniel le había dicho antes que todo iba a salir bien, que tenía un buen presentimiento. Él le había prometido que al final todo iba a estar bien. Se lo había prometido. Tal vez el lobo no entendía muchas cosas todavía, pero sabía lo que eran las promesas, el compromiso. Entendía eso, y se suponía que Daniel también lo hacía.

Quillan se deshizo en el lodo y las hojas por tercera vez. Levantarse y continuar se volvía una tarea más difícil a cada caída.

—Daniel, lo prometiste —masculló, volviendo a tomar impulso, y su voz se quebró a medio camino, pero jamás su voluntad—. ¡Lo prometiste!

Pero Daniel ya no estaba consciente y su cuerpo terminó por ser solo un peso muerto. Muerto.

No...

Quillan se transformó.

Olfateó al chico tendido en el suelo y gimoteó como lo haría un cachorro, porque eso era, al fin y al cabo; no se sentía de otra manera. Le dio un par de lametones en la cara, lamió la herida en su pecho y después aferró sus dientes al cuello de la camiseta del chico. Clavó sus garras en el barro y empezó a arrastrarlo cuesta arriba. Cada fibra de su cuerpo temblaba, no tanto por el sobresfuerzo, sino por el miedo. No había podido hacer nada cuando atacaron a sus hermanos y hermanas, y temía ser incapaz de salvar al chico ahora. Su manada.

Creyó que no podría seguir, pero eso no podía ser, él necesitaba llegar a la cima, luego sería todo más fácil. El lobo estaba ansioso. «Daniel, Daniel, Daniel», se repetía en su cabeza, no había otra cosa que el lobo pudiera interpretar.

Cerró los ojos. «Por favor», insistió su lado más humano como un susurro agonizante que le hacía cosquillas en la parte trasera de la cabeza. El lobo tenía el rabo metido entre las patas y se sentía pequeño, tan pequeño e incapaz… Un lobo inútil.

«Nosotros —lloró el lobo—, nosotros».

Fue entonces cuando Quillan aulló.

Su desesperación inundó el bosque como si él mismo fuera una nueva tormenta. El viento azotó con violencia la copa de los árboles y el cielo se iluminó con un destello antes de sacudir la tierra por un trueno.

Se desplomó en el suelo tras su último esfuerzo, sintiendo la tensión en cada parte de su alma y su cuerpo. Levantó la mirada con la lengua afuera y se dio cuenta de que, sorprendentemente, había llegado a la cima. Volvió a levantarse y olfateó el aire, las gotas de lluvia salpicaron su fría nariz. Alzó las orejas, que se estremecían ante cualquier ruido a su alrededor, y observó aquello que se alzaba frente a él.

Eran rocas, pero no en realidad. Había algo… peculiar en ellas. Estas eran gigantes e imponentes; se alzaban, extrañas y alargadas de forma vertical. El moho las cubría en gran parte, pero si se acercaba bien, podría ver extraños grabados en la piedra gris que conjuraba protección. Ellas se extendían a lo largo y ancho del bosque, o eso le pareció. No podía ver el final de la línea, pero el lobo tenía la certeza de que ellas estaban marcando algún tipo de límite. El bosque que lo invitaba desde el otro lado no era el mismo en el que él estaba. Notó con cierta inquietud que, del otro lado, el verde era más oscuro, más espeso… Vivo.

Conocía los peligros que acechaban detrás, conocía el riesgo de quedarse, y pensó que nada podría ser peor del otro lado. Era un terreno desconocido, sí, pero no le quedaba otra que seguir avanzando, porque quedarse estancado allí sí que podría ser malo. Y él no le temía a lo desconocido. No, no lo hacía.

El lobo se estremeció y volvió a agarrar el cuello de la camiseta de Daniel con sus fauces.

Por un momento, recordó cuando era un lobo herido y sin manada, cuando no tenía nada que perder más que su vida. Caminó y atravesó el límite impuesto por los altos menhires, y pensó en cuánto habían cambiado las cosas desde aquella vez.

17
LOS JÓVENES DE HOY EN DÍA

EVAN

Todo el mundo tenía sus límites; excepto los psicópatas, tal vez. Pero Daniel no era un psicópata, ni tampoco desvariaba… O eso esperaba Evan. Y, de alguna forma, eso solo era peor, porque implicaba que su hermano mayor no estaba mintiendo, que había algo de verdad en aquello que Evan había tratado de ignorar por semanas enteras.

Por supuesto que «ignorar» no era el término más adecuado, porque Evan no lo había ignorado en su totalidad, él simplemente… no lo había creído, no había querido hacerlo.

No le dijo a Daniel que le había echado un ojo a páginas informativas que hablaban sobre todo eso que él le había contado esa vez, ni que había empezado a controlar en un calendario las veces que esos dos extraños cuervos solían pararse a las afueras de su casa, ni a cronometrar, solo por curiosidad, el tiempo exacto que se quedaban. No le dijo que en la rareza de todo aquello había un patrón bastante marcado, ni mucho menos que había encontrado estratégico el punto en el que las condenadas aves solían reposar.

Evan no dijo nada, porque eso significaba que se estaba empezando a tragar toda esa mierda sobrenatural, y no era el tipo de chico que picaba el anzuelo con tanta facilidad.

Entonces recordó la tarde anterior, cuando su padre entró en la casa, preocupado porque el jardín trasero parecía un escenario digno de Freedy Crouger. Cuando Evan vio la sangre derramada en la hierba, sintió un tirón en el estómago, sintió que algo estaba inevitablemente mal. Ahí fue que, entre la conmoción de lo peculiar, pudieron reparar en que Daniel no estaba en casa.

Este hecho no habría sido alarmante si su ausencia no se hubiera prolongado. Después de medianoche, y al corroborar que su hermano mayor no había llevado su teléfono celular adonde fuera que hubiese ido, su madre insistió en llamar a la policía. Su padre alegó que no creía que fuese para tanto, pero al final fue incapaz de negarse a los reproches de su mujer, así que llamó a un amigo de él que trabajaba en la comisaría local.

Collin Crane relató para el informe que vio a su hijo llegar a la casa, pero que como había estado más apático de lo usual, había decidido no almorzar con él y Evan.

—¿Qué significa «más apático de lo usual»? —deseó saber el oficial.

Su padre se encogió de hombros, despreocupado.

—Ya sabes, parecía inquieto y de malhumor, pero así están siempre los jóvenes de hoy en día —Collin se rio y se cruzó de brazos—. Daniel siempre ha vivido en las nubes.

Después le preguntaron a Evan, que había sido la única persona que había estado dentro de la casa luego de que su padre fuera al trabajo y su hermano desapareciera. Pero Evan no había visto ni escuchado nada; había estado preparando un par de trabajos pendientes del colegio, con la música sonando a tope en sus cascos. Tanto él como su padre fueron acribillados por una mirada furiosa de su madre, que parecía reprocharles su falta de atención.

Sin embargo, cuando creyeron que nada podría salir de todo aquello, un par de vecinos se arrimaron para alegar algo que los dejó patidifusos a todos. Habían oído una pelea de perros unos minutos antes de que la tormenta de ese día empezara.

La familia Crane compartió una mirada de extrañeza.

—Nosotros no tenemos perros —dijo su madre, pero en su mente ya parecía estar especulando opciones.

Evan también había estado barajando sus cartas y no le habían gustado sus posibilidades de juego.

El oficial se fue, pero antes les aconsejó no preocuparse, alegó que lo de su patio pudo haber sido un par de perros callejeros, y al igual que su padre, dijo que no era extraño ver casos de chicos jóvenes escapando de casa para pasarla bien. Sin embargo, aunque a Daniel le gustaba pasárselo bien de vez en cuando, Evan sabía que jamás se iría sin avisar o sin llevarse su teléfono celular.

Más tarde, Evan, bajo petición de sus padres, se vio obligado a llamar a algunos de los amigos de Daniel, entre ellos, Rosslyn, pero nadie había mantenido contacto verdadero con su hermano durante un buen rato, ni siquiera ella. Tampoco era como si Evan esperase que supieran algo sobre el paradero de Daniel, pero sus padres sí lo esperaban. Ellos no sabían.

—¿Y su nuevo amigo? —preguntó Anna mientras jugaba con sus dedos de manera atropellada y ansiosa.

—¿Qué nuevo amigo? —A Evan no le quedaba otra que fingir que no sabía nada.

—El otro día Dan mencionó a su nuevo amigo, ¿no te dijo nada?

«Daniel no me dice nada desde hace mucho, mamá —quiso decirle—. Ni siquiera recuerdo la última vez que tuvimos una charla de verdad».

—No, no sé nada.

Le mintieron a su hermana. Creyeron que ella no tenía por qué estar preocupada por nada de eso, aún no. A Evan le pareció injusto, porque Kit era probablemente la persona que más pendiente había estado de su hermano en todos esos meses, por lo que era la que más enterada estaba de todo.

Collin, su padre, sugirió que no deberían preocuparse tanto:

—Daniel es mayorcito, tal vez se ha quedado en casa de alguna chica.

Evan no se molestó en acotar que a Daniel también le gustaban los chicos, estaba al tanto de que su padre haría oídos sordos, como llevaba haciendo desde que su hermano les confesó de su bisexualidad a los quince.

Lo había dicho en la mesa mientras todos comían. Evan había visto la expresión pálida y ligeramente sudorosa de su hermano, también la sonrisa que pretendía hacerlo ver confiado respecto a lo que su familia tuviera que opinar, como si no le importara. Fue ahí cuando todas las cabezas habían girado para verlo y su padre se había reído como si le hubiese dicho un buen chiste. Su madre se había visto más pálida que el resto, pero había acompañado a su esposo en las risas, porque había preferido creer que aquello no era más que eso, un chiste. Así que nadie se lo había tomado en serio, salvo Evan.

La segunda vez que Daniel había decidido decirlo, había sonado mucho más decidido, pero había sido aún más incómodo, porque nadie se había molestado en mirarlo. Al principio, Evan había creído que nadie había oído a su hermano, pero más tarde se dio cuenta de que en realidad ellos no habían querido hacerlo. Pero Kit y él sí lo habían escuchado, y al parecer eso fue suficiente para él.

Así pues, esa noche la familia Crane durmió con la reconfortante idea de que el mayor de los hijos estaba siendo alojado en la casa de alguna amiga. Sin embargo, Evan no pudo dormir. Esperaba escuchar, en cualquier momento de la noche, los pasos de su hermano al entrar en la casa, acompañado de un lobo, tal vez; pero ya deseaba Evan tener tanta suerte.

∞

Por la mañana, y aún sin noticias, encontraron prudente no armar un escándalo, pero Kit no dejó de preguntar por él, como un inquietante recordatorio de la falta de Daniel.

Evan no quiso ir al colegio ese día; le envió un mensaje a Rae advirtiendo de su ausencia y sus padres no parecieron en desacuerdo con su decisión. Ellos se fueron para poder llevar a su hermana pequeña a clases y luego cubrir el turno de su hermano en el negocio.

Justo antes de salir, su madre se giró a verlo y le dejó claras instrucciones de llamarla por cualquier emergencia. «En caso de que aparezca tu hermano» quedó bastante implícito en la orden.

∞

Evan apretó el teléfono contra su mejilla mientras escuchaba la respiración agitada de Rae desde el otro lado. Apenas ella pudo leer su mensaje lo había llamado y le explicó la situación mientras caminaba por los pasillos de su casa, que en esos momentos le sentaban demasiado estrechos y agobiantes.

—Trata de no pensar mucho en esto, ¿sí? Daniel probablemente está bien. Tal vez metido en algún lío, sí, pero nada que él no pueda manejar.

Evan hizo una mueca, como dudando. Esto no era cualquier «lío», pero no podía decirle eso, no era sensato de su parte; todavía no. Se mordió el interior de su mejilla antes de suspirar casi rendido.

—Si algo le pasa, será mi culpa, Rae.

—¿Por qué lo sería? Si algo le ocurre, eso está en él. Creo que ya sabes cómo es tu hermano, metería una mano en un avispero solo porque sabe que su cabeza no entra. —Evan se rio un poco al recordar ese accidente con las avispas que tuvieron cuando eran más pequeños; claramente, Daniel había metido la mano en un avispero que creyeron abandonado por pura voluntad de probarse a sí mismo enfrente de los más pequeños—. No es tu trabajo ir tras él como si necesitase una niñera.

Menos animado, Evan volvió a suspirar.

—Lo sé, pero esto es diferente.

—¿Por qué?

Evan empezó a escuchar un bullicio desde el otro lado de la línea.

—¿Estás llegando al colegio? —preguntó él.

Rae tarareó.

—Casi. Estoy por cruzar la verja.

—Entonces te lo explico luego. Suerte —agregó antes de finalizar la llamada.

Evan se estremeció ante la incertidumbre que roía su interior con cada minuto que pasaba y, mientras se mordía las uñas hasta hacerlas sangrar, se preguntó si era sensato salir en busca de su hermano. Después, volvió a repasar el peor desenlace que podría tener aquella situación, uno donde la policía golpeaba a su puerta para traerle la devastadora noticia de que habían encontrado a su hermano sin vida en alguna zanja… No, tal vez a las orillas del mar o en el bosque, porque no se le ocurrían otros escenarios que estuvieran a las alturas de aquellas peculiares circunstancias.

¿Qué lo habría matado? Los lobos, probablemente, o alguna deidad antigua. Una parte de él quiso reírse, pero su risa habría sonado ácida y amarga, así que se contuvo. Solo Daniel era capaz de meterse en… cualquier cosa que aquello fuera.

Solo Daniel.

Evan se sacudió las malas sensaciones lo mejor que pudo y, con una determinación tambaleante, decidió que lo mejor era intentar encontrarlo, porque nadie, además de él, podría hacerlo, y nada de lo que pudiese estar esperándolo allá fuera podría ser peor de lo que él ya se había imaginado. Pero dudó. ¿Y si su hermano regresaba a la casa? Estaría herido, necesitaría ayuda, ¿no?

«¿Y si llega la policía en cambio?», preguntó con maldad una vocecita en su cabeza.

Evan decidió que él no estaría ahí para recibirlos.

Metió su cabeza en su suéter más pesado, uno de lana gruesa que su tía Beth le había regalado para alguno de sus cumpleaños, y salió de su casa apresurado, sin estar muy seguro de dónde podría comenzar esa búsqueda.

Se encaminó por las calles estrechas de su barrio, como si esperase toparse con Daniel de primeras. Como si aquel bastardo fuese a ponérselo fácil, claro.

Evan frunció el ceño, ¿adónde podría haber ido en su situación? Era probable que Daniel hubiera sido atacado, otra cosa no podía explicar la sangre en el suelo de su jardín. Seguramente también se había hallado asustado, así que Evan dedujo que en estas situaciones uno siempre huye a donde se encontrará más seguro. «Instinto básico», pensó. Pero ¿entonces por qué Daniel no se había metido en casa, como Evan sabía que había hecho en situaciones anteriores? A menos que su hogar ya no fuera zona segura. Ese pensamiento le revolvió el estómago, porque si su casa ya no lo era, significaba que todos estaban en peligro.

—Por eso huiste —concluyó Evan como si todo encajara.

Era Daniel Conall Crane de quien estaba hablando, después de todo, aquel que era buena persona, mucho mejor de lo que él podría llegar a ser alguna vez, ese que siempre pensaría por los demás antes que en sí mismo. Por supuesto. Jamás habría entrado en la casa si hubiera sabido que eso podría poner en peligro a alguien. Evan sacudió la cabeza con desaprobación; su hermano era un jodido idiota abnegado.

Sin embargo, el instinto de encontrar un lugar seguro prevalecía.

Trató de ponerse en situación y pensar como Daniel. ¿Dónde podría sentirse seguro? Su hermano disfrutaba de la compañía, el tumulto era su zona de confort. Iría al centro de la ciudad, a los negocios, al bar o a un restaurante. Donde la gente más abundase.

Caminó con más seguridad, con la esperanza creciendo en él a cada paso que daba.

Sin querer, su mente masoquista decidió desenterrar esos viejos recuerdos de Daniel siendo un buen hermano, tal vez para hacer que la culpa por no haberle creído se tornara más pesada sobre sus hombros o para hacer que el odio que le tenía hiciera lo mismo.

Evan tenía la edad de Kit cuando sus padres se separaron por primera vez; fue una época difícil, y el problema económico al que su familia se enfrentaba no parecía hacer más que separarlos. Su madre lloraba a escondidas de ellos y su padre encontraba consuelo en la bebida y en una amante, todo era tan solo una reminiscencia de aquellos malos tiempos que, con paciencia y esfuerzo, todos habían conseguido superar.

Fue en esa época de más necesidad que Daniel tomó una decisión que no le correspondía —no a la edad de once años, al menos—: encargarse de él y de su hermana menor en tanto Anna y Collin hacían lo posible por resolver sus problemas, tanto monetarios como sentimentales.

En su mente, Daniel se paseaba de un lado para otro preparando el desayuno, el almuerzo y la cena con lo poco que encontraba en la cocina. Lo recordaba a él cargando a Kit con apenas casi dos años. Ella lloraba siempre, los seguía a ambos a todos lados, y Daniel hacía juegos bobos y la mantenía entretenida hasta que su madre estuviera en condiciones de atender a su hija.

Era molesto, algo en Evan le decía que nadie podía ser tan desinteresado de sí mismo y odiaba que su hermano mayor pretendiera ser eso.

El teléfono en su bolsillo vibró, devolviéndolo a la realidad. Evan tanteó sus pantalones, sacó el aparato y vio que se trataba de una llamada de Rosslyn, la mejor amiga de Daniel. Respondió casi de inmediato.

—¿Hola?

—Evan, ¿y tu hermano? ¿Apareció? —Por supuesto que Ross no era alguien que se estuviese con rodeos. Agradeció eso de ella.

—No, todavía no.

—Es un idiota —farfulló la amiga de su hermano.

—Estamos de acuerdo en algo.

—Llamé a mi mamá, le pregunté si no lo habría visto, pero no sabe nada. Voy a intentar comunicarme con algunos antiguos compañeros de clases, para ver si alguno sabe algo.

—Ojalá lo hayan visto.

—Sí. ¿Daniel de verdad no te dijo nada? ¿No le pasó nada en estos días? Lo he notado distante y extraño, pero no pensé que fuera grave.

Evan guardó silencio, no sabía qué responder a eso. Pero, luego de segundos que le parecieron eternos, contestó:

—Las cosas aquí no dejan de tornarse más y más extrañas.

—¿Extrañas? Evan, me da escalofríos de tan solo oírte. ¿Y si intentas ser menos ambiguo y espeluznante al respecto? ¿Qué, Daniel se metió en las drogas?

Se rio sarcástico.

—Ojalá fuese eso. Pero sabes que a Daniel nunca le gustó hacer las cosas simples.

—Entonces vuélvelo algo «simple», Evan, porque, visto lo visto, en eso te pareces bastante a tu hermano —dijo Ross con un tono irritado que lo crispó.

—¿Para qué diablos me llamaste, Ross? Te dije que no lo hicieras a menos que tuvieras algo de información.

—Es mi amigo, idiota, y también estoy preocupada, así que tengo derecho a querer saber.

—Entonces piérdete, porque todavía no sabemos nada de él, por lo que ya habrás logrado deducir.

Cortó la llamada y guardó su móvil. Evan no estaba para lidiar con la amiguita de su hermano. Ross era una excompañera de instituto de Daniel y su amiga más cercana junto a otros compañeros, pero estos no eran tan íntimos como lo eran ellos dos. «Los reyes del colegio», pensó Evan con rencor.

Evan no estaba seguro de si la aclamadísima Rosslyn Kirkpatrick lo odiaba tanto como él lo hacía, pero definitivamente algo en él no le agradaba; de lo contrario, ella nunca se habría empecinado tanto en molestarlo cuando eran niños. Aunque eso no había sido lo peor, porque Evan podía lidiar con los bravucones, eso era lo de menos. Con lo único que no podía hacerlo y lo sacaba totalmente de quicio era que su hermano se hubiese reído cada vez que Ross se había metido con él y nunca hubiese hecho nada para defenderlo. Y sí, probablemente hubiese sido vergonzoso, de todos modos, pero habría estado bien que Daniel al menos hubiese tenido la decencia de hacer algo al respecto. Lo que fuera.

La zona más concurrida de Deira lo abrazó con sus calles angostas y edificaciones pintorescas. La gente se tropezaba con él con cada vez más frecuencia, y veía más autos y motocicletas sacudirse al ritmo de las calles adoquinadas.

Evan pasó por el bar de David y dudó en entrar. Era un lugar concurrido; durante las tardes, después de cada jornada escolar, los chicos de cursos mayores se apilaban ahí para beber algo con amigos y, por las noches, el establecimiento era exclusivo para los más adultos. Daniel antes solía concurrir a ese y el dueño era un amigo cercano de su padre, así que Evan dedujo que sería bueno acercarse y preguntar.

—¿Tu hermano? No. Y ahora que me lo mencionas, hace meses que no le he visto pisar el lugar.

Luego Evan le preguntó a su hijo Taffy, un chico agradable de unos veinte y tantos años que solía frecuentar más el bar por la tarde, pero él tampoco lo había visto.

Padre e hijo lo miraron intrigados desde el otro lado de la barra, y David, como buen miembro de un pueblo pequeño como Deira, hizo su mayor esfuerzo por sacarle información, deseoso de saber qué había ocurrido con el mayor de los hermanos Crane. Por supuesto, era una noticia jugosa que más tarde podría distorsionar y compartir con sus clientes. Evan evadió sus preguntas, no era su intención que toda la ciudad hablase tan libremente de sus problemas.

Antes de poder irse, y mientras David atendía a un cliente, Taffy se le acercó, inclinándose sobre la barra mientras secaba algunas copas.

—Deberías preguntarle a la dueña de la tienda de conveniencia a unas calles de aquí —aconsejó con voz amable y ojos simpáticos—. No hay nada que ocurra en Deira y ella no sepa.

Evan solo atinó a asentir torpemente.

—Muchas gracias —dijo, ya trotando hasta la salida.

Lo último que escuchó antes de salir fue un «¡no es nada!», seguido por la campanita que tintineó sobre la puerta.

Todos conocían a Orla Mackenzie o habían comprado algo en su negocio al menos una vez. No era muy difícil pasarla por alto: esa mujer pequeña y rechoncha era el oído que nadie deseaba que estuviera escuchando, era las malas lenguas y el terror de los niños revoltosos. La señora Mackenzie era la única capaz de llevar a cabo un interrogatorio, oculto debajo de amigables sonrisas y palabras astutas.

Su tienda, que llevaba años sirviendo, era una telaraña muy pegajosa, por eso uno debía tener cuidado con lo que decía mientras estuviese allí haciendo las compras; cualquier movimiento podría despertar a la araña, y luego era demasiado tarde para escapar de ella.

Evan tenía la certeza de que se estaba dirigiendo a la boca del lobo.

Las multitudes no eran lo suyo. Evan pensó que eso lo había dejado claro miles de veces.

Al entrar en la tienda, lo primero que notó fue la multitud y una larga cola en la única caja que era atendida por Orla Mackenzie. Su marido trabajaba en la carnicería del fondo, Evan podía escuchar la sierra cortando la carne y la risa del hombre mientras hablaba con algún cliente.

Él se acercó a la caja, ignorando lo mejor que pudo los ojos prejuiciosos de la gente que esperaba a ser atendida. Les lanzó una mirada de disculpa antes de murmurar:

—Yo… Señora Mackenzie, hola.

La mujer lo miró de arriba abajo, ligeramente sorprendida. Luego ella sonrió y Evan decidió que no le gustaba su sonrisa.

—Oh, tú eres el hijo de Anna, ¿a que sí? —dijo, entornando la mirada.

—Sí, yo… Solo quería saber si de casualidad usted no habrá visto a mi hermano… ¿Daniel? —preguntó algo inseguro.

—¡Ah, sí! —exclamó ella con una sonrisa—. Sí, sí, una amiga mía me comentó que ayer lo vio. Pasó corriendo por su casa. ¡Iba en medio del temporal! Qué ganas las suyas de exponerse bajo una tormenta tan terrible y repentina como la de ayer. Pero los jóvenes de hoy parecen pensar que son invencibles, ¿eh? —agregó juguetonamente hacia la mujer a la que le estaba cobrando.

La esperanza chispeó en su interior, algo maltrecha, sí, pero estaba allí.

—¿Sabe hacia dónde iba?

—Bueno, ella me dijo algo sobre el camino a la costa, también mencionó algo sobre un perro. No sabía que ustedes tuvieran uno.

—No tenemos —repuso, incómodo por cómo la gente lo miraba.

—Qué raro. Él iba con uno, Mary dijo que era enorme y negro, ¿estás seguro de que no es de ustedes? Porque también hace unas cuantas semanas me habló Frank y dijo que también había visto al chico Crane con un perro negro.

Evan resopló, intentando con todas sus fuerzas no parecer tan hostil.

—Estoy bastante seguro de que no tenemos, señora Mackenzie.

—Oh, bueno... No me pareció tan importante porque pensé que Frank tal vez se habría equivocado; justamente yo lo había visto esa misma tarde con otro joven, un muchacho apuesto, no me resultó familiar. Se lo dije a tu madre, no tenía cara de ser un buen chico. Y...

Evan la interrumpió, retrocediendo poco a poco hasta la salida.

—Yo… Esto… Muchas gracias, fue de gran ayuda, y yo… ya tengo que irme.

—Escucha, Evan, ¿verdad? —Él asintió, con una mano ya sobre la manija de la puerta—. ¿Ha pasado algo con tu hermano?

Evan relamió sus labios y negó con rapidez, abriendo la puerta y dejando mitad de su cuerpo fuera del local.

—Nada que sea de su incumbencia. Gracias, señora Mackenzie. —Y echó a andar.

Su objetivo entonces se había vuelto la bahía. Evan consideró la idea de relajarse un poco, ya que el futuro con respecto a su hermano empezaba a verse más esclarecedor.

La bahía no estaba tan lejos, pero técnicamente nada parecía estar lejos en Deira. Antes de darse cuenta estaba allí, con el arrullo de la marea y el zumbido del viento en sus orejas. La arena se le metió en los zapatos y los ojos, así que se los frotó con ímpetu.

En su bolsillo su teléfono volvió a vibrar. Era un mensaje de Rae.

> **Rae:**
> Fui a tu casa. ¿Dónde estás?

Evan tecleó con rapidez su respuesta y volvió a guardar el artefacto en su bolsillo.

Conocía a Rae desde que tenía seis años. Curiosamente, su amistad daba origen ahí mismo, en la costa. Sus padres los habían llevado a la bahía a disfrutar una tarde de verano. Rae estaba sola en su traje de baño haciendo un castillo de arena. Ella tenía el pelo largo, se parecía mucho a Anya en esa época. Estaba haciendo una fosa en la arena que protegiera su castillo.

Evan se acercó y le prestó su balde de plástico y su palita azul. Daniel apareció con ellos, minutos después, y comenzó a hacer tonterías que hacían reír a su nueva amiga.

«¡Vete con mamá y papá, Dan!», le había dicho él mientras lo empujaba lejos de ella. Estaba cansado de que su hermano siempre le robara a todos sus amigos. Daniel se dejó empujar entre risas hasta caerse al suelo y entonces Evan se rio también.

Rae lo alcanzó minutos más tarde. Apareció corriendo y con la mochila de la escuela colgando de un hombro. Estaba despeinada y sus mejillas se teñían de rojo por el esfuerzo. Iba con la camisa del uniforme arrugada, el botón de arriba estaba perdido, la corbata, suelta, y el pantalón de chándal le quedaba algo grande.

—¡Evan! —Ella sacudió un brazo en el aire.

Él le dio lo más parecido a una sonrisa.

—Hey, ¿y la escuela?

—Salí antes —respondió entre jadeos, recargando las manos sobre sus rodillas.

—¿No te dijeron nada? —preguntó él, algo extrañado.

—No se dieron cuenta —ella sonrió de forma enigmática, pero luego su rostro cambió a uno más serio—. ¿Y tu hermano? ¿Nada?

Evan suspiró.

—No, nada. Hablé con la señora Mackenzie, la de la tienda; me dijo que ayer lo habían visto correr hacia aquí, pero podría estar en cualquier lado —sopesó desganado.

—Aparecerá —intentó consolarlo ella—. Ya sabes, seguro lo encontraremos tomando sol en una reposera con un cóctel en la mano. Luego él nos va a sonreír como si fuese el mejor en este mundo.

—Te juro que voy a matarlo si llega a ser así —prometió Evan.

Rae sonrió.

—Cuento con ello.

Caminaron durante un largo rato por la costa. Rae le habló sobre la escuela y sobre una nueva serie de televisión sobre internos en un hospital que pasaban por la televisión, para distraerlo un poco. Al final ella desistió y decidió adelantarse unos metros. La ansiedad de pronto se había vuelto una sensación aplastante; su visión positiva decayó y tenía miedo de no hallar a su hermano, pero temía más el hacerlo.

«Todo estará bien», le susurró una voz en su interior, para obligarlo a mantener la calma.

Quiso creerle, de verdad.

El peso de la culpa volvió a querer ganar partida en su cabeza, pero no fue hasta que Rae lo llamó desde la distancia que perdió el juego por completo.

Su mejor amiga estaba parada sobre los juncales, de espaldas a él. Evan avanzó a paso apresurado hasta posicionarse a su lado.

—¿Qué pasa? —preguntó, tomándola del hombro.

—Mira esto —murmuró ella, arrodillándose en la arena.

Evan la imitó y contempló lo mismo que ella: un machete. No, no solo un machete, sino uno cuyo mango de madera destacaba por su tallado de espirales trenzados, con rastros de sangre seca impregnada de arena en la hoja.

Evan perdió el equilibrio y se aferró con más fuerza a su amiga. Agarró el machete, lo inspeccionó con un temor latente, y luego sus ojos se deslizaron sin querer hacia el interior de aquel bosque que se elevaba como un único ser viviente a la distancia: lúgubre, macabro y lleno de secretos.

Su estómago se revolvió y estaba seguro de que había perdido cualquier rastro de color en su cara.

Tanteó los bolsillos de su pantalón y sacó su teléfono, buscó el número en sus contactos y presionó el botón verde que decía «Llamar». Fueron dos tonos hasta que la persona del otro lado de la línea contestó.

—Evan, qué...

—¿Mamá? —La voz se le rompió sin querer—. Mamá, no creo que Daniel vuelva a casa.

Rae volteó a verlo con los ojos bien abiertos, desconcertada. Ella no sabía que ese machete de ahí era el mismo que tenían guardado en el cobertizo de su patio, ese que, como la mayoría de las herramientas de su casa, llevaba las iniciales de su padre talladas. Ella no sabía todo lo que eso podría implicar. Nadie lo hacía en realidad, solo él. Evan era consciente de que nada de eso podía ser una simple coincidencia, era imposible que lo fuera. El lobo, las descabelladas historias que Daniel le había contado, el extraño hombre que vagaba su casa en secreto...

Él cada vez odiaba más a su hermano.

18
LOS PEDAZOS QUE DEJÓ ATRÁS

 KIT

La palabra «DESAPARECIDO» escrita con marcador rojo y en letras mayúsculas estaba bastante desprolija. La letra P era más grande que todas las demás, pero el texto se comprendía, eso era lo importante. El dibujo de Kit no se parecía mucho a la foto que había intentado retratar, pero ella estaba decidida a ayudar con lo que fuera. Anya había preferido pegar directamente la foto que se habían robado de uno de los álbumes sobre una hoja y le había agregado brillantinas, y a Kit le pareció que su letra era mucho más prolija que la suya.

—¿Se parece a él? —preguntó de repente, extendiendo el cartel hacia Anya.

Ella lo examinó con ojo crítico durante un largo rato y al final sonrió.

—Sí, se parece. Dibujas bonito.

Kit sonrió de vuelta, halagada.

Mientras volvía a pintar, sus ojos se desviaron un momento a la puerta. Ambas estaban sentadas en la mesa de la cocina, pero aun así podían oír a su mamá y su papá en la sala. Anna Crane parecía estar discutiendo con alguien y Kit no quería saber con quién.

—Tenemos que hacer muchos —murmuró, tratando de distraer su atención.

Anya levantó la vista de su labor para verla.

—¿Cuántos?

—Muchos. Hay que repartirlos por todos lados, así la gente los ve y nos dice si vieron a mi hermano y pueden ayudarnos a encontrarlo.

—¿Y si le pasó algo malo? —preguntó Anya.

Parecía preocupada, pero Kit sabía que su hermano estaba bien. A ella nunca le gustó la mirada tan trágica que su amiga tenía de las cosas.

—No, él seguro está bien —contestó, regresando a su trabajo.

—¿Qué crees que le haya pasado?

El crayón con el que estaba pintando el rostro de su hermano se detuvo un momento.

¿Qué le habría pasado? ¿Dónde podría estar?

Al principio Kit había notado que algo estaba mal en su casa, pero no había sabido decir qué. Había sido consciente de la ausencia de Daniel en la primera mañana, pero nadie había dicho nada, entonces pensó que no tenía por qué ser algo grave. Pero luego, cuando le había tocado volver del colegio, se encontró con que no había nadie en la casa para recibirla, y nadie le abrió la puerta por más que hubiese golpeado y llamado por alguno de sus hermanos. Sin embargo, no se asustó; se le ocurrió que tal vez habrían tenido algo que hacer, así que solo se sentó a esperar que alguien llegara. Pero pasó el tiempo y pensó que se habían olvidado de ella, que se habían ido lejos sin decirle nada. Más tarde se dio cuenta de que eso era tonto.

Le pareció que había pasado una eternidad cuando escuchó el motor viejo y vio que la camioneta aparecía en una esquina. Cuando estacionó afuera del garaje, Evan y sus padres bajaron.

Lo sintió extraño.

—Me olvidaron —dijo con cierto reproche, aunque no estaba enojada, era una broma.

Su madre se acercó a ella, pero no le sonrió ni le siguió el juego o se disculpó. Su padre estaba atento también, callado y expectante. Sin embargo, Evan no la miraba, sus ojos grises estaban plantados en el suelo.

—Hija, tú no sabes nada de Daniel, ¿no? Algo que te haya dicho y nosotros no sepamos. —Su madre la miró con una sonrisa dulce y ojos ansiosos.

En aquel momento a su mente había arribado el recuerdo del mejor amigo de Daniel, Quillan. Nadie sabía de él salvo ella, tal vez Evan también. Pero Quillan era un secreto, el mejor guardado. Si lo delataba, más tarde Daniel se enojaría con ella porque le había prometido que no diría ni una sola palabra. No iba a traicionarlo a él, no tanto por respeto a su promesa, sino porque le pareció que sus padres no valían tanto la pena.

—No, no sé nada. No me dijo nada.

Entonces notó cómo Evan alzaba de sopetón la cabeza para mirarla con los ojos abiertos de par en par. ¿Él ya les habría dicho algo a sus padres? No le habría sorprendido que su hermano fuera un bocazas, tampoco le quitaba el sueño; si él había abierto la boca, era su problema, la bronca le caería a él. Ella era leal.

—Fuimos a la policía porque tu hermano no aparece y necesitamos saber todo lo posible para poder encontrarlo —insistió su madre, acariciando su mejilla con cariño.

Kit descubrió que la decepción era amarga. Su madre solo actuaba así porque quería oír algo de ella. Retrocedió de su toque con una mueca y se arrinconó contra la puerta de madera.

—No sé nada —repitió.

—Por favor, hija, si sabes algo que nosotros no, tienes que decirlo; de lo contrario, a tu hermano podría pasarle algo malo.

Así fue como su determinación se balanceó en la cuerda floja por primera vez. Su madre se veía tan preocupada que de verdad por un momento quiso decirle todo.

—¿Está desaparecido? —preguntó, para estar más segura, rascando su nariz con nerviosismo.

Todos asintieron lentamente.

—¿Sabes algo? —cuestionó su padre.

Kit miró a Evan como pidiendo ayuda, pero su hermano no hizo nada que pudiese darle una pista.

—Yo... —dudó mientras bajaba la mirada hacia sus manos.

—Katherine —su madre demandó, más severa.

El acróbata recuperó su equilibrio milagrosamente. Si antes ella había dudado, entonces ya no.

—No me gusta que me digan Katherine.

𝒦

—¿Kit? —Anya la sacó de sus pensamientos, y el crayón volvió a moverse sobre la hoja.

—No sé.

No era mentira, ella no tenía idea de qué pudo haberle ocurrido a Daniel. A veces deseaba poder entrar en su cabeza.

—Voy a necesitar más fotos —dijo Anya entonces.

—¿Y si mejor lo dibujas? —propuso conciliadora.

—No sé dibujar, me va a salir feo. Mejor las fotos.

—Bueno... —Kit suspiró.

Se bajó de la silla y caminó hasta la sala, la voz agitada de su madre se fue volviendo más y más clara. Cuando llegó, se dio cuenta de que estaba discutiendo con alguien por el teléfono mientras su padre la miraba desde el sofá, expectante. Ninguno se percató de su presencia, y ella así lo prefirió. Se desplazó por el lugar como una silenciosa sombra.

—¿Y a ti que más te da? La única razón por la que te llamé fue para ver si sabías algo de él, nada más. —La otra persona al otro lado de la línea habló por un largo tiempo y su madre solo se enojaba más—. ¡Ja! ¡Como si te importaran realmente los niños! —replicó mordaz antes de otro silencio. De pronto la cara de su madre volvió a deformarse por la furia, y cortó la llamada casi en el acto—. No sabe nada.

—No esperaba que lo hiciera, la verdad —respondió su papá con calma—. ¿Qué te dijo?

—Que no sabe nada de él y quiere venir y ayudar. ¿Puedes creer que me acusó de ser una mala madre? —exclamó indignada. Kit se acercó con lentitud hasta el estante marrón donde estaba el televisor—. Cree que fue por mí que Daniel se fue.

—Está viejo —dijo su padre como si eso explicara todo. Kit abrió el estante y este chirrió, llamando la atención de ambos—. Hija, ¿qué estás buscando?

Kit se volteó.

—El álbum de fotos —respondió con suavidad.

Ninguno dijo nada al respecto, solo esperaron a que ella hubiera conseguido lo que buscaba y saliera de la sala para poder seguir hablando. Katherine notó que en la cocina el aire era más ligero que en la sala.

Anya seguía ahí sentada, preparando otras hojas para poder continuar con la misión de los carteles.

—Aquí está. —Kit dejó el libro de cuero sobre la mesa.

Anya se apresuró a abrirlo e inspeccionarlo. Pasó las hojas con las fotos y fue sacando las que le parecieron correctas. Kit, mientras tanto, las iba acomodando. Siempre le había gustado ver las fotos. Sus favoritas fueron las de sus hermanos cuando eran bebés, de la época en la que ella todavía no había nacido. El pasado siempre le había parecido de lo más curioso. Le resultó extraña la idea de su familia sin ella. ¿Qué habían hecho cuando ella no estaba? ¿Cómo habían sido sus hermanos de pequeños: traviesos, tranquilos, peleadores?

—Te ves graciosa en esta —Anya soltó una carcajada maliciosa.

Kit caminó hasta ella con el ceño fruncido.

—Déjame ver —demandó, arrebatándole la foto de las manos.

Tenía razón, en esa foto ella estaba haciendo una mueca graciosa. Parecía tener dos años. Daniel también era más pequeño y cargaba con ella mientras Evan lo ayudaba a sostenerla y los dos sonreían a la cámara.

—Daniel y Evan parecían amigos —observó su amiga.

En las fotos de pequeños ellos siempre parecían amigos, pero en la actualidad las pocas fotos que compartían juntos estaban marcadas por sonrisas tirantes y posturas incómodas. Solía escuchar a la gente decir que ellos dos eran como dos gotas de agua, pero Kit no podía encontrarlos más diferentes el uno del otro.

Prestó más atención a la imagen. Atrás de ellos, se podía ver al mar bullicioso que tanto conocía y una parte del faro, con la pintura tan gastada que parecía que se caía. Frunció el ceño. El faro quedaba cruzando el mar, en una isla pequeña donde solo parecía vivir una persona, y únicamente se podía llegar ahí con un bote. Anya una vez le había dicho que quien vivía ahí cuidaba el faro. Ella no recordaba haber ido nunca, ni se acordaba de esa foto.

El pasado de verdad era curioso.

※

Más tarde, tenían veinte carteles. Diez con fotos y otros diez que Kit había dibujado.

—Podemos ir ahora y repartirlos —dijo Anya.

—Sí, y también podemos buscar pistas, ¡como los detectives en la televisión! —exclamó Kit con entusiasmo—. Tal vez encontremos algo que pueda guiarnos hasta él.

—¡Sí, y podríamos usar una lupa! Y una libreta para anotar todo lo que es importante también. —Anya se abrazó a los carteles que habían hecho y bajó de su silla.

Kit sonrió.

—Iré a buscar todo, espera.

※

El que nadie se hubiera enterado de que ellas habían salido de la casa resultó ser un sentimiento desalentador por alguna razón. Kit se preguntó si eso estaría mal, ¿debería avisarles a sus padres? Ellos últimamente se veían tan ocupados y enojados que prefería no estar cerca de su radar, pero…

—No vayamos muy lejos.

Anya asintió distraídamente.

Dieron vuelta la manzana, pegaron carteles en los postes de luz con cinta adhesiva, buscaron pistas y Kit se sintió como en una verdadera aventura, siempre con la incertidumbre de saber qué podía ocurrir después.

Cuando todos los carteles de «DESAPARECIDO» estuvieron esparcidos, se les ocurrió jugar a que su hermano había sido atrapado por un terrible villano y ellas eran espías que debían rescatarlo.

—¡Tenemos que encontrar pistas! —exclamó Anya—. Necesitamos algo que nos guíe a la guarida del hombre malo.

—¡Creo que encontré algo! —Kit se acercó a un árbol, pretendiendo estar viendo una pista justo en el tronco—. Es una marca, ¡de garras!

—¿Qué crees que pudo haberlas hecho? —preguntó su compañera.

—Creo que no es un hombre común y corriente quien tiene a mi hermano, creo que es un monstruo.

Anya dejó escapar una exclamación, sorprendida.

—¿De qué tipo?

—Dime tú.

Anya se acercó con su lupa e inspeccionó con detenimiento el árbol.

—Una bestia, claramente.

—Sí, ¿pero cuál? —bufó Katherine.

Anya le lanzó una mirada fulminante antes de responder:

—Un lobo. Un hombre lobo.

Kit medio que resopló.

—Puedes hacerlo mejor —se quejó, cruzándose de brazos.

—Bueno, dime tú de qué es entonces —la desafió su amiga.

Kit se acercó a ver esa fingida marca en el árbol, y tras unos largos segundos de silencio, ella asintió, como si supiese con lo que estaban lidiando.

—Un hombre pájaro, definitivamente.

Anya se cruzó de brazos y la miró con escepticismo.

—Eso es muy bobo, no hay tal cosa —discrepó.

—Claro que sí, yo lo sé —replicó Kit muy segura de sí misma.

—¿Cómo?

—Si buscas bien, podrás encontrar plumas. Ese es el rastro que debemos seguir, nos guiará hasta el hombre pájaro y mi hermano.

Anya pretendió anotar algo en una libreta vieja que habían sacado de entre las cosas de Kit.

—Muy bien, tú busca plumas por ahí y yo por aquí. Ve.

Se separaron y comenzaron la ardua búsqueda. A Kit le pareció que había encontrado un nido de paloma justo cuando escuchó el grito de su padre llamándola desde la distancia. Su corazón se oprimió casi en el acto, y se volteó. Anya corrió a su lado y tomó su mano como primer reflejo. Por el tono de voz de su padre, ambas se dieron cuenta de que habían actuado mal, incluso si una pequeña parte de ellas siempre lo supo.

—¿Por qué se fueron de la casa sin avisar? —bramó su padre con el rostro congestionado por el enojo.

Anya se aferró a ella con más fuerza.

—Estábamos buscando a Daniel, queríamos ayudar —intentó explicarse Kit.

Su padre la agarró de la mano con brusquedad y la obligó a avanzar.

—Tu madre está como loca —murmuró—. ¿Y si les pasaba algo? Tendrían que haber pedido permiso, avisarnos.

—Perdón —susurró Kit, bajando la cabeza a medida que avanzaban.

En el momento en el que se adentraron en la casa, fue como si el caos explotara sobre ella.

Anna se abalanzó rauda hasta su hija, casi como un toro. Evan estaba ahí también, pero al margen. Ella tomó a Katherine del brazo y la niña intentó zafarse, pero los dedos fríos y delgados de su madre se apretaron con más fuerza.

—¡¿Dónde estaban?! —gritó fuera de sí—. ¿Cómo fueron capaces de irse así, sin avisar? ¡Mucho más ahora, con todo esto de tu hermano! ¿Y si te pasaba algo? ¡A ambas! ¿Qué íbamos a decirles a tus padres, Anya? ¿Eh?

—Queríamos encontrar a Daniel —murmuró tan bajito que creyó que no la habían oído.

A Kit le pareció una causa digna y noble, una excusa enternecedora, algo que podría amortiguar toda esa situación. Ella solo quería encontrar a su hermano, puesto que la policía no había hecho ningún esfuerzo. Evan le había explicado que ellos creían que Daniel se había ido por su propia cuenta, pero ella no entendía por qué. Por otro lado, su madre insistía en que algo malo le había ocurrido.

Katherine no quería creer ninguna de las dos opciones.

—¡Oh! Y cuando salí para buscarte como una loca por la calle, me encontré con esto. —Su madre extendió uno de los carteles que habían hecho, con una de las fotos de su hermano pegada a la hoja. Kit sintió cómo Anya se ocultaba un poco más tras su espalda—. Katherine, ¿qué es esto? —Su voz sonó demasiado peligrosa.

—Un...

—¡Son fotos, recuerdos! —interrumpió—. ¡No puedes tomarlos y tirarlos por la calle, así como así!

—Quería ayudar a encontrarlo... —De repente, se le llenaron los ojos de lágrimas—. Ustedes me vieron cuando fui a tomar las fotos, pensé... Pensé que estaba bien.

—Mamá… —Evan dio un paso al frente, pero cuando su madre se giró a verlo, vaciló.

—¿Y si les pasaba algo como a Daniel? —espetó, volviendo la vista a su hija.

—¡Daniel está bien! —sollozó Kit, pero súbitamente parte de ella ya no estaba tan convencida.

—Mamá, ya está. —Evan volvió a avanzar.

—No, ella tiene que entender que…

—Ya lo entendió, lo entendieron. Ambas —aclaró él en tono duro—. Ya está, no pasará de nuevo. Estás nerviosa, todos lo estamos, ¿sí? No lo vuelvas peor, por favor. Déjalo pasar.

Su madre las miró un segundo antes de soltarla con la misma brusquedad con la que la había tomado. Kit sintió el sabor salado de las lágrimas sobre sus labios resecos. Podía oír a Anya soltar pequeños sollozos desde su espalda. Se miró la muñeca dolorida y comenzó a llorar con más fuerza. Quería detenerse, pero no podía. Caminó hasta estar más cerca de su hermano y se aferró al borde de su sudadera. Él la miró desconcertado por unos segundos antes de suspirar. Pasó una mano por sus hombros y se inclinó un poco para estar más a su altura.

—¿Vamos a mi habitación? —ofreció con amabilidad y ojos gentiles que ella muy pocas veces había sentido de su parte.

Kit asintió con vehemencia, aún entre hipidos. Él la tomó de la mano libre con suavidad y las guio a ella y Anya por los pasillos. Les abrió la puerta y las dejó acomodarse en su cama para que se tranquilizaran.

Kit todavía tenía la nariz y los ojos rojos cuando Evan se sentó con ella y la abrazó por los hombros. Anya se acomodó debajo de su otro brazo y se quedaron así durante un largo rato. Cuando estuvieron mejor, Evan se levantó de la cama y las dejó solas. Ni ella ni Anya preguntaron a dónde se dirigía.

Se quedaron dormidas. Cuando Kit despertó, lo hizo sola y con un sabor amargo en la boca. Desorientada, notó que era de noche. Le pareció que había dormido un día entero cuando solo fueron un par de horas. Anya no estaba, pero su hermano sí. Evan tecleaba en su computadora con agilidad, al igual que esos nerds de las películas.

Ella refregó su rostro con pereza y se levantó para ir junto a su hermano.

—¿Y Anya? —preguntó con voz ronca.

—Papá la llevó a su casa hace unas cuantas horas. Ahora está con mamá en la estación de policía.

Kit asintió con lentitud, y entonces ambos escucharon algo que los hizo saltar del susto. Alguien estaba tocando la puerta. Evan chequeó la hora en su teléfono y se levantó. El corazón de Kit saltó ante la posibilidad de que se tratase de Daniel. Ambos salieron casi corriendo de la habitación, probablemente compartiendo la misma esperanza.

Toc, toc, toc.

Cuando estaban en la entrada, Evan abrió la puerta de golpe. Kit miró con decepción: quien tocaba no era su hermano, solo un hombre viejo enfundado en un abrigo marrón y gastado que le pareció vagamente familiar.

—Evan. —El extraño asintió en dirección a su hermano y luego la miró a ella. Una chispa de reconocimiento brilló en los ojos del hombre. Kit se ocultó tras Evan y lo miró con timidez; ella pudo percibir cómo su hermano estaba tenso.

—¿Qué haces aquí? —dijo Evan con recelo.

—Vengo a ayudar con todo lo que pueda —respondió.

—Mamá no te quiere aquí —replicó.

—Me imagino. Tu madre va a tener que aguantarse.

Kit tiró del brazo de Evan.

—¿Quién es él? —preguntó en voz baja.

—Ve a tu cuarto —ordenó Evan—, luego te digo.

Kit obedeció a regañadientes. Caminó por el pasillo hasta perderlos de vista, pero no fue a su habitación, fue a la de Daniel. Se metió en su cama y se ocultó debajo de las cobijas. Cuando era más pequeña y tenía pesadillas, hacía lo mismo; Daniel era de sueño pesado, eso volvía mucho más fácil el infiltrarse. Ahí se sentía segura y conciliar el sueño le parecía más fácil. Pero fue desolador el sentimiento de las sábanas frías, la cama le pareció enorme por primera vez.

Ella no pudo volver a dormir.

19
EL SANTUARIO DE CERNUNNOS

DANIEL

Se estremeció en la profundidad de un sueño. Sabía que era un sueño de la misma manera que sabía que estaba dormido, pero incluso con esa certeza latente, muy en el fondo de su cabeza no fue capaz de contemplar el hecho de que se suponía que él no debería estar así.

El viento y los grillos armaron una orquesta que sonaba de manera tenue, como si eso fuera parte del sueño. Hasta que el sonido se fue volviendo más y más fuerte, tanto así que se tornó molesto.

Intentó volver a ese sueño que se le escapaba con fuerza, pero algo intentaba hacerle recuperar la consciencia.

Algo no estaba bien.

Al final el chillido agudo y estridente de un mochuelo y las últimas memorias violentas que poseía lo despertaron

Su pecho subía y bajaba con rapidez, parecía llevar una enorme mariposa despavorida por corazón. Trató de tomar control de su cuerpo y calmarse por su propio bien.

Que te cortara la hoja de una espada celestial podía resultar letal si eras lo suficientemente humano para ello. Daniel Crane lo aprendió por las malas.

Parpadeó un par de veces y miró a los lados con los ojos entrecerrados. El cielo tenebroso pero estrellado lo contemplaba desde arriba. Las gotas pequeñas de una bruma repentina le golpearon en la cara con el sabor del mar.

Estaba incómodo sobre el terreno húmedo, temblaba de pies a cabeza, y descubrió que no tenía ni siquiera una camisa que lo defendiera del frío.

Levantó una mano temblorosa para acariciar el corte que recordaba llevar en el pecho y la lesión en su hombro izquierdo; el dolor y el miedo ahora eran solo una experiencia amarga que prefería no volver a evocar.

Con la yema de sus dedos, tocó a lo largo de su herida una sustancia grumosa. Reconoció el ungüento de Glais casi al instante, y casi lloró de alivio al pensar en un rostro familiar.

Movió los dedos de su mano izquierda, tratando de sentirlos. Se calmó de inmediato al ver que no había perdido la movilidad. El brazo le dolía, sí, pero supo que, con el tiempo, estaría bien.

Abrió la boca para llamar a alguien, a quien fuera, pero tenía la garganta seca y tomada. Luego trató de levantarse, pero todo le dio vueltas y cada parte de su cuerpo se sintió como gelatina. Estaba mareado y débil. Era casi como si se estuviera recuperando de una gripe. Sus piernas eran la parte más pesada de su cuerpo. Se asustó ante la posibilidad de haber perdido la movilidad, pero cuando bajó los ojos se dio cuenta de que solo se trataba de Quillan. El lobo de pelaje espeso dormitaba sobre ellas, y la sensación de seguridad fue tal que contempló seriamente la idea de volver a cerrar los ojos y acurrucarse por un rato más. No lo hizo, por supuesto. En cambio, pasó una mano por la cabeza del animal, para llamar su atención.

El lobo se despertó en el acto, y sus ojos resplandecieron como dos linternas en la noche más oscura, alerta. Entonces Quillan se levantó gimoteando y le lamió las mejillas. Daniel echó su brazo sano alrededor del cuello del animal, al otro lo apretó contra sí mismo para evitar dolores.

—Ey... —graznó con esfuerzo.

El lobo se echó hacia atrás y lo miró una vez más antes de volver y lamerle el rostro entre bajos lloriqueos. Daniel soltó una risa y se aclaró la garganta.

—¡Para de llorar! —le reprendió con voz rasposa.

El lobo protestó y Daniel sonrió contra su pelaje. Lo sintió cambiar bajo su abrazo, y se inclinó hacia atrás para verlo mejor. La ropa de Quillan seguía siendo la misma que la última vez, una camiseta lisa negra que era suya con la camisa a cuadros verdes de su padre. La única diferencia era que ahora estaba cubierto de barro, de pies a cabeza, y de sangre. El repentino recuerdo de Quillan arrancando la garganta de uno de los lobos lo hizo estremecer.

—Despertaste —dijo como si no se lo creyese.

Daniel parpadeó y trató de poner su mejor sonrisa.

—Sí, eso parece —tosió otro poco—. ¿Dónde estamos? ¿Qué me pasó? —preguntó, dando otra larga mirada a su alrededor.

—Lejos. Seguros —prometió Quillan, y luego su rostro se volvió más sombrío—. Casi mueres...

El chico volvió a estremecerse.

—Esa parte me la imaginé un poco, sí —susurró.

Quillan extendió una mano y señaló su herida.

—La espada —dijo—, es como la mordedura. Es malo para ti.

—¿Te lo dijo Glais? ¿Dónde está?

—No, él no. —Quillan sacudió la cabeza—. Fue... —se detuvo unos segundos antes de empezar a mirar atentamente hacia los lados.

Daniel conocía ese gesto; sabía que Quillan estaba oyendo algo, casi podía ver sus orejas erguidas.

—¿Qué? —susurró de pronto, mirando también a los costados, preocupado—. ¿Quién te dijo eso…? ¿Quillan?

Pero ahora solo había un lobo negro con él. Este le dio una mirada apremiante y Daniel pudo comprenderlo sin dificultad.

Se levantó del suelo húmedo con esfuerzo, la mayor parte de las piernas las tenía dormidas por haber tenido mucho tiempo a Quillan sobre él. Aferró su mano a la pelambrera del animal para no caer; sus piernas temblaron y amenazaron con fallarle, pero logró controlar la situación.

Él inhaló, exhaló, y caminó.

Con paciencia, Quillan lo guio entre los abetos y rocas, que estaban cubiertas de moho. El bosque frente a él era diferente al que recordaba, con sus paisajes opacos y abetos jóvenes que se mantenían fielmente verdes, y otros que cedían al dorado otoñal. Este bosque, por el contrario, parecía rebosar de vida, con los altos árboles antiguos, ásperos por la edad, y en un extenso abrazo acaparaban todo terreno, fuera alto o bajo. Sin embargo, el musgo les otorgaba juventud y relumbraba como un manto de esmeraldas. Las gigantes raíces nudosas se sumergían bajo la tierra y volvían a emerger en saltos y piruetas. La hiedra salvaje se adueñaba de los troncos muertos en el suelo, donde las setas coloridas encontraban hogar.

El terreno era inestable también; Daniel había tenido que ser cuidadoso al andar, pero Quillan no. Él caminaba con ligereza y parecía saber exactamente dónde tenía que pisar.

—¿Adónde vamos? —murmuró sin esperar una respuesta.

Le pareció que los observaban. Era una sensación que le ponía los pelos de punta, pero ya no le sorprendía; se sentía como si lo hubiesen estado espiando durante toda su vida, tanto así que ya se había acostumbrado. Pero intentó estar más alerta a su entorno. Era capaz de percibir el bisbiseo de algo que se movía con ellos. Una presencia… Una entidad, tal vez. Fue extraño, y se preguntó si Quillan no lo habría notado; se veía muy tranquilo para su gusto. Tiró de su pelaje, tratando de atraer su atención, pero el enorme animal no se inmutó. Le habían empezado a sudar las manos y se tomó un segundo para secarlas sobre su pantalón sucio.

No era normal. El bosque parecía estar vivo, despierto, con sus ojos sobre ellos. Daniel cargaba con la necesidad de esconderse de su mirada tan intimidante.

Llegaron a una zona rocosa, donde se alzaba un peñasco y, al pie de él, había un sendero estrecho de piedra. Contempló las amplias y sinuosas montañas, y se percató de lo lejos que estaba de casa. De pronto, su familia llegó a su cabeza como un vil recuerdo. ¿Estarían preocupados por su ausencia? ¿Qué les diría cuando volviera? ¿Ellos estarían bien, después de todo? ¿Estarían enojados con él? ¿Cuánto tiempo habría pasado desde que se fue?

Sacudió la cabeza, sabiendo que eso lo podría resolver después. Paso por paso.

Reparó en cómo en realidad el sendero que les esperaba era más bien una escalinata no muy empinada que parecía llevarlo por entre las montañas. Se adentraron lentamente, el lobo lideraba el camino. Daniel se maravilló con las runas talladas en los altos muros de roca gris, tanto o más antiguas que el bosque que los observaba. Se detuvo casi en el acto para poder inspeccionarlas mejor y se preguntó si los primeros hombres de

Europa las habrían dibujado o los mismos dioses que alguna vez habían habitado su mundo.

Sus dedos se pasearon por la roca lisa al tacto, trazando las irregularidades de las runas grabadas en ella. Quillan se detuvo a verlo antes de bufar por la nariz.

—Va, va —respondió Daniel medio a regañadientes, y se dejó arrastrar por el lobo. A medida que avanzaban, sus ojos se pasearon a lo largo del labrado.

El sendero angosto parecía ser eterno y se volvía cada vez más profundo hasta el corazón de la cordillera. En cierto momento, la escalinata desigual comenzó a descender hacia la oscuridad de un túnel, y Daniel vaciló al pie de este. Miró temeroso el interior, y se dejó caer al suelo, rendido.

Quillan, al ver que no lo seguía, se volteó y ladró.

—N-no. No, Quillan —murmuró—. Quiero ir a casa.

El lobo trotó a su alrededor y mordió el borde de su pantalón, tirando de él. Daniel lo espantó con un empujón, pero la brusquedad de su propio movimiento lo hizo sisear del dolor. Decir que se sentía agotado era un cruel eufemismo.

—¡Que no! Ya fue suficiente, no quiero, n-no… ¡No n-necesito saber nada más sobre esto! —exclamó con los ojos anegados en desesperación—. No puedo más… —Su voz se rompió y sus ojos viajaron hasta el suelo—. Hice todo lo que pude, yo… No quiero seguir con esto. Mi familia… No sé si ellos están b-bien. No… no sé dónde estoy, no sé por qué está pasando lo que está pasando…

Quillan ahora era un hombre.

—Daniel…

—No.

Daniel no podía más. Se había cansado de vivir con el miedo constante de saber que algo podía simplemente llegar y matarlo, y... no era justo. No lo era. Quería volver a su casa y dormir en su cama. Ansiaba regresar a la época en la que los dioses y las criaturas fantásticas eran tan solo una fantasía de las películas, los mitos y las leyendas. Podía pretender que nada de eso había pasado y volver a su vida normal, pero Quillan... Odiaba a Quillan, ¿por qué no podía ser un lobo normal? ¿Por qué su hermano había insistido tanto ese día por la leña? ¿Por qué su hermana había querido acompañarlo con tanta necesidad? Si ella no hubiera insistido en llevarlo, él jamás... ¿Por qué siquiera lo había rescatado? A veces se encontraba deseando haberlo dejado morir allí donde lo había encontrado, habría sido un alivio para ambos.

¿Por qué él, de toda la gente posible? ¿Por qué?

—Estamos en el santuario. —La voz calma y profunda de Quillan interrumpió sus pensamientos iracundos—. Él nos dejó entrar.

Daniel alzó la mirada de sopetón y se encontró con los ojos gentiles y cariñosos del hombre que ahora era. La culpa le aplastó el corazón, pero no iba a retractarse. Odiaba haberse topado con él y saber que no existía punto de retorno; no podía traicionar a Quillan, no podía separarse de su lado sin sufrir, no podía imaginarse un futuro escenario donde él estuviera muerto. Simplemente no podía. Sabía en lo profundo de su corazón que pelearía y caería por él, y sería hermoso. Y también sabía por hechos que Quillan haría lo mismo, porque así debía ser. No lo entendía, pero sabía que era así.

—¿Él? —musitó confundido.

—Cernunnos.

Daniel se apretó más a sí mismo. Recordaba el nombre, Glais se lo había dicho.

—El padre de todo —dijo en un susurro—. Estamos en sus… dominios.

Quillan asintió con lentitud.

—Quiere vernos —afirmó, dejando caer su mano sobre la pared.

—¿Quiere…? Espera, ¿cómo lo sabes? —replicó Daniel, frunciendo el ceño.

Quillan volvió sus ojos hasta donde su mano descansaba, sobre las runas inteligibles que repentinamente resplandecieron bajo un tenue fulgor azul. La magia, como si fuera fuego persiguiendo pólvora, iluminó poco a poco el interior de la cueva.

—Puedo sentir cómo nos llama.

Quillan le entregó su camisa sucia antes de volver a su forma de lobo y Daniel la usó para cubrirse del viento frío que los empujaba. Continuaron su camino hasta el interior de la gruta iluminada por la magia que los invitaba. Allí, el eco melódico de gotas solitarias al chocar contra charcos de agua y el sonido de sus respiraciones era lo único que oían. Eso hasta que a ellos llegó el rumor del agua que corría.

¿Habría un río? Agua caía de las montañas.

Cuando las escaleras acabaron, la mandíbula de Daniel estaba tocando el suelo. Había tenido razón: el agua bajaba desde lo alto de las montañas y se deslizaba entre la superficie rocosa hasta un enorme estanque, donde crecía un árbol bajo la dicha de un enorme tragaluz; un descomunal roble que parecía no tener fin. Lo miró con los ojos abiertos de par en par. Era tan o más grande que su propia casa. Sus raíces, como lazos gigantes y ásperos, nacían de abajo del agua, y las ranas y los sapos nadaban y saltaban entre ellas. La luz de la luna se filtraba por el dosel verdoso, y más abajo, junto a los anfibios, bailaban unas luciérnagas. O eso pensó Daniel hasta que se dio cuenta de que no lo eran.

—¡No puede ser! —musitó, y se giró a ver a Quillan como para preguntarle si eran de verdad.

Las hadas parecían tímidas, se ocultaron tras el roble apenas lo oyeron. Su luz dejó de iluminar el estanque, y Daniel avanzó un paso, vacilante; quería verlas más de cerca. El lobo se interpuso.

De repente, algo se movió en el roble, y algunas hojas se desprendieron de las ramas y danzaron con lentitud hasta el suelo. Daniel retrocedió de un salto y casi echó a correr lejos, pero Quillan estaba quieto y tranquilo, así que se obligó a quedarse, y sintió cómo el corazón se le subía a la garganta.

Del árbol se alzó un gigante. Se desperezó de la corteza áspera con movimientos pausados y alzó su cabeza adornada por la majestuosa cornamenta de un ciervo que parecía ansiar tocar el cielo y las estrellas. Su cuerpo antropomorfo relucía un pelaje pardo, suave y brillante ante los destellos de luna que se filtraban por el tragaluz. Poseía un rostro alargado, casi humano, acompañado de ojos amables y feroces.

Daniel vio sus manos y las reconoció con asombro. Era esa misma mano que había visto desaparecer en el interior del bosque en la bahía, el primer día que había estado con Quillan. Él había sido la criatura que los había estado observando.

La mirada de acero negro resplandecía bajo la emoción de las hadas, que ahora revoloteaban a su alrededor encantadas con su aparición.

Por el rabillo del ojo, Daniel vio cómo el lobo hacía una reverencia sutil con la cabeza y él se apresuró a hacer lo mismo, hincando la rodilla en la tierra.

El noble gigante se inclinó hacia ellos con una de las manos extendidas en invitación y su cuerpo entero sonó como el crujido de las ramas al quebrarse.

—Levántate, humano. —El bosque entero tembló ante su voz profunda y etérea.

Las hadas se revolvieron cautivadas y Daniel obedeció con torpeza, absorto.

—Y-yo… lo siento —susurró, sintiéndose abochornado por alguna razón.

—¿Acaso buscabas tu muerte al enfrentarte a alguien como Teutates? Fue imprudente. —No había reproche en su voz, solo curiosidad.

Él negó.

—N-no… Yo… no.

—¿Y entonces por qué osaste desafiarlo?

El muchacho carraspeó con sus ojos nerviosos en el suelo.

—Estaba protegiendo a… Lo estaba protegiendo a él.

La dura atención de Cernunnos se dirigió al lobo que estaba a su lado, y Daniel deseó tener la mitad de entereza que Quillan poseía.

—Su sangre es celestial. Una criatura tan poderosa como él no necesita protección —dijo sabiamente, y Daniel frunció el ceño.

—Él no es… —vaciló un instante—. No puede, él…

Tal vez había entendido mal, ¿cómo era eso posible? Entonces pensó que si a esa altura de su vida insistía en plantearse qué era real o qué no, significaba que todo este tiempo él no había estado prestando atención. Sacudió la cabeza; ya pensaría en eso más tarde.

—Tú eres Cernunnos. —Daniel no estaba preguntando—. Eres otro dios.

—Soy el único dios. Y él es un lobo, y tú, un simple humano —replicó con calma.

—Lo soy —asintió.

—Les he abierto el paso a mis tierras a ustedes, los acogí bajo mi protección. Eres el primer humano que tiene el honor de pisar y conocer mis dominios. No espero más de ti que gratitud.

—¡Por supuesto! Este... Gracias, por salvarnos —murmuró Daniel inseguro hasta de respirar.

Cernunnos asintió de forma queda, conforme, y volvió a reclinarse con calma sobre el roble a sus espaldas.

Daniel se peinó el cabello con una mano, ansioso y nervioso, con la mente desbordada de miles de preguntas que se moría por hacer; sin embargo, era difícil. ¿Por qué hilo debería tirar primero? ¿Y si tiraba de todos de una vez?

Buscó con la mirada a Quillan y se topó con sus ojos amarillos ya sobre él, expectante. Al ver sus dudas, el animal se acercó y hociqueó su mano, infundiéndole calma. De una forma u otra, Quillan conseguía ese efecto en él.

El muchacho le rascó detrás de las orejas y dio un largo suspiro antes de preguntar:

—¿Qué es lo quieren de él?

—Quieren su piel como tapado, quieren seguridad —respondió Cernunnos con dureza.

—¿Por qué? —reclamó Daniel, casi como un lamento—. ¿Por qué le tienen miedo?

—Temen todo lo que no puedan controlar.

Daniel resopló ante el aparente criticismo con el cual los dioses parecían disfrutar a la hora de expresarse. Todos le hablaban como si él fuera un idiota bueno para nada.

—¿Por qué? ¿Qué les ha hecho él?

—Nada, aún. No temen al pasado, ellos temen al futuro —explicó el dios—. Temen a la amenaza que el descendiente de Vánagandr impone a todo lo que ellos conocen.

—¿Quién es Vánagandr?

—Vánagandr es un lobo. El primer lobo. Nacido de la tierra fétida de lo profundo de este bosque, hecho con mi carne, mis huesos, y piel prestada del cielo. Mi primogénito —murmuró con gesto sombrío mientras una brisa helada se filtraba por las cavernas—. El lobo monstruoso, el que devora dioses.

A Quillan se le erizó el pelaje y gruñó inquieto.

—El abuelo de Quillan —susurró Daniel, comprendiendo las palabras de Mórrígan—. El padre de Madadh-allaidh.

—Vánagandr fue un lobo libre y criado bajo la mano de la diosa de la guerra antes de La Gran Partida. Querían tenerlo controlado, pero él creció y creció, cada vez más poderoso, más despiadado, más ambicioso. —La tristeza y el remordimiento de Cernunnos congeló el agua del estanque y a las criaturas en ella—. Antes de que los dioses pudieran tomar medidas, Vánagandr concibió tres hijos con Mórrígan. Skoll, Hati, y Madadh-allaidh.

—Madadh-allaidh… —repitió Daniel, frunciendo el ceño; su nombre sonó familiar en su lengua—. ¿Qué significa?

—Significa «lobo». Vánagandr y Mórrígan se rehusaron a ponerle un nombre cuando vieron que era el más débil de la camada. Lo desecharon al mundo humano.

Daniel tragó saliva y se sentó en el suelo, sobrepasado de información. Quillan se apresuró a sentarse a su lado y el chico volvió a rodearlo con un brazo, buscando más de aquella calma ignorante que solo Quillan poseía.

—¿Por qué los mataron a todos? —murmuró más tarde, con los ojos perdidos en un punto incierto.

El lobo gimoteó por lo bajo y se acurrucó más cerca de él.

—No sé más allá de lo que mis ojos y oídos han alcanzado a ver y escuchar —replicó el dios mientras un par de urracas astutas volaban hasta su hombro—. Ellas son fieles compañeras, me ayudan a saber. Sin embargo, el Otro Mundo es demasiado extenso. Mi conocimiento es escaso.

Daniel sospechaba que ellas eran como los cuervos que siempre lo acechaban. Eran espías.

—¿Y eso qué se supone que significa?

—Teutates hizo un ritual prohibido —dijo, mirándolos bajo un gesto severo—. Vio algo que no debía, algo que implicaba al extenso linaje de mi hijo. Algo que lo asustó, a él y al resto de ellos.

—¿Qué vio? —insistió Daniel cada vez más nervioso.

Las urracas graznaron en el oído del dios.

—Una profecía —contestó—. Una profecía sobre un lobo terrible. Él ya ha ejecutado a toda la estirpe de lobos, salvo a… —Cernunnos señaló con un gesto vago al lobo negro a su lado.

—Salvo a Quillan —concluyó Daniel en un susurro contra su pelaje—. Él es el último. —Al chico lo recorrió un escalofrío de pies a cabeza—. Él no puede llegar hasta aquí, ¿verdad? Teutates.

Los ojos de Daniel destellaban angustia y temor, pero existía determinación en la manera en la que se aferraba al lobo.

—No, no puede. —Daniel respiró con tranquilidad luego de mucho tiempo. Cernunnos torció el rostro en una mueca, y el estanque fue perdiendo su frío hasta que el hielo poco a poco se desmaterializó—. Sentí tus dudas y tu temor antes de entrar aquí, orador. Algo que los de tu tipo deberían entender es que nada es al azar, todo tiene una razón detrás.

Daniel frunció el ceño al ser llamado de esa manera otra vez. Orador. Antes había oído a Teutates decirle así, pero teniendo en cuenta la situación en la que se encontraban, él no había encontrado un momento para darle importancia… Hasta ahora.

—¿Qué quieres decir con eso? ¿Qué significa «orador»? Teutates también me llamó así.

La antigua deidad parpadeó aletargado.

—Significa que hay una razón por la cual el lobo te encontró a ti antes que a cualquier persona, una razón por la cual él cede a tu capricho humano y por la cual tú cedes ante su salvajismo, una razón por la cual su relación es tan fuerte como lo es ahora. —Cernunnos los miró como quien busca infligir daño—. Significa que tu juicio yace nublado y ninguna fuerza podrá hacerte cambiar de parecer, salvo tus iguales. Entonces, yo te pregunto, ¿vale la pena?

Aquello lo tomó desprevenido y seguía sin entender lo que aquello significaba.

—No lo pueden culpar por algo que no hizo —respondió casi de forma automática, sintiéndose arrinconado.

—Pero sí por algo que tal vez pueda hacer —dijo el padre de todo—. En este mundo, las injusticias abundan. Y no has respondido a mi pregunta.

Daniel se tomó su tiempo para volver a levantarse del suelo. Quillan lo ayudó.

—Lo sabré cuando tome una decisión —gruñó.

—Ya la has tomado, mucho antes de hablar conmigo —apuntó la deidad con el ceño fruncido sobre su mirada censuradora—. Responde esto, orador: ¿vale la pena?

Daniel, con la furia subiéndole por el cuerpo como lava ardiente, se plantó lo más firme que pudo por primera vez, y aun así no dejaba de ser un animal herido y acorralado que tira a morder sin pensar en otra cosa más que escapar de esa situación.

—¡Y una mierda que no lo hace! —gritó con tal fuerza que Quillan retrocedió con las orejas pegadas a la cabeza y la cola entre las patas—. Pero lo haré de todas formas.

Daniel y Cernunnos mantuvieron la mirada por lo que al humano le parecieron horas, pero fueron tan solo unos pocos segundos. Cernunnos habló.

—En el momento en que crucen los menhires, estarán desprotegidos de mi poder.

El chico lo interpretó como su señal de salida. Tragó saliva y asintió, volviendo a sentirse enfermo y cansado.

Mientras él y Quillan daban la vuelta para salir de allí, Daniel deseó poder ser como los antiguos héroes, valientes e intrépidos, dispuestos a todo por hacer lo correcto. Él solo quería regresar a su mundo, donde parecía que su habitación era el único lugar que los mantenía a él y Quillan a salvo, pero nada cambiaría por más que les rezara a todos los dioses del mundo.

«Todo un linaje de lobos ya está muerto. Solo queda Quillan —pensó con tristeza—. Pero ahora yo soy su familia». Y comprendió que no importaba cuánto él se quejase, nada cambiaría el hecho de que protegería al lobo con uñas y dientes; no porque fuese lo correcto, sino porque ese siempre sería su primer instinto.

Cualquiera que mirase sus ojos podría ver la determinación salvaje en ellos.

20
AL FINAL DEL DÍA, ERAN ELLOS

 QUILLAN

El lobo, con una tremenda sorpresa, descubrió cuánto detestaba el silencio.

Cada vez que Daniel se hundía en esa aura taciturna, significaba que había un gran problema. Y Quillan lo odiaba, porque también significaba que ese problema no se podía ver ni tocar; la amenaza se cernía sobre ellos y él no podía matarla ni espantarla, ella se instalaba en sus cabezas y los carcomía poco a poco. Llegaba en forma de dudas y miedos, dilemas profundos y humanos que él detestaba, pero, a su vez, le fascinaban. De alguna forma las emociones encontradas, los dilemas e inseguridades, se volvían tan tangibles como colmillos aferrados al cuerpo de los que uno no se podía liberar, y entonces Quillan solo debía cambiar de forma. El lobo era lo que lo liberaba de esas dudas y miedos, y solo tenía tres cosas básicas de las que preocuparse: alimento, seguridad y Daniel.

Para su mala suerte, el chico que lo acompañaba no contaba con esa ventaja y de alguna manera se las arreglaba para convivir con esos pensamientos, incluso aunque no quisiera. Daniel tenía esos colmillos fantasmagóricos sobre él, apretando sin piedad, y Quillan no podía hacer nada para protegerlo.

Cernunnos había hablado de él y de su familia. Sus memorias sobre esa charla eran difusas, su mente humana aún trataba de intervenir sobre la del lobo, pero era difícil aplacar lo que había sido durante toda su vida. De todas maneras, Quillan estaba seguro de que lo que se había hablado allí había sido realmente importante. Las emociones de Daniel, la determinación amarga, la furia y el miedo eran un rastro espeso en sus memorias extrañas. Recordaba algunas palabras importantes. Había algo sobre un lobo.

Vánagandr.

El nombre hizo eco en su mente con un sentimiento frío que lo hizo estremecer. Era malo, terrible. Pero ¿qué tanto? ¿Él también era malo? Lo consideró un momento. Podría ser... Tal vez lo era y aún no se daba cuenta..., pero Daniel sí. Daniel era muy inteligente, se daba cuenta de cosas que él no; por eso actuaba así, él también le tenía miedo. Pero Quillan no quería que le tuviese miedo, porque si era así, ¿qué le quedaba? Daniel lo dejaría y...

«¡No!», gritó con fuerza su lado humano, amansando su lado lupino y dejando pensamientos más racionales en su lugar. Daniel no podía hacerlo, porque era su manada; era valiente y audaz, tan leal y feroz como cualquier lobo. Quillan sabía que estaría con él hasta el final. Cada parte de su ser comenzó a gritárselo, como si la sola idea de que Daniel lo abandonara fuese la más estúpida en el mundo.

Resopló aliviado y se sacudió del rocío que mojaba su pelaje.

Daniel y él se hicieron un lugar en uno de los tantos rincones que poseía ese bosque, todavía bajo la protección de Cernunnos, porque el miedo seguía latente y aún no deseaban exponerse. El chico miraba el suelo como si este fuera a darle todas las soluciones a sus problemas, pero el suelo no hablaba.

Quillan alzó las orejas cuando oyó a esos pequeños bichos alados revoloteando sobre el dosel verdoso. Hadas. Ahora ya no estaban asustadas de ellos, parecían querer verlos más de cerca. Se estaban riendo, ¿qué les causaría tanta gracia? Tenía ganas de correr y espantarlas, él no estaba de humor.

La idea de correr tras algo hizo rugir su estómago, y Quillan se removió, incómodo. Necesitaba cazar para acallar al hambre, pero en esas tierras sabía que no lo tenía permitido, no había tenido que preguntar para saberlo. Nada más al entrar en la seguridad de los menhires, él había comprendido que esas eran tierras de paz, ni el más pequeño huía ni el más grande atacaba. Si Quillan deseaba alimentarse, tendría que abandonar aquel recinto y dejar a Daniel atrás. Él no pensaba hacerlo.

Decidió cambiar su piel de lobo por la de hombre y así espantar a sus instintos más primitivos. Era algo incluso más fácil que cambiar de ropa. Solo cuando empezó a entender su naturaleza pudo controlarla a su antojo; incluso le había tomado el gusto. Pero esa vez, cuando el razonamiento humano lo golpeó tan fuerte que casi lo hizo perder el equilibrio, Quillan deseó haberse quedado como lobo.

Lo querían muerto, esa fue su primera certeza. Por alguna razón, el peligro al que se encontraban expuestos ya no eran Acras y Sannt. Ahora la amenaza era más grande, una enorme avalancha que les había caído de sopetón. Si estos dioses lo deseaba muerto, solo a él, ¿por qué arriesgar a toda una familia…, a una manada? Quillan ya lo había perdido todo, Daniel no debía sufrir lo mismo. No era justo.

Fue entonces que a su cabeza llegaron las palabras de Cernunnos. Antes habían carecido de sentido, pero ya no: ¿valía la pena?

—No lo hace —musitó, siguiendo el propio hilo de sus pensamientos. Daniel lo miró como si hubiera recordado que seguía allí con él. El chico parpadeó y arrugó el ceño.

—¿Qué?

Quillan negó.

—Tal vez yo... Yo debería irme —concluyó, encogiéndose de hombros con resolución—. Me quieren a mí, no a ti. Yo me voy, así ellos te dejarán en paz.

—No. —Daniel meneó la cabeza y lo miró como si estuviera demente—. Eso no solucionaría nada, solo provocaría tu muerte. Es una estupidez.

—No es una... estupidez —escupió él, con el ceño fruncido sobre sus ojos—. Es la solución más... lógica. —Daniel advirtió cómo le había costado encontrar la palabra—. No habrá más peligro para ti si yo no estoy aquí. Todos estarán bien, a salvo.

—Primero que nada, es la primera vez que te oigo decir tantas palabras juntas, guau. —Daniel se estaba burlando, pero estaba claro que Quillan no estaba para sus chistes—. Segundo, te matarán. Eso no solucionará nada, solo te estarías sacrificando.

—Primero deberían atraparme.

—¡Engreído! —abucheó Daniel, pero ante la seriedad del lobo, su actitud burlona se cayó como lo haría una máscara—. Que no, es una idiotez. Te digo que no, de verdad.

—Daniel... —Quillan intentó hacerlo entrar en razón.

De repente, el chico volvió a encontrarse al límite.

—¡No! —gritó con sus ojos marrones anegados en lágrimas que se rehusaba a dejar salir—. Se suponía que estábamos en esto juntos, ¿no? Y después de todo lo que pasamos, yo...

Quillan suspiró. Las palabras punzaron en su pecho y eso al lobo le pareció de otro mundo, ¿cómo algo intangible podría dañarlo de tal manera? Se maravilló ante el dolor, uno extraño, muy difícil de comprender.

—Puedo volver, cuando todo acabe —propuso conciliador: porque, si debía ser honesto, él tampoco quería alejarse de lo único que tenía, pero, de no ser así, eso podría matar a Daniel, y entonces su pesadilla se volvería real—. Volveré a buscarte.

—Es que no lo entiendes… —se lamentó Daniel en un murmullo roto, enterrando la cabeza entre sus manos—. No vas a volver, porque te asesinarán. Esto es mucho más grande de lo que te imaginas. Esta gente, estos dioses —agregó con un resquemor en la garganta—, no son solo un poco más fuertes que nosotros, son enteramente mejor que nosotros, en todo. Es tan superior a mí, a nosotros, que ni siquiera puedo ponerlo en palabras. Te matarán, Quillan. No volverías nunca.

Hubo un silencio extraño antes de que Quillan dijera esas palabras que ni siquiera se detuvo a pensar:

—Pero tú estarías bien.

Daniel se levantó de su lugar con un grito desgarrador y furioso antes de estrellar su puño derecho contra el árbol más cercano. Las hadas, que habían estado curioseando en torno a ellos, chillaron y huyeron despavoridas, pero Quillan no dejó que el arrebato del chico lo afectara, o al menos intentó no demostrarlo. Lo miró con cuidado, pero no arrepentido. Esperó a que la respiración agitada del chico se volviera regular otra vez, a que dejase de dar vueltas por el lugar como si estuviera buscando algo para continuar golpeando.

Daniel, que parecía negado a derramar alguna lágrima, finalmente buscó estabilidad sobre el mismo árbol contra el que había arremetido y dejó caer su cabeza contra él, dando un golpe seco. Inhaló y exhaló un par de veces antes de volver a ser capaz de articular palabras correctamente.

—No… No puedo dejarte. Cernunnos tenía razón —replicó con los dientes apretados y los ojos cerrados.

—Cernunnos podría ayudarnos.

Daniel se rio, pero fue una risa seca, estridente y sin una pizca de gracia.

—Si hubiese tenido intención de ayudarnos realmente, lo habría hecho. Lo de hoy fue solo un favor, pero no le agradamos.

Quillan arrugó el entrecejo, conflictuado. Cernunnos era una entidad tan antigua como el mismo mundo, era un dios creador; el lobo en su interior insistía en que le debían respeto, lo reconocía como tal, pero Daniel… Daniel entendía cosas abstractas que tal vez el lobo no, pero incluso si así era, escucharlo hablar tan despectivamente de Cernunnos aun en sus tierras lo hizo sentirse inquieto. Por su seguridad, y por una duda naciente que su lado más humano y racional, decidió plantear: ¿cuánto podía confiar en los ciegos instintos del lobo?

Hubo un silencio tenso que se prolongó por un largo rato. Finalmente oyó a Daniel suspirar desde su lugar.

—Sé que la idea de Cernunnos te emociona un poco. —Él pareció volver a leer su mente una vez más—. Supongo que su presencia te afecta en algún sentido que no podré entender del todo, pero… No podemos confiar en él para que nos ayude. No lo hará, lo sé. Y… —se detuvo a tomar aire— quiero que entiendas que, ahora mismo, tú eres tan importante para mí como sé que yo lo soy para ti.

Quillan lo miró sin estar seguro de cómo sentirse ante aquella declaración, debatiéndose entre la calidez que abrazó su corazón y el miedo que se enroscó en su pecho al saber lo que eso implicaba.

—Pero…

Daniel lo interrumpió con una risa amarga.

—Sí, supongo que los dos estamos dispuestos a lo mismo mientras sea por el otro —musitó—. Tú no llevas más peso que yo, lo sabes, ¿no?

—¿Es por…? ¿Es porque eres un…?

—¿Orador de lobo? —lo interrumpió con brusquedad—. No, ¡a la mierda con eso! Soy Daniel, solo Daniel, y tú eres Quillan. Con o sin una antigua conexión, yo seguiría a tu lado porque eres mi amigo, mi familia, mi manada… Eres… Somos una manada, Quillan. Nada habría cambiado, sin importar el contexto.

Quillan asintió, amando profundamente la seguridad que eso dejó en su interior.

—Lo somos.

—Y estamos juntos en esto, hasta el final.

Daniel sonrió y Quillan lo miró, algo temeroso. ¿Cuál sería ese final? Temía averiguarlo, temía que los sueños se volvieran realidad, pero…

—Lo estamos.

El chico suspiró.

—No quiero que te sientas presionado por lo que siento, y tampoco es justo de mi parte, pero… —Quillan se levantó de su lugar para caminar hasta él—. Es egoísta, lo sé, de verdad que lo sé, pero yo… No quiero dejarte ir. Te necesito… c-conmigo. Te quiero.

—Lo sé —murmuró el hombre, atrapándolo y estrechándolo entre sus brazos con sumo cuidado. A diferencia de las palabras, el contacto físico era algo que venía natural en él—. Yo también lo hago —admitió contra su cabello—. Somos tú y yo. Nosotros.

Y ahí estaba otra vez, ese sentimiento, esa promesa.

—Nosotros —susurró el chico, de acuerdo.

❊

Quillan respiró contra su coronilla, percibiendo el calor y el aroma tenue a tierra mojada y plantas silvestres, sintiendo el lazo, la conexión íntima de lo que eso implicaba, y la verdad pesada que conllevaba.

Quillan podría no saber mucho sobre lo que significaban los sentimientos humanos, pero aprendía rápido. Y en ese momento aprendió que, lo que fuese que ellos tuviesen, implicaba valor y sacrificios, y entendía que Daniel odiase los suyos.

Antes de que ambos pudieran pensar en cualquier otra cosa, algo los distrajo. Fue un sonido extraño: pisadas torpes y ligeras que se acercaban a ellos al trote. Giraron la cabeza casi al mismo tiempo y se toparon con una silueta pequeña, de cuerpo redondo y brazos y piernas casi tan delgados como las ramitas de un árbol. A ninguno le pareció intimidante, podrían espantarlo con facilidad.

A medida que ese ser se les fue acercando, pudieron verlo con más claridad. Tenía piel gris, arrugada y seca; bastante repugnante, como si tuviese alguna enfermedad en ella. Había pelos blancuzcos en sus codos y bajo ambas mejillas, además de unas largas orejas puntiagudas que arrastraba con pereza. Pero, para Quillan, lo más extraño eran sus ojos redondos y saltones, denotaban una gran excitación. En su boca tan ancha como la de un sapo se extendía una sonrisa chimuela por donde la baba se caía a lo largo de la barbilla. Quillan arrugó la nariz ante tanta fealdad, e incluso estuvo tentado a girar la cara solo para dejar de verlo.

—Oh, guau… ¿Qué demonios…? —oyó decir a Daniel mientras se separaba de él.

—¡Engendro mal formado, espera! ¡Los vas a asustar! —Glais, el *broonie*, iba detrás de la… cosa. Esta detuvo su marcha casi al instante de oírlo, y su rostro tan alegre y enardecido cambió hasta desfigurarse en una pena inmensa.

—¿Glais? —murmuró Daniel confundido.

—El mismo —replicó él con soberbia antes de darle una mirada de arriba abajo—. Veo que por fin te mueves en la tierra de los vivos, ¿eh?

Daniel compartió una mirada confusa con Quillan antes de responder:

—Supongo.

—Te salvé la vida otra vez. Si no fuera por mi ungüento, estarías muerto —dijo—. Podrías decir «Gracias», ¿sabes?

—No molestes, Glais, que no estoy de buen humor. Ya agradecí lo suficiente por hoy.

—¿Qué es eso? —preguntó Quillan, señalando a la criatura que iba con el *broonie*. Esta era un poco más grande que él.

—Este de aquí es Pál, un mártir feo y asqueroso —gruñó con desdén, y Quillan se preguntó qué significaba la palabra «mártir»—. Pero al parecer estaba tan emocionado de poder conocer nuevos humanos que no ha dejado de seguirme. Quiere que lo presente. ¿Ves, Pál? Estos son ellos, ¡ahora déjame en paz de una buena vez!

—¿A nosotros? —dijo Daniel, mirándolos con escepticismo.

Los enormes ojos de Pál bajaron tímidamente hasta el cuenco entre sus dedos largos y puntiagudos, y se acercó, ahora arrastrando los pies, hasta Daniel para tendérselo. Y el chico pareció haberse recuperado, porque tomó el cuenco con mucho cuidado de no tocar al horrendo ser, torciendo su boca en algo que se parecía a una sonrisa.

—Gracias..., Pál. Creo.

Los ojos saltones de la criatura volvieron a iluminarse como la primera vez, y jadeó con una sonrisa babosa y sin dientes. Quillan resopló.

—Él es... —intentó opinar con su habitual y cruda sinceridad; sin embargo, Daniel se encargó de callarlo con una mirada furibunda y un par de palabras exclamadas entre dientes: «Podrías herir sus sentimientos, Quillan; no te atrevas». Así que Quillan no lo hizo. En cambio, preguntó sobre el contenido del recipiente, el cual era líquido, espeso y amarillento.

—¿Se supone que debo tomarme esto? —cuestionó Daniel.

—No —replicó Quillan, porque la sola idea era absurda, pero Pál asintió con fervor.

—Es hidromiel —acotó Glais con un gesto despectivo—. Pero no sé de dónde la ha sacado, así que yo no me arriesgaría.

Quillan se inclinó sobre el hombro de Daniel para ver mejor el contenido.

—Desde que te conozco, jamás pensé que morir por intoxicación llegase a ser una opción —bromeó el chico con los hombros bajos, resignado—. Esperaba algo más heroico y menos soso.

Quillan asintió.

—Yo también.

Daniel le lanzó una patada que él consiguió esquivar sin problemas.

Glais y Quillan observaron cómo, con algo de temor, Daniel se acercaba el cuenco a la boca y se mojaba ligeramente los labios con el líquido.

Hubo un silencio expectante por parte de Pál y una mirada inquisitiva de Glais. Daniel se relamió los labios.

—No está feo —dijo sorprendido, y volvió a beber.

Pál exclamó con alegría y aplaudió un par de veces.

—Quiero probar —espetó Quillan, intentando arrebatarle el cuenco de las manos.

Glais se dedicó a mirarlos, impaciente y para nada anonadado.

Más tarde, cuando los pájaros comenzaron a inundar el bosque con sus cánticos, ambos supieron que el amanecer estaba cerca. Salieron con los primeros rayos y con Quillan a la cabeza. Pál y Glais les habían dado nueces y frutas silvestres antes de su partida. Quillan no les puso buena cara; no le gustaban esas cosas, pero Daniel lo obligó a comerse un par de bayas y se burló cada vez que veía cómo se estremecía al morder una, así que más tarde Quillan le mordió los tobillos para hacerlo caer en venganza.

El lobo inundó sus pulmones con el aroma fresco que traían las montañas. Sintió el césped y la tierra húmeda bajo sus patas y el leve rocío que empapaba su pelaje. El sol era cálido y reconfortante, como si le diera ánimos para continuar.

—Puedo oír a las hadas —murmuró Daniel, alzando la cabeza para tratar de verlas—. Suenan como... como grillos de cristal.

Quillan elevó las orejas y las escuchó. Escuchó sus suaves aleteos y sus susurros contra el manto de hojas y ramas que había sobre ellos. Vio a un par de ellas sentadas al lado de las urracas que los venían siguiendo desde hacía un rato. Estas asustaban mucho menos que los cuervos, parecían buenas, pero los vigilaban.

Fue cerca del mediodía, o eso intuyó Quillan por la posición del sol, cuando cruzaron por la zona más pantanosa del bosque. Todavía estaban en los terrenos de Cernunnos.

Quillan no recordaba mucho del trayecto que había hecho la primera vez que había ido, por lo que se halló mirándolo todo con asombro. Vieron un torreón como el de un castillo en medio de un lago; Daniel se quedó mirando un largo rato, pero Quillan no sabía qué era un castillo, así que no le dio mucha importancia. Entonces vieron los menhires, tan altos e imponentes como los recordaba. Daniel se acercó para apreciarlos más de cerca y Quillan se apresuró a meterse entre sus pies, advirtiendo que estaban a unos pasos de quedar desprotegidos.

—Perdón —murmuró—. Estoy alucinando un poco con todo esto.

Les tomó un rato estar seguros de que no había nada esperándolos para matarlos, pero cuando finalmente cruzaron el límite, no lo pensaron mucho antes de salir de allí. Quillan guio la mayor parte del camino, mientras que Daniel lo acompañó desde el fondo, dando pasos pequeños y apurados. Supo de inmediato que intentaba correr, pero estaba adolorido y agotado, Quillan lo sabía; así que, a pesar del picor inquietante que le dejaba su instinto, se esforzó para ir a paso lento y acompañar al chico. En el momento en que sintió la suave inestabilidad de la arena bajo sus garras, pudo saborear la seguridad del hogar, y cuando miró a Daniel, supo que él también era capaz de sentirlo.

—Cambia de forma. —Quillan lo miró—. Así no llamaremos mucho la atención.

Así que Quillan se alzó en su piel de hombre. Daniel lo observó durante unos segundos como si estuviera debatiéndose sobre algo importante, pero decidió no decir nada, y siguieron su camino. La playa estaba vacía, pero el pueblo no, y ellos debían cruzarlo.

Quillan vio cómo Daniel parecía empecinado en tratar de correr, pero no podía; sin embargo, Daniel no desistió. Por lo que Quillan no pudo hacer otra cosa más que pararse a su lado y ayudarlo envolviendo el único brazo sano que le quedaba alrededor de sus hombros. La gente que se cruzaban se giraba a verlos, algunos incluso parecían intentar alcanzarlos y detenerlos, pero ninguno llegó demasiado lejos, gracias a las miradas hostiles y desconfiadas que Quillan les daba.

Cuando el peso sobre sus hombros se tornó molesto, Quillan vio la casa, pequeña y con la pintura celeste gastada por los años. Esa vez no había cuervos.

—La camioneta no está —dijo Daniel con un alivio casi indescriptible.

Corrieron hasta ella, abrieron la puerta y se metieron raudos en su interior.

Quien fue a recibirlos casi al instante fue Evan, el hermano de Daniel. El adolescente los miró con los ojos bien abiertos, pero Daniel no le hizo caso, estaba muy concentrado en volver a recuperar el aliento. A Quillan, en cambio, le daba la impresión de que algo estaba a punto de explotar justo allí, y su primer instinto fue alejarse, pero no pudo.

—Daniel… —trató de advertir Quillan, pero todo el aire se le fue en esa palabra.

—¿Mamá y papá están? —preguntó él en cambio, girándose hasta Evan.

—¡¿Dónde mierda habías estado?! —espetó su hermano—. Mamá y papá están buscándote, porque, por si no estás al tanto, llevas desaparecido por casi cinco días, maldito genio. ¿Dónde se supone que te metiste? ¿Qué pasó?

—Nos atacaron. —Daniel no parecía muy seguro de qué decir.

—Sí, de eso ya me di cuenta —gruñó Evan, señalando las prendas con sangre seca en ellas—. ¿Dónde estuviste?

—En el bosque. —Daniel frunció el ceño—. Estuve inconsciente todo ese lapso de tiempo, ¿cómo iba a saber yo?

—No uses la carta de la pena conmigo, yo no me trago esa mierda. ¿Sabes cómo lo estábamos pasando nosotros? ¡Mamá prácticamente se estaba volviendo loca! Kit tuvo problemas en la escuela, e incluso el abuelo vino para intentar buscarte. Te juro que pensé que estabas muerto. Vi la sangre en el patio y el machete, Daniel. No quiero ese tipo de culpa sobre mis hombros.

El hermano mayor bufó con una risa amarga.

—Porque es siempre sobre ti, ¿no? No finjas que te importan los demás, Evan, porque todos saben que no es así; jamás has pensado en nadie más que en ti. —Daniel se cruzó de brazos—. Hasta eres incapaz de sacar tu culo de esa habitación y venir a compartir algo con nosotros.

Evan evadió su mirada, pero no retrocedió. Quillan pensó que, de haber sido él en aquella posición de enfrentamiento, habría retrocedido.

—¿Sabes? Todo esto que te está pasando ahora es porque no me hiciste caso con dejar todo esto cuando aún tenías tiempo. —Evan casi parecía escupir con veneno cada palabra al tiempo que apuntaba a Quillan con un dedo acusador y avanzaba hacia él—. Debiste haber dejado al maldito lobo en el momento en que te lo sugerí, ¡pero no, tú y tu buen corazón no podían permitirse una idea tan lógica y racional, ¿verdad?! ¡Jodido idiota!

De pronto, Daniel se desplazó rápido y furioso, imponiéndose entre él y la furia de su hermano. Quillan agachó la cabeza con respeto. Fue algo inconsciente, pero Daniel emanaba una fuerza que lo tomó por sorpresa.

—No tienes ni una ligera idea de lo que tuvimos que pasar —murmuró él con ojos amenazantes—. Estuvimos solos, Evan, y cuando pedí tu ayuda simplemente te diste la vuelta y cerraste la puerta, preferiste fingir que nada de esto estaba pasando y me dejaste por mi cuenta. Entonces no tienes derecho a tener alguna culpa de nada, te deshiciste de esa posibilidad en el mismo momento en que me diste la espalda.

Quillan miró al chico insolente y desagradecido que se había atrevido a confrontar al líder. «Mantente abajo», pensó sabiamente. Sabía que Daniel solo estaba mostrándole cuál era su lugar en la jerarquía, el más joven solo tenía que aceptarlo. Había visto aquel comportamiento muchas veces: los lobos más jóvenes e irreverentes se volvían implacables, mordían y desafiaban para probar su fuerza, y los más adultos solían fomentar su comportamiento para volverlos fuertes, pero a veces los juegos dejaban de serlo y el lobo más viejo les enseñaba a respetar a aquellos con más experiencia.

Alguna vez él también había sido joven y voraz.

—Lo siento por querer actuar con sentido común, pero hay cosas en las que la gente no debería meterse, y toda esta mierda mística es una de ellas. —Evan avanzó otro paso con altanería—. ¿Cuánto crees que esto dure, eh? ¿Hasta que mueras?

¿Hasta que un día encontremos tu cadáver? ¿Se te ocurrió pensar en qué va a ser de nuestros padres o de Kit? ¡Imagínate si le pasa algo a ella por todo esto! —gritó, y a Daniel le temblaron las manos con anticipación, Quillan lo notó. Escuchó cómo con cada segundo que pasaba su respiración se volvía más y más errática—. ¿Qué vas a hacer entonces, genio? ¡Todo esto porque tú sólo quieres salvar al maldito lobo! Debiste dejarlo morir allí esa vez y no…

Daniel lo golpeó y para el lobo todo pareció ir en cámara lenta.

Evan retrocedió, aturdido, y acarició su quijada, con los ojos cristalizados y llenos de impresión. Sin embargo, la rabia aplacó su mirada casi un segundo después y, sin muchas vueltas, se lanzó hacia Daniel con otro golpe.

KIT ⸺ ☾

Katherine estaba dibujando en su habitación cuando escuchó el barullo. Su mirada se iluminó como si estuviera en víspera de Navidad, y saltó de su cama para ir corriendo hasta la sala. Sin embargo, ver a sus hermanos golpeándose en el suelo la dejó helada en el umbral de la puerta. Ambos rodaban sobre el suelo, se lanzaban golpes y puñetazos, y de pronto había sangre y ninguno se detenía. Kit empezó a temblar y las lágrimas nublaron su vista, así que no se las limpió. Daniel estaba sobre Evan, lo golpeaba una y otra vez. Ella nunca lo había visto así, siendo violento y cruel.

Iba a matarlo. Iba a matarlo, y ella no podía dejar que eso pasara, así que masticó su miedo y gritó:

—¡Basta! —Tiró de la ropa de su hermano para que se detuviera, pero no le hizo caso. Ninguno. Ella golpeó también, tironeó y lloró hasta que unas manos fuertes la alejaron de ellos.

Entre sus lágrimas reconoció a Quillan, y comenzó a llorar desconsolada. La puerta del frente se abrió y escuchó pasos y exclamaciones de sus padres, pero ella ocultó su cabeza en el cuello desnudo del hombre. No quería mirar y escuchar más, tampoco quería seguir llorando; pero, por más que intentaba, no podía detenerse. Entre sus hipidos se empezó a ahogar, le costaba respirar. Sintió que la mano de Quillan pasaba con suavidad por su espalda, y eso la ayudó a detener su llanto y recobrar el aliento.

Los golpes que le hacían temblar se detuvieron, y entonces su madre exigió una explicación a los gritos.

El silencio se alzó como un fantasma aterrador.

21
SONRISAS TRISTES EN LA OSCURIDAD

DANIEL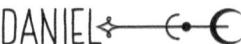

Los obligaron a sentarse en el sofá, uno al lado del otro, como lo harían con dos niños que debían ser regañados. Su madre sollozó en busca de una explicación. Daniel vio por el rabillo del ojo cómo su padre separaba a Kit de los brazos de Quillan y lo miraba con cierto temor. Él no lo iba a culpar; Quillan ciertamente llevaba una mirada no muy amistosa, además de ser un tipo grande enfundado en una remera negra llena de tierra y sangre.

—¡¿Q-quién e-eres?! —A Daniel le pareció oír la pregunta temblorosa que su padre le hizo a Quillan.

No encontró la energía suficiente como para que le importara en ese momento. Se sentía devastado, física y mentalmente. Su cuerpo entero dolía como si hubiese sido arrollado por un camión. Necesitaba dormir, cerrar los ojos al menos por un segundo...

—¡Eh, pasmado! Te estoy hablando. —Su padre chasqueó los dedos, y Daniel abrió los ojos de forma abrupta—. ¡¿Quién eres?!

Vio a Quillan parado debajo del umbral de la sala con el torso desnudo, visiblemente incómodo ante los Crane; parecía ansioso de poder echar a correr lejos de allí.

—Quillan —espetó el lobo, avanzando un paso, más que listo para defenderse si su padre volvía a atreverse a levantar la mano tan cerca de él.

La actitud de Collin vaciló una vez más.

—¿Qué demonios se supone que significa eso? —renegó, aferrándose más a su hija y retrocediendo—. ¿Qué haces en nuestra casa?

Daniel vio cómo los ojos del lobo revoloteaban por toda la sala hasta que se detuvieron sobre él. El peso de su mirada fue igual de demoledor que un golpe en la cara.

—Está conmigo —dijo, no sin un gran esfuerzo.

Las voces se callaron. La atención voló como misiles hasta él otra vez. Y entonces las preguntas vinieron una tras otra en gritos, exigencias y reclamos. Daniel cerró las manos en puños y las apretó contra sus muslos, dejando que la avalancha simplemente cayera sobre él y lo enterrara. Fueron montones de palabras hirientes, pero él no las escuchó. No todas, al menos, algunas fueron muy lejanas. Otras lograron sacudir su cuerpo malherido, pero no dolió tanto; de todos modos, no importaba. Inhaló y exhaló con fuerza antes de levantar una mano y tocar su labio partido. Hizo una mueca que pareció una mezcla entre dolor y desinterés.

Su madre lloraba porque veía sangre, o eso creía, no estaba tan seguro. Su padre, ahora concentrado en él, le gritaba y lo zarandeaba buscando una explicación, pero Daniel no hizo amago de abrir la boca. Y cuando tocó su hombro herido, se apresuró a rehuir de él e intentó esconder el ardor profundo que corrió a lo largo de su brazo. ¿Qué podía decirles, de todos modos? No tenía ninguna excusa. El vertedero de secretos y mentiras que había acumulado a lo largo de esos días estaba al tope y realmente no tenía ganas de hacerlo explotar, entonces callar le pareció una mejor opción.

La idea de soltarle a su familia otra parrafada de mentiras le revolvió el estómago.

Finalmente, en el momento en que sus padres se dieron cuenta de que no obtendrían ninguna respuesta de él, los ojos inquisitivos y furiosos recayeron sobre Evan. Su hermano menor, al igual que él, también lucía taciturno y reacio a decir algo. Daniel notó que se veía mucho peor que él con esa nariz sangrante y los hematomas que nacían de su cara hinchada. Él no estaba arrepentido y tampoco estaría pidiendo disculpas, tal vez más tarde, pero la furia todavía bullía debajo de su piel.

Su abuelo los miraba desde la chimenea, de brazos cruzados y todo. Daniel pensó en cuán viejo estaba, más de lo que recordaba. No lo había visto desde que tenía doce años, así que en realidad no podía esperar menos. Le pareció raro que estuviese allí entre su familia, pero se sorprendió más de que su madre se lo permitiera. No se esperaba que, de entre todas las personas que podrían acudir por su presunta desaparición, él fuera uno de ellos.

—Quiero descansar.

Las palabras se le salieron sin darse cuenta. No las pensó; pero incluso si lo hubiera hecho, la reacción general no habría sido muy diferente. Su padre se giró a verlo y Daniel se sintió tan pesado que pensó que podría desplomarse allí mismo. Los ojos se le cerraban y todo el cuerpo le dolía, ya fuese por la pelea con su hermano o todo lo demás.

—¡Descansar! ¡El señorito lleva desaparecido por casi cinco días y él simplemente quiere descansar! —La decepción en sus ojos lo enfureció; en realidad, se parecía mucho a Evan—. ¿Eso es todo lo que vas a decirnos?

—Es todo lo que va a decir, sí. —Su abuelo intervino por primera vez hablando con actitud displicente—. No lo atosigues, el chico te dirá todo lo que quieras cuando esté listo, pero no ahora, o de lo contrario ya habría hablado, ¿no te parece?

—Papá… —discutió Collin.

—¡Solo míralo…! —El viejo lo señaló con la cabeza—. Está exhausto.

—¡Está cubierto de sangre, por el amor de Dios! —gritó Anna, señalándolo—. ¡Los dos! ¡Y no sé si deberíamos estar llamando a una ambulancia o a la policía!

Todos se quedaron en silencio cuando su madre decidió exponer eso que todos parecían tan empeñados en ignorar. Las cabezas se giraron con cuidado, desde él hasta Quillan. Estaban esperando una respuesta, y Daniel decidió que esa era una duda que no se podía dar el lujo de no explicar, así que se le ocurrió darles una verdad distorsionada. Lo mejor que podrían obtener de él.

—Estábamos en el patio y nos atacaron dos perros callejeros, creo que tenían rabia o algo, y yo… Nosotros —se corrigió con rapidez— tuvimos que… matarlos.

No se le pasó desapercibido el suspiro de alivio general que recorrió la sala, y él no pudo creer que de verdad su familia no hubiese ni siquiera sospechado de esa mentira. Una parte de él le replicó que probablemente ellos estaban deseosos por creérsela antes que afrontar una verdad horrorosa. Aun así, se preguntó qué tan mal podría su familia llegar a pensar de él para generar tal nivel de expectación temerosa.

—Una vecina mencionó algo sobre una pelea de perros, sí —meditó su padre como si ahora todo tuviera sentido.

Su abuelo, más atento y escéptico que cualquiera, acotó que era extraño cruzarse con perros en tales condiciones. A Daniel le sonó que lo había dicho adrede, pero no alcanzaba a entender el motivo detrás de sus palabras. Lo miró con odio.

Katherine levantó la cabeza del hombro de su padre y se revolvió hasta escaparse de su agarre para ir a correr hasta él. Daniel la abrazó aliviado y dejó que ella se subiera a su regazo. La niña tenía los ojos húmedos y la nariz roja. Parecía insegura y temerosa, y él no iba a mentir al decir que eso no lo hizo sentir aún peor. Dolió, dolió más que cualquier cosa.

Había metido la pata hasta el fondo con ella, lo sabía, así que trató de buscar su perdón. Levantó una de sus manos y enredó su dedo en torno a uno de los rizos de su hermana. Tiró de uno juguetonamente mientras forzaba su mejor sonrisa. Le costó un par de tirones más conseguir que a Katherine se le escapara una sonrisa.

Ella le dio un empujón y Daniel supo que estaba perdonado. Pero seguía sin ser suficiente, así que susurró unas disculpas en su oído. Los ojos de su hermana, esos que los dos compartían, lo observaron con seriedad. Ella asintió una vez y tiró sus delgados brazos alrededor de su cuello.

Su madre los había estado mirando; parecía triste y cansada. Daniel no encontró valor para verla a la cara, así que se fijó en su padre y su abuelo, ambos hombres atentos a Quillan.

—¿Este chico no tiene una casa a la cual ir o algo? —preguntó su padre.

Quillan lo miró a la espera de su palabra.

—No. Es decir, sí, él ya se va. —Daniel bajó a Katherine de su regazo y caminó hasta el lobo. Lo guio hasta la salida principal, y antes de dejarlo afuera, se inclinó sobre su oído—. Ve por el patio hasta mi ventana y entra sin hacer ruido. Voy en cuanto pueda.

El lobo asintió con expresión solemne y Daniel cerró la puerta. Cuando volvió a la sala, unas manos intentaron tomarlo por los brazos, y su primer acto reflejo fue saltar hacia atrás y alejarse del peligro.

Su madre, que tenía su agarre aún extendido, se lo quedó mirando profundamente herida. Algo en el pecho de Daniel se estrujó. Ella no se rindió, volvió a acercarse para tomarlo de las manos, esta vez con sumo cuidado. La determinación feroz en sus ojos lo hizo pensar que no se lo merecía.

Por alguna razón recordó cómo Quillan siempre pareció respetar los instintos impulsivos y bien intencionados en los humanos, como cuando él y Kit se conocieron por primera vez y lo primero que Daniel hizo fue interponerse entre él y su hermana para protegerla.

Su madre también protegería a sus cachorros, se encontró pensando. Era su mamá, al fin de cuentas, y Daniel todavía era su cachorro. No importaba los años, ni las diferencias y los conflictos. Era una certeza, un sentimiento. Uno casi tan fuerte como el que compartía con Quillan. A él le habría agradado su madre y tal vez a ella él le habría agradado de vuelta si las circunstancias hubieran sido otras, si Quillan no fuese un lobo y si ninguno se amase como realmente lo hacían.

Ella le acarició el dorso de las manos llenas de tierra y luego les dio un ligero apretón. Acomodó un poco su camisa y después pasó una mano por su cabello grasiento.

—Daniel, estás todo sucio… —dijo con voz no exenta de cariño.

¿Por qué estaba siendo tan amable de repente? Daniel quería más gritos de reclamo y miradas desconfiadas. De esa forma, el odio secreto que les profesaba podría salir con más facilidad. Si ellos le enseñaban amor, Daniel solo sería capaz de sentirse culpable por seguir odiándolos. Quería que su madre lo detestara, que le dijeran todo eso que solían pensar de él. Lo necesitaba, ahora más que nunca.

—Mmm... —gruñó vagamente.

Anna palpó su rostro y trató de obligarlo a verla a los ojos, pero no pudo. Ella se aclaró la garganta.

—Escucha, quiero que ahora mismo vayas a darte un baño y luego te vayas a dormir, ¿sí? —lo exhortó, y Daniel alzó la cabeza, confundido—. Cuando despiertes, vendrás a mí y me contarás todo lo que te estaba pasando, porque algo no me estás diciendo, hijo. Esto no es de ahora, esto viene desde hace mucho. —Él asintió con los ojos llenos de lágrimas—. Quiero saber qué te pasa, porque me preocupas y quiero ayudarte, pero no puedo hacerlo si no me dejas, Daniel.

—Sí... —susurró él con voz trémula. Dolió decirlo, dolió sentirse tan pequeño otra vez—. Mamá, ¿qué... qué es lo que piensas...? —Tragó saliva y carraspeó—. ¿Qué piensas de mí, mamá? Sé... Yo sé que me amas, lo sé, pero... ¿qué idea tienes de mí? Nunca te diste la oportunidad de... de decírmelo, a la cara.

—¿A... a qué te refieres?

—Sabes a qué.

Anna parpadeó y Daniel vio que sus ojos se humedecían. Ella se ahogó en su propio silencio, uno doloroso, que perforó más profundo de lo que cualquier otra palabra podría haber hecho.

Daniel sabía que su madre lo amaba, sí, estaba al tanto de eso, pero también sabía que ella le temía de igual manera. Le temía porque no lo entendía, de la misma forma que ella nunca pudo entender a su propio hermano.

Suspiró.

Él no encontró fuerzas para culparla esa vez, no quiso hacerlo tampoco. No quiso discutir nunca más. Ella no estaba bien, pero él sí. Daniel estaría bien. Ahora lo sabía, lo entendía… Pero dolía, de todas formas.

Sonrió con ligereza.

—No pasa nada, olvídalo.

Ella asintió repetidas veces, se limpió los ojos y le ofreció una sonrisa igual de fácil y temblorosa.

—Anda, ve, descansa, Daniel. Nosotros haremos lo mismo.

Daniel volvió a asentir fervientemente antes de dirigirse, cabizbajo, hasta su habitación. Cuando abrió la puerta y vio al lobo parado en medio de la estancia, le dio la sensación de que no había estado allí dentro por años. Tan solo habían sido cinco días de ausencia y sentía que, de una forma u otra, todo había cambiado. Cerró la puerta tras de sí.

Su labio inferior comenzó a temblar y las lágrimas bajaron con lentitud. El peso sobre sus hombros, ese que había estado pretendiendo llevar con una naturalidad asombrosa, lo aplastó. Daniel dejó que lo hiciera. Se mordió el interior de la mejilla y dejó caer la cabeza contra la puerta a sus espaldas.

También se sintió como el mayor hijo de puta del mundo entero. Su familia… No iba a poder despedirse correctamente de ellos, dejaría miles de preguntas sin responder y una historia extraña que no podrían seguir. Por un momento se planteó decirles la verdad, pero sabía que nadie le creería, lo tomarían por loco. Tal vez Kit… Tal vez podría decirle a ella. Ella sí que le creería, pero arrastrarla a eso no era justo.

¿Cómo les explicaba que todo esto lo hacía por ellos y, a su vez, por sus deseos más egoístas?

Ahogó el llanto entre sus manos y se deslizó hasta el suelo helado, abrazándose a sí mismo. Él iba a morir, ya no había vuelta atrás. ¿Qué tan terrible era tener esa certeza? Nunca se lo había planteado antes, había tenido la suerte de no estar en circunstancias de tal calibre. Pero ahora sabía que iba a morir, porque no existía manera de que él sobreviviera a eso. Tal vez Quillan también lo haría. Su resistencia era mayor, pero ¿qué tanto? ¿No habían asesinado a toda una manada de lobos como él? Sin embargo, había algo muy diferente en Quillan desde la primera vez que lo vio. Pero aun a su lado, Daniel seguía siendo insignificante; todo ser que había conocido no se había cansado de repetírselo y demostrarlo. Hasta Glais, con el tamaño de su mano, era más resistente de lo que él, como un chico humano, era.

Echarse atrás era fácil, pero Daniel no era cobarde. Podría morir protegiendo todo lo que amaba, y ese era un punto a su favor. No muchos podían jactarse de aquello. No muchos tenían algo que amar. Daniel decidió que aquello le daba sentido, a él y a su no tan extensa vida. Y sí, tal vez no era el tipo de sentido que él o cualquier persona podía esperarse, pero no dejaba de ser el que había estado buscando toda su vida. Tan solo esperaba que su sacrificio allí valiera la pena. Tenía que ser así.

Incluso con esa certeza en mente, nada era capaz de quitar el hecho de lo duro que sería la despedida. La detestaba.

Se llevaría todo lo malo, todo el peligro lejos de ellos, y estarían en paz. Y si no lo hacía, tal vez ellos tendrían más suerte que él y podrían esconderse. Tal vez serían capaces de encontrar algún rincón en ese extenso mundo donde el poder de los dioses jamás sería capaz de alcanzarlos.

QUILLAN

Cuando vio al chico romperse en miles de pedazos frente a sus ojos, la angustia se enredó en su pecho. Su angustia. Podía sentirla en el aire, era tan fuerte que casi era capaz de jurar que la olía así, como humano.

Se preguntó qué debía hacer. Su lado humano apeló a mantener distancia, pero esa vez Quillan cedió al instinto del lobo, que tenía la cola entre las patas al tiempo que gemía y se revolvía porque quería ir a acurrucarse a su lado, lamer sus lágrimas y enseñarle que estaba allí para él, que siempre lo estaría. Decirle que su tristeza también era la suya. Quería decir tantas cosas… Pero el humano era tan difícil como el lobo. Se detestaban entre ellos, rehuían de sí mismos y rara vez estaban de acuerdo en algo. Y, a pesar de ello, Daniel era la pequeña excepción de ambos. La tregua se alzaba porque Daniel era Daniel. En eso, y solo en eso, el lobo y el humano coincidían.

Quillan caminó hasta él y se sentó a su lado. Lo rodeó con sus brazos y el chico se dejó abrazar, tembloroso, helado y adolorido. Vulnerable. A Quillan le pareció que jamás lo había sentido tan pequeño, nunca.

Daniel percibió los brazos largos que se aferraban a su torso con fuerza, y Quillan pasó una mano suave y cálida por su espalda en lentos movimientos.

—Voy a extrañarlos —le oyó decir a Daniel con voz amortiguada y rota. Sorbió su nariz y volvió a llorar—. Dios, los voy a extrañar demasiado.

Quillan sintió el aliento cálido contra su cuello y otro sollozo. Suspiró, dejando caer su barbilla sobre la cabeza de Daniel.

—Lo sé.

Se le ocurrió volver a ofrecer la idea inicial, que él podría irse. Pero una parte de Quillan sabía que eso ya no era una opción, era muy tarde; Daniel jamás se echaba atrás.

—Yo también tengo miedo —reconoció en cambio.

—Ni siquiera estoy seguro de lo que vamos a hacer.

—Lo resolveremos. Sobre la marcha. Siempre lo hacemos.

Le alegró percibir el cosquilleo de una sonrisa contra su piel. Él también sonrió.

DANIEL

Se sintió mucho mejor después de darse una ducha, y haciendo caso al consejo de su madre, se dejó caer sobre la cama. Quillan se recostó en el suelo como un enorme lobo. Era la primera vez en semanas que no compartían la cama, y por un momento Daniel se preguntó si acaso sería porque era consciente de que iba a ensuciar todas las sábanas o, simplemente, quería darle su espacio. No pudo elucubrar demasiado al respecto, sin embargo, pues su mente se hundió en la inconsciencia apenas su cabeza tocó la almohada.

Se despertó durante la noche, desorientado. Quiso consultar la hora en su teléfono, pero estaba apagado, así que se apresuró a ponerlo a cargar. Se incorporó a pura fuerza de voluntad y aguzó el oído. La casa estaba en silencio; probablemente su familia estaría durmiendo.

Salió de la cama y caminó como una sombra silenciosa hasta el pie de su ventana esperando ver una amenaza, pero esa noche no había nada, y se sintió tranquilo. Solo un poco.

Le pareció un buen momento para dejar que Quillan se duchase también. Lo sacudió con delicadeza y el lobo se despertó sobresaltado.

—Vamos a que te bañes, ¿sí? —susurró con voz suave, y enseguida el lobo se relajó.

Quillan asintió y se levantó en su piel de hombre. Daniel abrió la puerta y se asomó al pasillo, cauteloso. Comprobó que nadie anduviera, y entonces agarró al lobo de la mano para guiarlo a través de la oscuridad hasta el baño. Al entrar, lo dejó, a sabiendas de que no necesitaba explicarle nada y que Quillan podía arreglárselas solo desde allí. Aun así, solo por si acaso, dijo:

—Traba la puerta y no la abras a menos que sea yo, ¿bien? —Quillan volvió a asentir—. Yo voy a prepararte algo de ropa.

Daniel no se fue hasta que escuchó el suave clack de la cerradura. Se encargó de buscar las prendas más grandes que él tuviera, algo que fuese cómodo para Quillan. Cuando tuvo la muda de ropa lista y en sus manos, salió de vuelta hasta el pasillito oscuro con rumbo al baño.

Estaba pensando en buscar algo para comer luego, cuando una figura oscura llamó su atención, parada junto a la puerta del baño. Pensó en Quillan, pero todavía se escuchaba el agua que corría en la ducha. Su corazón se paralizó por unos milisegundos.

—Daniel.

Era su abuelo.

Estaba a salvo.

Dejó escapar todo el aire que no sabía que estaba conteniendo. Pero iba a tener que inventar una excusa, y eso había dejado de ser una tarea fácil.

—Abuelo.

El viejo traía una cara amarga, el rostro del líder de una milicia que había pasado por muchas guerras, aunque en realidad Morgan Crane jamás había abandonado ese pueblo. Estaba casi calvo y tenía una barba espesa del color de la ceniza.

—Deberías ser más cuidadoso.

—¿Sí? —No estaba muy seguro de qué decir, pero si el viejo tenía algo que replicar al respecto, sabía que lo haría.

—Tus padres podrían haberlo visto. —Daniel permaneció en silencio y el mayor continuó—: No creo que sepas en lo que te estás metiendo, ¿me equivoco?

Daniel parpadeó un par de veces con el corazón en la garganta. ¿De qué le estaba hablando su abuelo? ¿Acaso él sabría algo? ¿Evan habría hablado o solo estaba siendo paranoico?

—No sé de lo que me hablas.

—Sí lo sabes —replicó el anciano—, lo sabes perfectamente. Lo que estás haciendo tiene sus consecuencias, no creo que estés listo para lidiar con ellas.

—No me importa lo que tú creas.

Su abuelo suspiró.

—Lo sé. Solo eres un chico, y el lobo es un lobo; uno fuerte y letal, y tú no eres ninguna de esas cosas.

Estaba cada vez más rígido. Algo enojado también.

—Mamá y papá no saben, ¿verdad?

Fue la primera pregunta que se le ocurrió. Su abuelo inclinó la cabeza, indiferente.

—Mañana regreso al faro, no creo que tu madre me quiera mucho más tiempo aquí. Deberías venir conmigo. —Parecía que eso iba a ser todo, pero entonces añadió—: Trae a tus hermanos, y al lobo. Que visiten la isla.

Evan tuvo que haberle dicho algo a su abuelo, Evan debió haber hablado de más. Pero aun si lo hubiera hecho, ¿cuántas eran las posibilidades de que alguien que ignoraba sobre el tema creyera todo eso? Si Daniel debía ser honesto, estando en esa posición, no lo haría. Probablemente lo sentaría y le preguntaría con amabilidad si había estado consumiendo algún estupefaciente dudoso.

—¿Cómo sabes?

—Tu hermana y tu hermano —dijo—. Fue fácil soltarles la lengua.

Su abuelo se dio la vuelta y se alejó con rumbo a la sala. Congelado, Daniel lo observó irse. Cayó en la cuenta de que él probablemente estaría durmiendo en el sofá y se regañó por no haber ido a revisar esa parte de la casa antes. Parpadeó despacio.

¿Qué tanto sabía aquel viejo en realidad?

Dio dos suaves toques en la puerta del baño, cuando escuchó que la canilla se cerraba y el agua dejaba de correr.

—Soy yo —susurró cuando vio la sombra del lobo por debajo de la puerta. Esta se abrió casi de inmediato y el lobo le dio paso. Tenía la toalla en la mano. Daniel ignoró estoicamente la desnudez del hombre y le dejó la ropa sobre el inodoro antes de retirarse.

Más tarde, ambos limpios y tranquilos, comían sobre la cama algunas sobras que habían encontrado en la cocina. La luz tenue de la madrugada entraba por la ventana; el cielo seguía azul y brillante, pero el sol aún no salía por completo.

—Mi abuelo sabe. Sabe sobre ti —murmuró él.

—¿Es malo?

—No lo sé. Tampoco sé qué puedo decirles a mis papás.

Quillan, sentado frente a él, levantó la mirada de sus manos.

—La verdad.

—No, eso no. Puedo decir de todo, menos eso.

Quillan se removió algo incómodo. Comieron otro poco. Era algo de pollo al horno con verduras frías. Comieron hasta que el estómago les dolió.

—¿Qué crees que pase ahora?

Daniel lo miró de soslayo antes de resoplar.

—No lo sé —admitió, encogiéndose de hombros—. Ya veremos. Seguramente haremos algo estúpido, como siempre. Paso por paso. Sobre la marcha.

—No podría esperar menos.

Ambos compartieron una pequeña sonrisa. Entonces, contra todo pronóstico, Daniel entornó la mirada, extendió la mano, y con la yema de sus dedos acarició la suave barba de unos días que Quillan tenía.

—Te creció la barba otra vez.

Quillan acarició su cara. Daniel tenía razón. Antes, el muchacho lo hacía afeitarse cada tantos días. La primera vez había sido Daniel quien lo había afeitado, alegando que no debía andar como un vagabundo.

—Sí, eso parece —el lobo sonrió.

Daniel notó cómo la tensión se había tornado pesada y envolvente entre ellos, y quería pensar que no era solo él quien había sentido el cambio en el ambiente, que no era el único que podía sentir las inminentes ganas de estar más cerca. Cuando Quillan buscó tomarle de la mano, supo que no, no era solo él.

Se quedaron así un largo y agradable rato. Mientras Daniel jugaba distraídamente con la mano de Quillan, los engranajes de su cerebro no se cansaban de maquinar. Era una idea, algo que llevaba revoloteando por su mente de forma aleatoria; sin embargo, ahora era un deseo que no quería dejarlo descansar. ¿Él debería...?

—Quiero besarte —espetó a bocajarro, porque si no lo hacía ahí, no lo haría jamás, y lo sabía. Daniel prefería mil veces intentarlo que nunca haberlo hecho. El lobo lo miró con el ceño fruncido y el chico se sonrojó furiosamente—. Digo, ¿puedo... besarte?

Tras unos eternos segundos de silencio, el lobo asintió, pero Daniel sospechaba que no estaba muy seguro de lo que eso de besar implicaba. Sin embargo, se inclinó, lento y vacilante, esperando que el lobo se alejara de él en cualquier momento. No lo hizo. Quillan lo observó con los ojos desmesuradamente abiertos, casi parecía estar conteniendo la respiración mientras lo veía acercarse e invadir su espacio personal. Su corazón estaba latiendo desenfrenado, pero esa vez era por algo bueno. Quiso sonreír. Cuando sintió su cálido aliento acariciando su rostro, temeroso, Daniel se detuvo.

—¿Estás seguro? —bisbiseó con los ojos llenos de ternura.

El lobo asintió, atento a cada uno de sus movimientos.

—Sí —suspiró.

Daniel, con cierto nerviosismo, terminó por apretar sus labios sobre los de Quillan. Eran tersos y suaves. La barba le dio cosquillas, y su estómago sufrió alguna clase de vértigo agradable.

Fueron besos delicados, castos, tan puros e inocentes como se suponía que debían ser, y aun así pudo percibir cómo el lobo temblaba de anticipación con cada contacto. Sus labios eran más ágiles que los de Quillan, quien los movía con torpeza y no parecía muy seguro de qué hacer.

Al final, Daniel se apiadó del lobo y se separó despacio mientras abría los ojos; no recordaba haberlos cerrado. Quillan lucía conmocionado; jadeaba, e incluso su rostro se había vuelto casi más rojo que su cabello, pero había un brillo peculiar en sus ojos, y entonces una sonrisa tiró de los labios del muchacho.

—¿Bien? —preguntó por lo bajo.

El lobo sonrió con una timidez abrasadora y aflojó los hombros, asintiendo e inclinándose una vez más hacia él.

—Mío. —Exhaló contra su boca.

Daniel se rio y alzó una ceja con un aire travieso y desafiante.

—Tuyo, ¿eh?

El lobo volvió a intentar alcanzar sus labios. Daniel jugó con él otro poco y luego le dio un beso mucho más largo y profundo. Quillan pareció descubrir y maravillarse con el roce de las lenguas, calientes e incitantes. Daniel dejó que lo disfrutase, lo dejó hasta que le robó el aire. Se separaron, jadeantes, rojos y desprolijos.

Se encontró pensando que, a pesar de todo lo malo, definitivamente él era otra buena razón por la que valía la pena morir.

—Nosotros —juró el lobo.

Esta vez, Daniel estuvo de acuerdo.

22
DONDE LAS FOCAS DUERMEN

 KIT

El día había comenzado fresco y soleado, pero a medida que se acercaban al muelle, las nubes iban aumentando su tamaño, cubriendo una gran parte del cielo. Katherine sintió que ese clima solo hacía a ese día mucho más misterioso de lo que ya le parecía.

Su hermano Daniel había ido a despertarla temprano esa mañana. Al principio no quiso hacerle caso; era sábado, se suponía que esos días ella podía dormir hasta muy tarde.

—Pero vamos a ir al faro —le había dicho su hermano mientras la sacudía del hombro—. Vamos a ir con el abuelo, él nos invita.

Entonces Katherine se enderezó en la cama con rapidez.

—¿De verdad? —preguntó, fregando sus ojos.

—Sí, así que anda, vístete rápido o te dejamos atrás —apremió Daniel con una sonrisa queda, levantándose para dejarla prepararse, pero ella se estiró con rapidez para agarrarlo de la muñeca. Su hermano mayor enarcó una ceja, pero volvió a sentarse en el colchón junto a ella. Kit había estado ansiando hablar con él toda la tarde anterior, pero su madre había insistido en que lo dejara en paz, que él necesitaba descansar.

—¿Adónde te habías ido? —preguntó, parpadeando con cierta rapidez inquisitiva.

Él la miró por un largo rato en silencio. A Kit le pareció que su hermano casi se iba a largar a llorar frente a ella, pero él jamás lloraba.

—Yo... Quiero que sepas que todo lo que yo hice o haga siempre será por tu bien, también por el de mamá y el de papá. —Daniel se pasó una mano por los ojos y se aclaró la garganta.

Kit arrugó la nariz.

—¿Por el de Evan también?

Él asintió, aunque medio a regañadientes.

—Sí, también lo hago por el bien de Evan. Aunque nos peleemos, siempre cuidaré de él y de ti —prometió, inclinándose sobre ella y plantando un beso cálido en su frente—. Somos hermanos, debemos cuidarnos y querernos siempre, incluso cuando uno nos haga enojar mucho.

—Sonaste como mamá. —Kit soltó una risa, pero su hermano hizo caso omiso y la atrapó en un abrazo que ella respondió con una mueca de extrañeza.

Daniel le revolvió el cabello y alegó que debían apurarse, y se fue. Kit se quedó mirando la puerta de su habitación por un largo rato mientras pensaba en lo extraño de la situación. Sin embargo, la emoción consiguió aplacar sus dudas, porque ellos iban a ir a la isla del faro. Lo excitante de eso no era el destino, sino el viaje. ¡Iban a ir en bote! Ella estaba segura de eso, porque no había otra forma de llegar hasta allí salvo por el salvaje mar.

Se vistió rápido, se puso un overol que a su mamá le fascinaba sobre una holgada camiseta amarilla y su cazadora verde oscuro. También agarró ese bolso viejo que le había robado a su madre y guardó en este todo lo que necesitaba: desde un cuaderno y sus crayones hasta una lupa. También un libro lleno de fábulas, por si le apetecía leer, y algunos juguetes, que en su interior sabía que no iba a usar, pero hacían ver a su bolso mucho más lleno y sofisticado. Ella iría en una aventura y debía estar preparada. Peinó a base de tirones sus tirabuzones, y abandonó su habitación a las corridas.

Se desplazó con cuidado por los pasillos silenciosos, donde se colaba la luz anaranjada del sol. Sus padres todavía no despertaban, esa era la única explicación al silencio sepulcral de la casa. Probablemente no se despertarían hasta en un par de horas, a ellos les gustaba dormir mucho si podían.

En la sala estaban esperándola su abuelo, Quillan y Daniel. No sabía que Quillan iría con ellos, pero le pareció que con él sería más divertido. Ella saludó a todos con un débil movimiento de manos y propuso en voz baja la idea de desayunar algo.

—Desayunarás en mi casa —dijo su abuelo con ese tono hosco de voz. Él era algo cascarrabias, pero antes le había dicho que se llevaba muy bien con Daniel, entonces estaba bien.

Antes de que Daniel volviera a casa, ella se había quedado con él a solas en varias ocasiones, mientras sus padres iban a hacer trámites a la estación de policías y Evan salía a recorrer las calles. Una tarde hasta le preparó chocolate caliente, e incluso le contó varias anécdotas de cuando sus hermanos eran pequeños e iban a visitarlo a la isla del faro. Le habló de que ella también había ido, pero que no lo recordaba porque había sido muy pequeña. Kit no sabía que tenía abuelo hasta hacía unos días, cuando llegó para ayudar en la búsqueda de su hermano. A ella, a pesar de todo, le agradaba; era gracioso con sus gestos raros y no entendía para nada las cosas que ella solía decirle, pero igual le entregaba toda su atención.

Una vez hasta les relató historias, cuentos de hadas en su mayoría, y fueron tan geniales que incluso a Evan le gustaron.

Después de eso, los dos no dejaron de hablar de dioses de otro mundo y criaturas asombrosas.

Kit esperaba que Daniel no se enojara con ella, pero le había contado a su abuelo sobre Quillan, y su abuelo se veía como alguien que podía guardar un secreto: él no se llevaba muy bien con sus padres, así que supuso que sería una tarea fácil. Ella le habló también, con mucho más entusiasmo, sobre ese lobo negro que habían encontrado con su hermano y su mejor amiga cerca de los bosques, más de un mes atrás. Katherine había querido adoptarlo; sus amigos en la escuela habrían alucinado si ella llegaba a tener un lobo como mascota. Pero le dijo que su hermano había preferido dejarlo en el veterinario, para que cuando se recuperara pudiera volver al bosque con los otros lobos.

Su abuelo era genial, pero si era así de bueno, ¿por qué nadie le había querido hablar de él antes? Sus padres le habían mentido cuando ella había preguntado, y ninguno de sus hermanos se había visto impactado por el hecho de que sus padres les hubiesen ocultado una información tan importante. Kit entendió entonces que, de una forma u otra, ellos siempre lo habían sabido y nunca habían dicho nada.

Fue la primera vez que se sintió excluida por sus hermanos.

—Creo que podríamos ir yendo si estamos todos —comentó su abuelo de repente, trayéndola al presente.

Kit no se había dado cuenta de que su hermano Evan también había aparecido para ir con ellos. No se había imaginado que él hubiese querido acompañarlos, no después de lo que había pasado el día anterior. A Kit le daba escalofríos de tan solo recordarlo.

Su hermano tenía todo el rostro lastimado y con moretones. Se veía horrible y amargado. Ella meditó cómo, con ese gesto, era muy parecido a su abuelo. Daniel estaba mucho mejor que él, si debía compararlo; él no tenía la cara tan hinchada.

—¿Mamá y papá saben que nos vamos? —preguntó en voz baja, aferrada a la tira del bolso que cruzaba su pecho.

—Les dejé una nota, luego los llamaré por si acaso —dijo Daniel.

K

Tal como ella predijo, su abuelo tenía un bote. Era viejo como su dueño; la pintura se desprendía en capas y estaba lleno de baldes y escamas de pez, pero seguía siendo un bote, y ella iba a ir en él. Fue la primera en subirse mientras su abuelo lo desataba del pequeño muelle, y se tapó la nariz porque de verdad apestaba a pescado muerto. Daniel y Quillan subieron después de Evan, y su abuelo los empujó antes de meterse en él. Tiró un par de veces de la cuerda del motor antes de que este se encendiera y rugiera.

Muy pronto estuvieron deslizándose en contra del oleaje, que los hacía dar pequeños saltos en sus asientos.

Ella se olvidó de la tensión que había permanecido latente entre sus hermanos y disfrutó del viento que azotaba su cara y despeinaba su pelo. En un momento dado, trató de inclinarse por un costado para tocar el agua, pero la mano de su hermano agarrándola por los tirantes de su overol la detuvo.

—¡Kit, te puedes caer! —gritó Daniel sobre el viento.

Ella se incorporó y lo miró ceñuda.

—¡No me voy a caer, mira! —Y volvió a inclinarse para sentir el agua helada atravesando sus dedos con una fuerza demoledora.

Ella se había agarrado con fuerza del borde, pero Daniel la sostuvo por el brazo por si acaso.

Cuando se sintió satisfecha, se incorporó y miró hacia atrás, donde estaba su abuelo sentado y dirigiendo el bote con Evan a su lado. Sobre sus espaldas se podía ver cómo el muelle, los demás botes y el pueblo se hacían cada vez más pequeños. En cambio, si miraba hacia adelante, donde Daniel y Quillan se sostenían de la mano, podía ver a la isla del faro hacerse cada vez más grande. Ella estaba sentada en el medio.

Pensó en que le gustaría que Anya estuviese allí para acompañarla también, su amiga amaría viajar en un bote, a pesar del aroma. Sabía que el padre de Anya tenía su propio bote, estaba guardado junto al auto. Si hubiese sabido antes, le habría pedido a su abuelo llevar a su amiga también.

Contra el viento salado, Kit sonreía de oreja a oreja, pero se dio cuenta de que al parecer era la única. Daniel y Quillan mantenían una repentina discusión en susurros. Curiosa, tuvo la intención de levantarse e ir con ellos, pero en el momento en que intentó hacerlo, su abuelo se lo impidió.

—¡No te levantes! Hay que mantener el peso del bote estable. Y podrías caerte.

Ella obedeció y miró a su hermano con una sonrisa. Él le correspondió enseguida, pero sus ojos, usualmente astutos, ahora eran tristes. Él le dijo algo más a Quillan que ella no alcanzó a oír por el ruido del motor, las olas y el viento, pero no le importó, ella ya sabía que algo estaba pasando.

El faro estaba prendido; su abuelo le contó que nunca se apagaba. Ella ya quería explorar el lugar y poder ver las focas, Daniel le prometió que allí siempre andaban. Juntaría caracolas para Anya, caracolas exclusivas. Después, tal vez, desayunaría algo. Pero, si debía ser honesta, desayunar no era tan emocionante como recorrer esa isla.

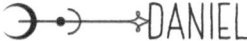

DANIEL

Cuando el bote tocó tierra, Kit, con la ayuda de su hermano, fue la primera en bajar.

—¡No te alejes mucho! —advirtió Daniel, severo.

—¡No! —Kit hizo un ademán distraído y salió disparada por las orillas de la isla.

—Mejor déjala —murmuró Morgan mientras también se bajaba del bote—, supongo que nosotros cuatro tenemos mucho que hablar y no creo que se sientan cómodos con ella por alrededor, ¿no?

Nadie respondió, pero no hizo falta. Daniel y Quillan salieron y los siguió Evan, que seguía decidido a no abandonar la mala cara y el mutismo lúgubre. La ley del hielo, advirtió Daniel con las cejas en alto. Él la aborrecía; aborrecía el silencio en sí. Sin embargo, sospechaba que, aunque él y su hermano no mantuvieran su mala relación actual, tampoco habría mucho que decir.

Caminaron hasta la insípida casita junto al faro. Su abuelo tenía un perro, un lebrel escocés que se les acercó moviendo la cola apenas los vio. Daniel advirtió que Quillan observaba al animal con cierta curiosidad. Él, por otro lado, se acercó a saludar a Peludo.

El perro les olfateó los pies y les movió la cola. Daniel se hincó para poder acariciarlo.

—¡Peludo! —exclamó con una sonrisa—. Pensé que para este tiempo ya habría estirado la pata, pero veo que aún resiste, como su dueño —añadió por lo bajo.

Su abuelo se giró a verlo con cara de querer matarlo.

—Peludo sí murió. Lo enterré en la parte de atrás. Este lo compré hace un par de años, la raza es muy buena para la caza —dijo.

Daniel frunció el entrecejo.

—Oh.

—Esta es Cat.

Daniel se inclinó para comprobar que, a diferencia de Peludo, esta era hembra. Luego consideró que su abuelo tenía un extraño sentido del humor.

—Oh. Siempre elegiste nombres raros.

El viejo se encogió de hombros y les dejó paso para que pudieran entrar en la casa, no sin antes sacudir la arena de sus pies sobre la alfombra de alambres que se encontraba en el umbral. El olor a antigüedad y humedad era, sin dudas, algo tremendamente nostálgico para él. Todo estaba igual a como lo recordaba, su abuelo en todos esos años no había cambiado de lugar ni un solo mueble. Incluso sobre el mostrador de la cocina todavía estaba ese cerdo de porcelana que parecía sacado del cuento de *Los Tres Cerditos*. En ese enorme cerdo su abuelo solía guardar dinero y papeles importantes; tenía un agujero con tapita justo por debajo y Daniel, infantilmente, siempre se reía. Por supuesto, todavía ahora podría reírse si veía a su abuelo meterle algo a ese cerdo por el trasero.

Daniel y Quillan se sentaron en un extremo de la mesa, Evan se ubicó al otro lado. Su abuelo, al contrario de ellos, se quedó parado para poner agua a calentar en la cocina.

—Solo tengo café, ¿tu hermana toma? —dijo.

—Sí, sí, está bien, ella no tendrá problema.

—Podrías simplemente decirnos por qué estamos todos aquí. —Evan se hizo notar por primera vez.

—Tu hermano nos trae aquí.

—Dime algo que no sepa ya.

El viejo Crane se giró a mirarlo.

—Quiero aclarar un par de cosas con él.

—¿Y yo qué pinto? —Evan se cruzó de brazos.

—¿Ahora mismo? Eres el único en esa casa, además de tu hermano, que sabe lo que verdaderamente está pasando —explicó al tiempo que iba a buscar una botella medio vacía de un estante donde había botellas empolvadas y un par de vasos de vidrio.

—¿Y qué? —espetó.

—Deberás cuidar de la familia cuando él ya no esté aquí —alegó, dejando todo sobre la mesa frente a ellos con brusquedad, y repartió un vaso para cada hermano.

Los ojos de Evan se abrieron desmesuradamente.

—¿Te vas? —Y entonces miró a su hermano mayor por primera vez, buscando una explicación.

—Tengo que irme, no puedo quedarme sabiendo que podrían venir en cualquier momento y hacerles daño —explicó Daniel con una calma atípica en él antes de hacer una mueca a su abuelo, que estaba llenando su vaso de whisky—. No, paso, el café estará bien.

—Vas a necesitar ese vaso, créeme —gruñó el viejo, y Evan se escandalizó.

—¡¿Por qué no se va solo él?! —reclamó, señalando a Quillan.

El aludido se encogió un poco.

—Porque tu hermano ya está lo suficientemente involucrado. En todo el sentido de la palabra que se te pueda ocurrir, por lo que veo —añadió el viejo, y Daniel le lanzó una mirada gélida antes de dar un repentino trago a su vaso. El alcohol le quemó la garganta y lo profundo del estómago, pero su abuelo tenía razón: iba a necesitarlo si quería pasar ese día sin asesinar a su hermano.

—No lo puedo creer… —musitó Evan mientras pasaba una mano por todo su rostro antes de dar un brusco golpe sobre la mesa—. ¿Y por qué debo hacer algo por él, eh?

—¡Dios, paren de actuar como chiquillos! —los reprendió su abuelo—. No lo hagas por tu hermano, si no quieres, hazlo por tu hermana, o tus padres, ¿bien? Es de su seguridad de la que estamos hablando, no la de tu hermano. —Evan cerró el pico, y entonces su abuelo se giró para mirar a Daniel y Quillan—. Asumo que tú sabes muy bien a lo que le estás a punto de hacer frente, ¿no?

El tono de voz que su abuelo había usado no le gustó ni un pelo.

—¿Y es que tú sí? —espetó con altanería, también cruzándose de brazos.

—No eres el primero de los Crane que se ha topado con cosas que no debería —replicó el viejo en un tono casi lúgubre, pero se recompuso con rapidez—. Así que sí, claramente estoy en esto mucho antes que tú.

Daniel lo miró de arriba a abajo, no muy confiado.

—Solo dime lo que sea que quieras decirme, no hay por qué darle más vueltas a esto.

Morgan suspiró.

—Tu nombre y el de él se esparcen entre los dioses del Otro Mundo y los que yacen en el nuestro, por lo que si miedo es lo que sienten, no dudarán en volver y atacarte. —El viejo apagó el fuego y sacó de un estante una taza para su hermana y otra para

Quillan—. Sabes de sobra que solo eres un chico contra fuerzas que te exceden por completo y el lobo no podrá cuidar siempre tu espalda.

—Encontraremos dónde escondernos, no podrán atraparnos —dijo Daniel con determinación.

Su abuelo le prestó una larga mirada mientras dejaba las tazas sobre la mesa, pensativo. Quillan se acercó a oler el contenido y al final se animó a probarlo. Al parecer le gustó, porque le dio otro sorbo. Daniel lo miró con una mueca al darse cuenta de que lo estaba tomando amargo.

—Necesitas preparación —alegó el viejo después—. Estás a punto de lanzarte a algo que desconoces, y eso podría costarte la vida.

Daniel suspiró y cerró los ojos antes de terminar el whisky de su vaso. El fuego le bajó por la garganta mientras se levantaba con lentitud de su asiento.

—Puedo preguntar qué es lo que vas a hacer cuando te vayas —replicó su hermano con malhumor—, ¿vas a esconderte toda tu vida?

—No —insistió Daniel, sirviéndose otro poco de la botella dorada, sin el valor suficiente de ver a alguien a la cara—. Nos esconderemos y...

Su hermano soltó una risa amarga y los dedos de Daniel se tornaron blancos contra el vaso en su mano. Dio otro sorbo e inspiró con lentitud.

—¿Y qué? ¿Se aferran el uno al otro por el resto de sus vidas, rezando para que no los encuentren y los maten, eh? ¡Es que es todo simplemente ridículo! ¡No puedes...!

Lanzó el vaso contra la pared. El restallido del cristal rompiéndose los calló a todos.

—¡Que te calles! ¡Cállate de una puta vez!

Su hermano, su abuelo y Quillan lo miraron con los ojos desmesuradamente abiertos.

—Daniel... —Morgan trató de sostenerlo por los brazos, pero el chico se zafó con movimientos violentos.

—No, déjame. ¡Déjame! —gruñó, y salió disparado hacia el exterior de la casa, llevándose puesto todo lo que se le cruzaba.

Daniel se recargó contra el poste de la entrada, sintiendo el viento helado que chocaba contra las lágrimas en sus mejillas. Sorbió su nariz mientras veía a su hermana a la distancia, estaba muy entretenida buscando algo entre la arena. «Seguro busca caracolas», pensó con una débil sonrisa queriendo tirar de sus labios. ¿Ella le extrañaría tanto como él a ella? Esperaba que no, rezó por que no lo hiciera.

¿Por qué tenía que ser todo tan difícil?

—Daniel, ¿puedo hablar contigo?

La voz de su abuelo no lo tomó por sorpresa, y ni siquiera se molestó en mirarlo. Había una parvada de gaviotas cerca de Kit que hacían mucho bullicio. Su imagen le trajo algo de paz.

—Lo harás, de todas formas —masculló.

Oyó cómo el hombre suspiraba a sus espaldas antes de pararse a su lado.

—Me equivoqué —manifestó con aspereza el hombre—. Sí que sabes a lo que te enfrentas. Lo sabes perfectamente.

—Quillan y yo sabemos que no vamos a volver —dijo luego de un rato, más calmado—. Es difícil decirlo en voz alta, lo hace real. Vamos a morir, eventualmente, y es aterrador —explicó desconsolado.

—Entonces deja que el lobo lo haga. Olvídate de esta tontería.

—No puedo, no puedo dejarlo solo —musitó—. De repente, él se volvió parte de todo lo que amo y no puedo elegir abandonarlo.

—Y, sin embargo, abandonas a tu familia —apuntó el viejo con tranquilidad.

—No los estoy abandonando, los protejo —afirmó Daniel con gesto duro—. Este es mi problema, mío y de Quillan. Lo resolveremos juntos o no lo haremos en absoluto. Pero ellos no van a pagar por mi estupidez y todo lo malo que lo persigue. De eso puedes estar seguro.

Morgan Crane suspiró, sacudiendo la cabeza con decepción.

—Las historias de amor nunca terminan bien en nuestra familia —reconoció.

Daniel sonrió con ironía, recordando a sus padres y, ahora, a él.

—¿Cuál fue la tuya? —preguntó curioso.

Morgan se aclaró la garganta.

—Te sorprenderías, muchacho.

Tomó café por primera vez. Nunca le habían permitido hacerlo en casa, decían que todavía era muy pequeña para eso, pero de todas formas ella no pudo terminar de beber la taza, tuvo que dejarla por la mitad. Se sintió mal, pero su abuelo le prometió que no pasaba nada. Más tarde, ella propuso la idea de ir a ver las focas, aunque su abuelo no pareció muy convencido al respecto.

—Ellas disfrutan más de dormir en el agua —dijo con paciencia ante su insistencia.

Daniel torció el gesto.

—Bueno, no perdemos nada en ir a ver.

Y Kit no pudo amar más a su hermano que en esos momentos.

Caminaron por la costa. Su abuelo, reacio a la idea de ver focas, decidió quedarse en la casa, y a Evan le pareció prudente hacer lo mismo. Así que fueron Daniel y Quillan los que la llevaron a dar una vuelta por la isla. Cat siempre trotaba siempre al lado de ella. Kit la acarició un par de veces y, a cambio, la perra le lamió las manos y se fregó en sus piernas.

Anduvieron un largo tramo hasta que las vieron. Las focas estaban tiradas en la arena; algunas dormían y otras vocalizaban esos aullidos tan graciosos. Cat salió corriendo para jugar con ellas, ladrando y tratando de espantar a una, y recibió tarascones que la perra esquivaba con agilidad y emoción.

Kit jadeó emocionada y se giró a ver a su hermano, que le estaba sonriendo con calidez. Ella trató de avanzar hasta ellas, pero Daniel la tomó del hombro.

—No, espera, ellas tienen que acercarse a ti —dijo, y Kit lo miró con mala cara—. ¿Quieres que te muerdan? —replicó, y ella resopló.

—¡Son un montón! —mencionó Quillan fascinado.

Daniel le sonrió y le dio un ligero empujón.

—¿Nunca habías visto focas, grandote?

—Sabes que no —contestó, y Kit se acercó a él para tocarle el brazo.

—Yo tampoco he visto una foca antes tan de cerca —declaró comprensiva.

—Si se fijan bien, van a ver a más focas durmiendo en el agua, ¿les ven las cabezas? —masculló Daniel, poniéndose a su altura.

Kit entrecerró los ojos y miró donde su hermano le indicaba.

—¡Las veo, las veo!

Daniel le permitió aproximarse a ellas un poco más, pero las focas no se les acercaron, y aunque Kit se quedó con las ganas de acariciar a alguna, disfrutó mucho poder verlas. Se sentaron junto a unas rocas mientras las veían descansar y Kit decidió acercarse otro poquito.

Daniel recibió una llamada de su madre, ella alcanzó a oír su voz por el auricular. Hablaron un rato; Katherine no supo bien de qué, pero cuando colgó, su hermano tenía un rostro consternado y vio cómo Quillan lo tomaba de la mano. Entonces pudo darse una ligera idea.

Cerca del mediodía, almorzaron todos juntos, y después Daniel la llevó a recorrer el faro. Le contó cómo a él y a Evan les encantaba jugar allí y, cuando volvieron, su abuelo los esperaba con una cajita.

—Esto es una caja de música —le dijo mientras se inclinaba para estar a su altura—, la tengo desde hace mucho juntando polvo y a mí no me hace falta. Pensé que, a ti, por el contrario, te gustaría tenerla.

Ella le sonrió con timidez.

—Gracias —susurró mientras aceptaba la caja. Era de madera y rectangular, y aunque en las manos de su abuelo le había parecido pequeña, en las suyas lucía más grande y pesada. Era simple, no tenía ningún adorno, y estaba sellada. Lo único que poseía era la palanca en un costado y un tallado sobre la tapa. Era un nombre.

—¿Quién es Meredith? —preguntó.

—No tengo idea —dijo, encogiendo los hombros—, la compré hace mucho tiempo en una subasta.

Ella asintió de manera distraída y giró la manivela. Dentro de la caja empezó a sonar una melodía lenta y amortiguada, tintineante, desoladora. Katherine se preguntó cómo algo podía sonar tan bonito y triste a la vez. Ella sonrió igualmente.

—Muchas gracias —volvió a decir, porque le encantaba.

Cuando llegó la hora de irse, ya casi anochecía. Todos estaban caminando hasta el botecito anclado en la arena y Evan era quien iba caminando a su lado esa vez. Su hermano pasó una mano por sus rizos con algo de cariño mientras mantenía una mueca rara en su rostro, como si le costase mucho dar tal muestra de afecto. Después la abrazó por los hombros, y Kit recordó días atrás, cuando Daniel todavía estaba desaparecido y su madre le había gritado por haberse ido sin permiso. Evan la había abrazado de la misma manera.

Ella suspiró.

Supuso que sus hermanos no tardarían en volver a amigarse y pronto podrían volver los tres junto con Quillan a la casa de su abuelo y ver a las focas. Incluso, para la próxima, iba a preguntar si Anya los podría acompañar.

La próxima.

23
AÚLLA SI HAY UNA PRÓXIMA VEZ

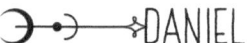DANIEL

Cerró la puerta del cuarto con llave y dejó caer la cabeza contra ella.

Estaban en casa, por fin.

Había tenido que deshacerse de su madre en cuanto llegaron y se sintió como el peor hijo del mundo por eso; apostaba en que en realidad lo era. Pero ¿qué pasaría si iba corriendo y le decía lo que en verdad pasaba? Si le creía, querría involucrarse, y él no podía meter más a su familia en ese embrollo, ya era bastante aterrador que solo él estuviese involucrado. Si moría, lo haría solo; pero, si debía ser honesto, esperaba no hacerlo.

El susurro de la ventana deslizándose hacia arriba lo hizo girar sobre sus talones. Quillan pasó por ella con algo de torpeza por su tamaño y Daniel suspiró. Por un momento, se había olvidado de él.

Su abuelo los había despedido en el muelle, se había negado a acompañarlos hasta la casa. No podría esperar más de él.

—Vamos a tener que empezar a guardar todo lo que vamos a necesitar —dijo cuando Quillan ya estaba adentro.

Con algo de apuro, sacó algo de ropa y un poco de dinero que tenía guardado en una cajita en el fondo de su armario. Miró los billetes arrugados con cierta pena, deseando que fuesen más. Ya vería él cómo podría multiplicarlos. No quería cargar mucho su mochila, tenía que pensar en lo esencial, y todavía necesitaba preparar la comida que los mantendría por los primeros días.

Miró el teléfono sobre la mesita junto a su cama, indeciso. Lo tomó y eliminó todas sus redes sociales y los contactos, salvo uno. Lo guardó en la mochila junto al cargador, con la esperanza de poder llegar a usarlo.

—Daniel.

La voz de Quillan lo sorprendió. El lobo estaba sentado en su cama con los brazos recargados sobre las rodillas.

—¿Qué?

Quillan levantó el rostro y lo miró con sus duras facciones arrugadas en un gesto de aflicción. Daniel entornó ligeramente la mirada.

—Tu hermano tiene razón —dijo con cuidado—. Debería ser solo yo a partir de ahora.

—No estamos discutiendo esto otra vez, Quillan —advirtió Daniel con un sonoro resoplido.

—Sí, sí lo estamos —refutó el lobo con severidad.

Daniel acarició el puente de su nariz antes de girarse con rapidez y encarar a Quillan, hincándose para poder estar a su altura, cara a cara.

—Vamos a hacer esto juntos, ¿sí? —prometió—. ¿Está bien?

El lobo, lejos de dejarse amilanar, enderezó su postura mientras todo en él se tensaba.

—Pero tú no quieres irte —objetó—. Lo sé, todos lo sabemos.

La postura del chico se quebró: bajó los hombros con un largo suspiro y se sentó a su lado en la cama. Quillan siguió con ojos pacientes cada uno de sus movimientos.

—Sé que es aterrador y que estoy aterrado —reconoció, al final, encogiéndose un poco sobre sí mismo—, pero... creo que siempre quise irme lo más lejos de aquí. Y aunque no eran estas las circunstancias que yo me imaginaba... —murmuró con una sonrisa sarcástica bailando en sus labios— supongo que es lo mejor que conseguiré. Tal vez este fue mi destino todo el tiempo. ¿Sabes lo que es el destino?

—No.

Daniel sonrió.

—Es algo para lo que nacimos, nuestro propósito en la vida —explicó, mirándolo de reojo con cierto destello de complicidad que Quillan correspondió—. Nunca me gustó mucho la idea de nacer con algo predestinado y no poder hacer lo que yo quiera con mi vida, pero supongo que si esto es para lo que nací... no es tan malo. No puede serlo.

Quillan ladeó el rostro, pensativo, y tras un largo rato de cavilación, él preguntó:

—¿Para qué crees que... nací yo?

—Pues espero que para patearles el culo a todos —soltó jocoso, pero Quillan no se rio. Daniel se puso serio otra vez—. Escucha, lo mejor que podemos hacer ahora es poner buena cara a esta situación; prometo que lo hará todo un poco más... llevadero.

—Voy a matarlos —prometió Quillan con calma, dejando caer su frente sobre la suya, despacio. Daniel cerró los ojos, sintiendo un nudo doloroso en el estómago porque sabía que las amenazas de Quillan eran de todo menos vacías. Las respiraciones de ambos, una contra la otra, fue un gran consuelo, y cuando él parpadeó para espantar las lágrimas, se encontró con aquellos ojos verde marítimo que relucieron con una determinación dorada y amenazadora—. No voy a dejar que te lastimen.

Los labios le temblaron en una sonrisa de labios apretados mientras enterraba su mano en la mata de cabello rojo cobrizo para atraerlo hacia él en un abrazo.

—Lo sé… —respondió por lo bajito contra su hombro antes de adquirir un gesto sombrío—. Pero jamás te atrevas a morir en eso, porque entonces todo habrá sido en vano.

Su madre fue a tocar a su puerta más tarde. Le preguntó si iba a ir a la mesa y comer con ellos, pero Daniel dijo que no tenía hambre. La mentira usualmente llegaba a él fácil y convincente, pero ahora se disolvía como un veneno agrio en su lengua. Su madre también era buena con las mentiras; ella sabía cuándo él solía hacer uso de ellas, pero esa tarde no insistió al respecto y Daniel consideró que debería de estar muy enojada para eso.

Cerró los ojos cuando oyó a su mamá alejarse de la puerta dando fuertes zancadas que retumbaron en su corazón. Entonces sintió a Quillan deslizarse hasta él para rodearlo con sus brazos y Daniel afirmó que estaba bien. Era capaz de lidiar con la ira; era mucho más difícil con el dolor.

Las horas de espera después de eso fueron largas y tediosas. Él no pudo evitar pensar en lo que podría ser su familia ahora que ya no iba a ser parte de ella. ¿Lo buscarían? ¿Por cuánto? ¿Lo extrañarían?

«No lo hagan, olvídenme. Conque uno de nosotros recuerde es suficiente. Extrañaré por todos».

El nudo en su estómago parecía apretarse cada vez más a medida que el tiempo avanzaba; el nerviosismo y la ansiedad lo estaban matando, y el estar encerrado bajo cuatro paredes no lo ayudaba en lo absoluto.

Cuando el reloj dio las once, estaba frenético, y ni siquiera el contacto de Quillan, que solía sosegar sus impulsos, había funcionado para contenerlo.

—Perdón —dijo cuando se dio cuenta de que había estado caminando por toda la habitación sin sentarse durante una hora entera—. Probablemente terminaré haciendo un agujero en el suelo, pero no puedo evitarlo. Creo que jamás en toda mi vida había estado así de alerta y ansioso, y…

Quillan estaba recargado contra la pared, asomando la cabeza por la ventana, para asegurarse de que no hubiera peligro alguno. Negó con lentitud ante las palabras abruptas del chico.

—Está bien —le prometió con un gesto inmutable—. También estoy… eso.

—Nervioso —apuntó Daniel, arqueando las cejas ante la postura relajada y el rostro estoico que Quillan llevaba—. Pues mira qué bien que lo disimulas.

Lo único que recibió Daniel fue una sonrisa ligera pero destellante.

Al final las luces fueron apagándose una por una dentro de la casa. Sin embargo, solo cuando el silencio sepulcral alcanzó a inundar todo, se animaron a abandonar la habitación. Daniel se encargó de ir hasta la cocina y agarrar algunos alimentos que podrían perdurar en su mochila: desde latas de atún y sardinas hasta cereales y galletas. Guardó un par de pequeños táperes con algo de la comida que había sobrado de esa noche y ninguno de ellos había tenido la oportunidad de disfrutar. También llenó con agua la cantimplora de su padre, esa que usaba cuando solía irse de pesca con sus amigos.

—¿Nos alcanzará? —preguntó el lobo por lo bajo, mirando cómo la mochila apenas podía mantenerse cerrada.

—No, pero nos las arreglaremos.

Quillan asintió.

Después Daniel tomó algunas banditas y vendas de la caja que tenían guardada en el baño, también buscó la vieja linterna que juntaba polvo en el garaje.

—Creo que ya tenemos todo —murmuró luego de checar su mochila por última vez.

—Un arma —recordó Quillan.

—Sí, sí, iré por algo cuando salgamos. —Y se giró para verlo—. ¿Puedes esperarme aquí? Todavía me queda algo para hacer.

—Te espero.

Daniel asintió antes de dejar la sala. Caminó con cautela por los oscuros pasillos hasta la puerta que tenía dibujos en ella. Giró el pomo con sumo cuidado y empujó para adentro con suavidad, para que las bisagras no chirriaran demasiado. Asomó la cabeza con cuidado y, ya adaptado a la oscuridad de su entorno, pudo ver a su hermana durmiendo plácidamente, acurrucada en el centro de la cama y destapada. Siempre había sido de moverse mucho en sueños. Daniel abrió un poco más y se deslizó hacia el interior. La habitación era la más pequeña de la casa, ella siempre se había quejado de eso. Tenía un par de libros y prendas esparcidas por el lecho, y se le había caído uno de sus peluches al suelo. También había un baúl de juguetes viejos al pie de la cama, y sobre su mesita de luz atisbó la caja de música que su abuelo le había regalado.

Daniel se acercó y se sentó a su lado. Le acarició los rizos revueltos que se esparcían por la almohada antes de arroparla correctamente. Ella se quejó entre sueños y se hizo más pequeña bajo las mantas, con las mejillas infladas. Se quedó un largo rato así con ella, y cuando se levantó listo para irse, una mano cálida y pequeña lo agarró por la muñeca.

—¿Qué haces aquí? —Kit abrió un ojo. Daniel apenas le había entendido el balbuceo.

Él se limpió las lágrimas con la manga de su abrigo.

—Estaba aburrido —inventó— y pensé que, si estabas despierta, podría contarte una historia.

Ella asintió medio dormida.

—Mmm... Ya —farfulló después de unos segundos, volviendo a cerrar los ojos—. Prefiero una... canción.

—¿Qué canción quieres?

Ella alzó los hombros y se acurrucó un poco más contra la almohada.

Daniel le cantó la canción de las urracas, le susurró en el oído y le dio un beso en la frente. Para cuando quiso darse cuenta, su hermana estaba totalmente sumida en el sueño y él tenía las mejillas empapadas y pegajosas. Volvió a limpiarse con rudeza. Fue entonces que sintió que otra mano se afianzaba sobre su hombro. Se volteó sobresaltado. Quillan lo observaba con ojos compasivos.

Daniel no quiso abandonar la habitación de su hermana, fue más difícil que dejar su casa en sí. Pero antes él se encargó de llevar consigo el hacha para leña, esa que tenían bajo una lona en la batea de la camioneta. La colgó como pudo en su mochila y la consideró bastante intimidante.

En cuanto estuvieron en la calle, Quillan prefirió cambiar a su forma de lobo, y así lo acompañó durante su camino. No se cruzaron con mucha gente cuando pasaron por la calle principal del centro, algunos jóvenes despistados fumaban en las esquinas y creían que el mundo era suyo. Si los vieron, no debieron haberse fijado demasiado en ellos; a la distancia solo eran dos sombras lúgubres y solitarias. A nadie le importaba.

Las piernas ya le dolían para cuando llegaron a la bahía. Hicieron un largo tramo por la playa, oyendo al mar colisionar contra la arena opaca en estallidos blancos que se acumulaban a sus pies como espuma. Daniel no podía ver muy bien en la oscuridad, era por eso que Quillan había tomado el mando. El lobo parecía estar disfrutando del agua que acariciaba sus patas, también olfateaba lo que ella le traía y saltaba hasta salpicar al chico. Daniel lo miró todo el camino algo adormecido por el sentimiento de libertad que Quillan compartía, como si fuera algo tirante que cosquilleaba debajo de su piel y crecía por su cuerpo. Le pareció extraño... de una buena manera. Como si esa noche, él y el lobo fuesen un alma compartida.

«Nosotros...», dijo una voz en su cabeza como un eco silencioso y primitivo. Daniel se estremeció y Quillan se volteó a verlo. Era una sombra grácil con un manto de estrellas muertas a su espalda y destellantes ojos amarillos con... ¿qué? ¿Inteligencia? ¿Cautela? Allí parado, entre cielo y mar, el lobo era una bestia orgullosa que reclamaba ser venerada, como un dios. Justo como un dios.

Daniel sonrió desprolijo, retador, mordaz. Con sal en los labios, viento en el cabello y un sentimiento.

—Tú y yo, grandote.

❧

El bosque los recibió como un viejo amigo, pero no cualquiera, más bien de esos que siempre te deben algo y sabes que nunca terminarán de pagarte. Así fue como se sintió.

Daniel y Quillan se adentraron hasta encontrar el río que corría junto a un hogareño árbol hueco abrazado por la hiedra y cuya entrada brillaba como una cálida linterna. Daniel se paró de puntas de pie para asomar un ojo por el hueco, pero la cabecita de Glais brotando abruptamente lo obligó a echarse hacia atrás.

—¡Espiar es de muy mala educación! —replicó el *broonie* con su cara de roedor arrugada en disgusto.

—¡Ya, perdón, perdón!

Quillan se levantó sobre sus patas traseras, apoyando las delanteras sobre el tronco, y olfateó la entrada a la morada de Glais. Este último intentó alejarlo con rápidos manotazos.

—¿Qué diantres los trae por aquí a altas horas de la noche? ¿Saben lo tarde que es?

Daniel y el lobo se miraron de reojo un segundo.

—Estamos conscientes de eso —dijo Daniel, paciente—. Necesitamos ayuda.

—Siempre necesitan ayuda, todos necesitan ayuda del pobre Glais —farfulló mientras saltaba por las hiedras, usándolas como escaleras para bajar—. ¡Abusadores, eso son! ¡Se abusan de mí!

El lobo ladró con fiereza, mandando a callar sus quejas. Glais lo miró con los ojos entrecerrados, intentando aparentar que sus diminutas rodillas no temblaban del miedo cada vez que el lobo enseñaba sus dientes.

—Será rápido, lo prometo —aseguró Daniel, ofreciendo una sonrisa de disculpa—. Necesito saber si puedes proteger a mi familia. Protegerla de verdad. Cuidar que nada pueda dañarlos mientras yo no esté.

Glais lo miró sorprendido por primera vez.

—Así que se van… —murmuró, alzando una ceja y acariciando su papada rosadita.

—Debemos —corrigió Daniel, arrodillándose en la tierra para poder ver mejor al *broonie*—. ¿Hay algo que puedas hacer por ellos, por favor?

Glais lo consideró un momento.

—Podría hacer algo, sí, sí —afirmó pensativo mientras daba suaves golpecitos en la tierra con el pie—. Conozco a alguien que me debe un favor o dos y yo podría... —Glais continuó rumiando para sí mismo por un largo rato, antes de decidir—: Sí, puedo hacerme cargo de esto. Definitivamente acudiste al *broonie* adecuado, chico.

—Eres el único aquí en quien confío plenamente —admitió Daniel—. Ni siquiera en Cernunnos, entonces deberías sentirte honrado, creo.

Eso parecía haber sido todo lo que Glais había estado esperando escuchar durante toda su vida, tal como Daniel se había imaginado.

Cuando se despidieron de Glais, todo fue más cálido y ameno. El *broonie* les deseó buena suerte y prometió rezar por un futuro reencuentro.

Daniel y Quillan no se habían alejado demasiado del hogar de Glais, cuando oyeron el retazo de una predicción que se alzaba con fuerza sobre el bosque nocturno, con el cinismo impregnado en cada palabra arrastrada.

—¡Y entonces, el lobo monstruoso se elevará lejos de sus cadenas cuando su descendiente directo de sangre celestial, hijo de estrellas sin sol o sin luna, lo exima de todo salvo su ansiada venganza!

Mórrígan estaba sentada sobre el gajo de un árbol a sus espaldas, cruzada de piernas y con una sonrisa divertida que brillaba como un incendio a costa de su desgracia. Su largo y revuelto cabello lo mecía el viento y sus cejas pobladas se inclinaban con un deje curioso.

Daniel aferró su mano al mango del hacha que colgaba de su mochila, listo para cualquier cosa. El lobo, en cambio, se agazapó y rugió con bravura.

—¡¿Qué haces tú aquí?! —bramó Daniel con una sorpresiva y desconocida furia que llevaba a flor de piel.

Ella se deslizó hasta el suelo, levantándose con elegancia felina. Daniel retrocedió al verla avanzar, pero Quillan tenía sus zarpas obstinadamente clavadas en la tierra.

—Nunca me fui, si debo ser sincera —respondió educadamente ella—. El mundo humano tiene tanta diversión últimamente… —Mórrígan los miró de arriba a abajo—. Me apetecía quedarme a ver cómo resultaba el desenlace de todo este conflicto, pero, como pueden ver, me he visto obligada a interceder a tu favor.

Daniel entornó la mirada, no muy convencido.

En realidad, estaba algo sorprendido de ver cómo Mórrígan en esos momentos parecía tan dispuesta a hablar directamente con él y no solo con Quillan. Le restó importancia tan pronto como recordó sus palabras aclamadas al viento cual mal augurio.

—¿Qué fue eso que dijiste? —exigió, sin abandonar su postura defensiva—. Eso de antes, lo del lobo y…

—¡Ah! Sí, eso… —murmuró Mórrígan, girando sobre sí misma con una risita traviesa y maliciosa, cada vez más cerca de ellos—. Esa, niño listo, es la razón de todos sus problemas. Las campanadas que dieron la alerta. La profecía.

—Entonces es verdad.

—Es lo que yace en boca de todos.

—¿Qué quieres de nosotros? —cuestionó Daniel, notando con inquietud cómo ella de repente estaba acechándolos, paciente, cuidadosa, hambrienta.

Quillan se relamió los amplios colmillos con un gruñido que vibraba desde lo más profundo de su pecho.

—Simplemente no he podido resistirme al llamado de un guerrero lleno de ira —replicó la diosa con voz dulce—. Vengo a ofrecer una opción, un secreto y un deseo.

Daniel se relamió los labios al tiempo que un sudor frío le bajaba por la espalda.

—¿Una opción? —dijo.

La sonrisa de la mujer logró erizar el pelaje de Quillan.

—Para sobrevivir a todo aquello que puedas enfrentarte —explicó con la confianza suficiente para deslizar un brazo alrededor de sus hombros.

Daniel retrocedió y Quillan se alzó como un destello negro entre él y la diosa. Mórrígan fue rápida al esquivarlo, pero Daniel sostuvo una mano sobre Quillan para detenerlo de su siguiente ataque.

«¡Lejos!», rugió algo en su interior como un eco lejano, pero más que una voz fue un sentimiento, uno de pertenencia que hizo a Daniel encogerse sobre sí mismo. Esto se repitió, con furia y alerta, y el chico trató de amansarlo. De amansar al lobo que aullaba en su cabeza y carcomía su interior con esas emociones ajenas.

—Quillan, basta, cálmate, por favor...

Daniel lo encontró abrumador, como si Quillan estuviese gritando en su cabeza.

Mórrígan los miró, intrigada.

—Veo que ambos ya han estrechado lazos. Usualmente estos llevaban más tiempo en desarrollarse.

Daniel sacudió la cabeza mientras el lobo a su lado intentaba relajarse también.

—¿Yo... yo podré matar a Teutates?

Ella soltó una risa grave y encantadora.

—Resulta hilarante el que pienses que él volverá —dijo—. Teutates mandará a guerreros, tal vez, pero él no piensa volver. —Hizo un vago gesto en dirección a Quillan—. Él lo ha asustado lo suficiente para que regresara con la cola entre las patas — volvió a reírse por su propio chiste.

—¿Y entonces qué se supone que haga? ¿Cuál es mi otra opción? —preguntó Daniel con aprensión, avanzando hasta ella con la cabeza bien alta.

—Oh, bueno, definitivamente matarlo —aseveró la diosa con fingida seriedad, juntando las manos tras su espalda mientras volvía a pasear en torno a ellos, como un carroñero que espera para poder sacarles los ojos de sus cuencas.

Daniel comenzó a desesperarse.

—¡¿Entonces cómo?!

La vertiginosa sonrisa tan característica de la diosa anticipó la importancia de sus siguientes palabras.

—Y aquí es donde les comparto el secreto que muchos ignoran —dijo, inclinándose sobre ambos deliberadamente—. Teutates no es enteramente un dios como él prometió. Él es mitad dios, mitad humano. Si realmente fuera un dios, ningún arma mortal jamás podría atravesar su piel.

En cuanto logró interpretar correctamente esa información, Daniel sintió la tenue chispa de la esperanza dentro de él, pero trató de mantener la cabeza fría; siempre que daba algo por hecho las cosas, terminaban siendo como no esperaba.

—Pero cuando yo lo lastimé, él se recuperó —contradijo pensativo.

—Por supuesto. Las armas mortales pueden dañar, pero nada que minutos de reposo no puedan solucionar, o en caso de mutilaciones, las aguas de Beag —agregó resuelta, encogiéndose de hombros—. ¿Quieres algo que deje cicatrices? Puedes…

—Busco algo que lo asesine —interrumpió con rotundidad.

Ella pareció complacida.

—Entonces —dijo con voz calma—, me necesitas a mí.

Mórrígan le habló primero sobre armas. Espadas celestiales, arcos y flechas, objetos de gran poder cuya magia los haría capaz de herir mortalmente a cualquier dios y criatura del Otro Mundo. El encargado de las armas era un herrero cuyo nombre a Daniel se le escapó entre la arrolladora información que estaba recibiendo. Ella dijo que, de todas formas, un arma nueva no era lo que ellos necesitaban, sino una vieja.

—Armas de héroes caídos miles de años atrás —aseguró—. Esas son las únicas que podrás sostener alguna vez en tu triste vida.

Daniel trató de no sentirse ofendido.

—¿Dónde puedo encontrar una de estas armas? —cuestionó mientras sentía que el hocico de Quillan le acariciaba las piernas.

—Siguiendo el sutil susurro de la magia y a esos que la oyen. Todas están perdidas del ojo humano desde hace miles de años, pero si sabes dónde comenzar a buscar… hacerse con ellas no es imposible —afirmó.

Quillan, todavía nervioso, le mordisqueó los dedos. Daniel lo miró sabiendo lo que significaba: no confiaba en ella. El chico no lo pudo culpar, él tampoco confiaba en la diosa, pero la información no les venía para nada mal. Exprimiría de Mórrígan cuanta información ella le dejara. De todos modos, completamente en contra de caer en el vacío sin antes cuestionar por qué, Daniel enseñó su inseguridad ante sus intenciones.

—¿Por qué estás haciendo todo esto? ¿Qué ganas tú? No pareces el tipo de persona que hace… caridad —concluyó, alzando una ceja.

La deidad agitó sus pestañas con inocencia muy mal fingida.

—Adoro la caridad —espetó, alzando la barbilla con orgullo—. Amo ver a las almas desesperadas corriendo y matándose por todo lo que les doy, es divertido.

—Disfrutas el caos… —musitó asombrado.

«Es la diosa de la guerra y la muerte —se recordó casi de inmediato—, debe ser su mayor anhelo».

—Vas a necesitarme, niño listo —aseguró con una seriedad repentina que le dio escalofríos y le arrebató a Quillan un gruñido de advertencia mientras se removía con nerviosismo en su sitio.

—¿Qué te hace pensarlo? Si consigo una de esas armas, yo…

—Una espada no te servirá de mucho si no sabes usarla —argumentó ella, sacudiendo su melena negra con desdén—. Un arma de verdad se resbalará de tus manos con solo un golpe. Eres débil y tus adversarios serán guerreros experimentados.

Daniel apretó sus labios en una fina línea y recorrió el suelo con una mirada obstinada. Para su mala suerte, sabía que Mórrígan llevaba razón en cada una de sus palabras. Eran almas desesperadas y necesitaban ayuda con desesperación si no deseaban morir.

—¿De verdad piensas que podrás enseñarme a defenderme? —preguntó luego con cuidado, y Mórrígan lo miró como quien gana la partida.

—He criado e instruido a tres de los lobos más terribles que el Otro Mundo ha visto —asintió, y Daniel le concedió que tenía labia —, así que algo podré hacer contigo.

—Dos de ellos están muertos —la desafió Daniel.

—Pero el que de verdad importa, no —replicó ella con calma.

Daniel se giró hacia Quillan en busca de ayuda, porque una parte de él estaba a nada de aceptar tal propuesta. Hacerlo implicaba que iba a poder ser capaz de proteger a Quillan, iba a poder aportar algo y ayudar, iba a poder ser más. El lobo, como leyendo sus pensamientos e inseguridades, se transformó en un hombre de duras facciones que reflejaban su intranquilidad.

—No confío en ella —gruñó, echándole una mirada furibunda a la diosa, que ni se inmutó, pero cuando sus ojos volvieron a volar hasta el chico, estos se dulcificaron y luego entrelazó su mano con la de él—. Pero confío en ti. Te seguiré adonde vayas, siempre.

Daniel se relamió los labios y asintió repetidas veces. Fue difícil hablar, las dudas lo carcomieron vivo, pero no encontró el tiempo para detenerse a escucharlas.

—Bien —consiguió murmurar—, acepto.

Mórrígan volvió a acercarse y, en un parpadeo, la tuvo frente a él, tomándolo por las mejillas y espiando su mente a través de las dos ventanas abiertas en las que sus ojos se transformaron. Le pareció curioso cómo así él también logró ver a través de aquellos ojos de ave que ella poseía. El reluciente y ferviente deseo de hacer pedazos al mundo bajo sus pies sin dudas era algo difícil de ignorar.

—¿A cuántos pretendes condenar por amor? —le preguntó ella, inspeccionándolo con atención.

Las palabras rodaron por su lengua sin necesidad de detenerse antes en su cabeza.

—Solo a uno.

Ella aumentó más su agarre y sus mejillas empezaron a doler. De inmediato, Quillan trató de interponerse, pero Daniel logró detenerlo a tiempo tomándolo desde la muñeca.

—Hay algo de guerrero en esa alma rencorosa y apasionada que cargas —susurró, y el rostro de la diosa se volvió mortalmente serio. Daniel se sintió como si estuviera desnudo—. Mucho más brutal y salvaje que cualquiera.

Ella lo soltó y retrocedió hasta estar a una distancia considerable. Su cuerpo cambió en un chasquido de dedos y el cuervo voló lejos, sin decir nada, como si el encuentro con ellos no hubiera tenido la mayor relevancia.

Ambos se quedaron mirando durante minutos enteros por donde ella se había ido.

—Debemos irnos —se oyó decir el chico y su propia voz fue como un golpe de realidad.

El lobo lo miró aturdido.

—¿Adónde?

—Lejos.

—¿Y ella?

Daniel afianzó su agarre sobre la mochila y negó con resignación al mismo tiempo que Quillan regresaba a ser un lobo.

—Nos seguirá de cerca.

Caminaron lejos, y Daniel, entre otras miles de dudas, se cuestionó si fue la decisión correcta. Una parte de él sabía que no, confiaba en que no lo había sido. Fue estúpido... Un estúpido y desesperado. La otra parte era esperanzadora, le dijo que tal vez todo no era tan malo como pintaba.

Al final Mórrígan, lo quisiese o no, ahora era su única aliada en un mundo donde podrían pisotearlo como a una hormiga. Pero, después de todo lo ocurrido, seguía prefiriendo mil veces tenerla a ella de su lado que a alguien moralmente correcto, como lo era Cernunnos. Entendía que ese mundo no se regía por la bondad ni las buenas acciones, tampoco lo hacían en el suyo, así que lo único que le quedaba era aferrarse a lo que pudiera y sobrevivir a él, de la forma que fuese.

Todavía así, el sentimiento de que acababa de venderle su alma al diablo prevaleció.

Se sintió enfermo la mayor parte del camino, y cuando estuvieron abandonando por completo el pueblo, con el sol calentando sus hombros y las aves cantando como si fuese un día cualquiera, percibió en sus labios el sabor salado de las lágrimas que con tanto esmero había tratado de retener.

Compartiendo su pena como si fuera suya, el lobo que iba a su lado alzó la cabeza y aulló, tan fuerte y tan claro que su triste lamento consiguió inundar las montañas, el bosque entero, y el pueblo pequeño. Daniel no recordaba haberlo escuchado nunca, tal vez en sus sueños, pero no en la vida real. Y entonces se encontró deseando no volver a oírlo , porque la canción le pareció tan desoladora, tan... abrumadora, que fue devastador. Las despedidas eran devastadoras y él no quería volver a despedirse nunca más.

—La próxima vez que aúlles, deja que sea de felicidad, de victoria, tal vez de alerta —murmuró el chico—. Incluso como un saludo, algo como «hola, estoy de vuelta y los extrañé a todos». Aúlla cuando volvamos a casa.

Entonces sí, de todas las situaciones peculiares e inesperadas en las que Daniel alguna vez había estado metido, Quillan definitivamente había sido la más… estimulante y abrumadora y asombrosa que alguien como él podría experimentar alguna vez. No era culpa de Evan, ni de Kit o de Quillan. Tampoco era su culpa, simplemente debió de ser así. Él podría decir que estaba triste y furioso por lo que todo aquello lo había llevado, pero eligió la felicidad: pequeña y arrugada. Siempre habría algo bueno dentro de todo lo malo. Así que Daniel era feliz si eso significaba que podría proteger a todos.

Y esa mañana, la mañana de las despedidas, en una casita pequeña y desteñida de color azul pastel con un jardín bonito que se ubicaba en la calle Tulloch´s Brae, Evan y Katherine Crane despertaron con la dura certeza de que algo les había sido arrebatado, de que todo sería diferente a partir de ahora. De que no habría próxima vez.

AGRADECIMIENTOS

Son muchas las personas que me acompañaron y me apoyaron a lo largo del camino con mi primer libro. En primer lugar, me gustaría darles las gracias al hermoso equipo de Ediciones Fey. Gracias totales a Ramiro, Nacho y Fiorella, por abrirle la puerta a esta historia, creer en ella y lo que estos personajes tienen para ofrecer. A Marcia, que con su arte captó perfectamente la esencia de Daniel y Quillan e ilustró la hermosa portada que hoy ven en este libro. Y también a Flor, por su dedicación y disposición.

Quiero mencionar especialmente a aquellos lectores de Internet que conocieron este libro en sus primeros pasos y me dieron tanto amor y apoyo, tanto a mí como a mis personajes; me ofrecieron teorías; comentarios ingeniosos, y sus buenos deseos.

Gracias a Caro Vega, mi antigua profesora de Lengua y Literatura de secundaria, quien leyó mis primeros escritos y no dudó en animarme a seguir escribiendo.

Y gracias eternamente a mi familia: mi madre y mis tres hermanas, María, Sole y Cami, porque siempre confiaron en que este momento llegaría.

SOBRE LA AUTORA

Agustina Durán nació en La Boca, Buenos Aires, en el 2001. Desde pequeña incursionó en la escritura, experimentando con cuentos cortos, aunque recién en su juventud pudo expandirse y desarrollar sus ideas en textos más elaborados.

Es amante de las historias trágicas y, además de escribir, dedica su tiempo a pintar y estudiar para ser profesora de Lengua y Literatura.

COMPAÑERAS

AGUSTINA DURÁN
AUTORA

MARCIA FERNÁNDEZ
ILUSTRADORA

FIORELLA LEIVA
EDITORA

FLORENCIA GIRALDA
EDITORA

www.ingramcontent.com/pod-product-compliance
Lightning Source LLC
LaVergne TN
LVHW090040080526
838202LV00046B/3906